普通高等学校"十一五"规划教材

会计电算化基础及实务操作教程

主　编　杨桂梅

副主编　乔　岚

编　著　李云亮　刘思皖　刘　佳

国防工业出版社

·北京·

内 容 简 介

本书以用友通标准版 10.3 版为蓝本,在系统介绍会计电算化基础知识的基础上,更加侧重介绍会计软件的各项功能与操作,以求达到知识与能力的统一。本书共分 7 章,主要内容包括:会计电算化系统概述、用友通标准版 10.3 财务软件的安装与系统管理、基础档案设置、总财系统、现金银行系统、财务报表系统、其他系统。

本书内容丰富、图文并茂、易学易懂、便于操作,并配有丰富的案例和课后练习,使那些从未接触过会计电算化的读者能尽快掌握其最基本的内容,同时也为读者使用其他会计软件打下良好的基础。

本书既可作为少学时本科及职业技术院校财会、经贸等相关专业的教材,也可作为企业短期培训教材使用,还可以供教师及有关财会人员阅读参考。

图书在版编目(CIP)数据

会计电算化基础及实务操作教程/杨桂梅主编. —北京:国防工业出版社,2009.4
普通高等学校"十一五"规划教材
ISBN 978-7-118-06256-4

Ⅰ.会… Ⅱ.杨… Ⅲ.计算机应用 – 会计 – 高等学校 – 教材 Ⅳ.F232

中国版本图书馆 CIP 数据核字(2009)第 036422 号

※

*国防工业出版社*出版发行
(北京市海淀区紫竹院南路 23 号 邮政编码 100048)
北京奥鑫印刷厂印刷
新华书店经售

*

开本 787×1092 1/16 印张 18½ 字数 424 千字
2009 年 4 月第 1 版第 1 次印刷 印数 1—4000 册 定价 32.00 元

(本书如有印装错误,我社负责调换)

国防书店:(010)68428422　　　发行邮购:(010)68414474
发行传真:(010)68411535　　　发行业务:(010)68472764

前 言

　　"会计电算化"是将以电子计算机为主的当代电子信息技术,应用到会计工作中。它是一门将会计学、管理学、电子计算机技术和信息技术融为一体的边缘学科,已经形成了自己特定的涵义、研究对象和理论内容。20 世纪 70 年代以来,伴随着计算机与信息技术的高速发展和普及,会计电算化在国内外都取得了长足的发展和进步。相对于发达国家而言,我国的会计电算化虽然起步较晚,但发展速度却相当迅速,短短几十年,已经由最初的简单数据计算和处理阶段过渡到核算型会计信息系统阶段,现在正向管理决策型会计系统的方向发展。

　　本书以用友软件股份有限公司研发的用友通标准版 10.3 为蓝本,满足了会计软件从核算型向管理决策型转变的要求,在案例设计上,采用 2007 年新会计准则规定的会计科目编码,增强了本书的科学性和前沿性,紧紧围绕职业教育改革,以"实践教学体系改革"为中心,依据会计电算化专业的培养目标,从未来专业岗位群的实践需要出发,以实践教学为主线,理论教学为依托;以实践过程为中枢,理论教学为外围,重点培养学生的职业素质和专业岗位技能。不论从本书的编写思想、案例设计还是结构与内容等方面,都体现了职业教育以能力为本位、以实用为目的的教材特色。

　　本书力图将知识和能力训练融为一体,将经验技巧的传授同能力培养相结合。在系统介绍会计电算化基础知识的基础上,更加侧重介绍会计软件的各项功能与操作,达到与实际操作统一,按照简明便捷的原则介绍会计软件的基本使用方法,以使那些从未接触过会计电算化的读者尽快掌握其最基本的内容,同时也为使用其他会计软件打下良好基础。

　　本书共分 7 章,对用友通标准版 10.3 的系统管理、基础设置、总账管理、现金管理、报表管理、工资管理、固定资产管理等几个部分分别进行了讲解。书中通过操作界面图例介绍各管理模块;通过操作方法及栏目说明介绍会计事务处理过程各个模块细项的操作步骤及功能说明;通过注意事项介绍实际操作中的技巧和易出现的问题;通过案例进行实际业务资料的案例化训练教学,以强化学生对常用财务软件的认识水平和实际操作熟练程度,掌握技能,并能举一反三。

本书内容丰富、范例经典、结构清晰、图文并茂、易学易懂、便于操作,既适合作为职业技术院校财会、商贸等相关专业的教材,也适合作为企业短期培训教材使用,还可以供教师及有关财会人员在工作中参考。

本书由杨桂梅任主编,乔岚任副主编。由杨桂梅、乔岚、李云亮、刘思皖、刘佳负责全书的编写工作。其中乔岚编写了第1、2章,杨桂梅编写了第3、4章,李云亮编写了第5章,刘佳编写了第6章,刘思皖编写了第7章。另外,本书在编写过程中借鉴和参考了众多业内专家、学者的书籍和资料,并汲取了其中许多精萃,恕不一一列出,仅在此表示衷心的感谢。

在本书的编写期间,所有参编人员都付出了许多努力、做了大量工作。在本书内容和编排上做了一些改革和探索工作,但限于编者的知识水平,加之时间仓促,本书难免存在不足之处,衷心希望各位同行专家和读者多提宝贵意见,以便今后进一步完善。

编者

目 录

第1章　会计电算化系统概述

📖 知识向导

本章对会计电算化系统的基本概念和会计电算化系统的发展情况作概括的介绍，并重点介绍会计信息系统的管理和会计信息系统建设的方法。目的是使学生了解会计信息系统在经济管理中的重要作用，掌握手工与计算机会计信息系统的基本区别，从而为学习会计信息系统的工作原理、内部结构和使用方法奠定基础。

📖 学习目标

(1) 了解会计电算化的基本概念。

(2) 了解会计电算化的作用。

(3) 了解会计电算化的产生、发展。

(4) 了解会计软件概念、分类及功能模块。

(5) 了解会计电算化工作的管理与实施。

📖 实务操作重点

(1) 会计电算化的工作流程。

(2) 会计软件概念、分类及功能模块。

(3) 会计电算化工作的管理与实施。

(4) 掌握会计软件概念、分类及功能模块。

(5) 掌握会计电算化工作的管理与实施。

1.1　会计电算化的基本概念

会计电算化是会计发展史上的一次重大革命。它不仅是会计发展的需要，而且是经济和科技对会计工作提出的要求。目前，会计电算化已成为一门融电子计算机科学、管理科学、信息科学和会计科学为一体的综合性学科，在经济管理的各个领域中处于应用电子计算机的领先地位，正起着带动经济管理诸多领域逐步走向现代化的作用，对会计工作的各个方面都产生了深刻的影响。发展会计电算化，有利于促进会计工作的规范化，提高会计工作质量，减轻会计人员的劳动强度，提高会计工作的效率，更好地发挥会计的职能作用，为实现会计工作现代化奠定良好的基础。

1.1.1　会计电算化的基本概念

1. 数据及信息

数据是表征客观事物的、可以被记录的、能够被识别的各种符号，数据包括字符、数字、表格、声音和图形、图像等。简而言之，一切可以被计算机加工、处理的对象都可以被称之为数据。

信息是数据加工的结果，它可以用文字、数字、图形等，对客观事物的性质、形式、结构和特征等方面进行反映，帮助人们了解客观事物的本质。

2. 会计信息

会计是以货币为主要计量单位，采用专门的方法，对企业和行政事业单位，乃至整个国家的经济活动进行连续、完整、系统地反映和监督的一种管理活动。会计信息是指按照一定的要求或需要进行加工、计算、分类、汇总而形成的有用的会计数据。如原始凭证及经过数据处理后变成总账、明细账等。由于会计信息在管理中有着极其重要的作用，因此，准确、及时是对会计信息的基本要求。

3. 系统

所谓系统是由一些相互联系、相互作用的若干要素，为实现某一目标而组成的具有一定功能的有机整体。

系统一般具有以下特征。

(1) 独立性：每个系统都是一个相对独立的部分。它与周围环境具有明确的界限，但又受到周围环境的制约和影响。

(2) 整体性：系统各模块之间存在着相互依存的关系，既相对独立又有机地联系在一起。

(3) 目标性：系统是为了达到某种特定目标而组织建立起来的。尽管系统中各个模块的分工不同，但目标却是共同的。

(4) 层次性：一个系统由若干模块组成，称为子系统。每个子系统又可分成更小的子系统，因此系统是可分的，相互之间有机结合具有结构上的层次性。

4. 会计电算化

狭义的会计电算化是指以电子计算机为主体的信息技术在会计工作中的应用，具体而言，会计电算化主要是通过利用电子计算机代替人工记账、算账、报账，以及代替部分由大脑完成的对会计信息的处理、分析和判断的过程。

广义的会计电算化是指与实现会计工作电算化有关的所有工作，包括会计电算化软件的开发与应用、会计电算化人才的培训、会计电算化的宏观规划、会计电算化的制度建设、会计电算化软件市场的培育与开发等。

会计电算化是一个人机相结合的系统，其基本构成包括会计人员、硬件资源、软件资源和信息资源等要素，其核心部分则是功能完善的会计软件资源。会计电算化已发展成为一门融电子计算机科学、管理科学、信息科学和会计科学为一体的新型科学和实用技术。

1.1.2 会计电算化的特点

会计电算化通过输入原始凭证和记账凭证，运用本身特有的一套方法，从价值方面对企事业单位的生产经营活动以及经营成果进行全面、连续、系统地定量描述，并将账簿、报表、计划分析等输出反馈给各有关部门，为企业的经营活动和决策提供帮助，为投资人、债权人、政府部门提供会计信息，以便更加有效地组织和运用现有资金。

1. 手工会计系统的特点

1) 数据处理方式

手工系统的数据处理工具是算盘或计算器，计算过程中每运算一次需要重复操作一次。信息的载体是纸张构成的单、证、账、表。纸介质记录的内容具有很强的证据性，对于会计工作是一个很重要的优点。

2) 数据处理流程

数据处理流程反映了数据从产生、传递到处理、审核以及存档的整个处理过程。手工数据处理过程为：填制和审核会计凭证→登记账簿→编制会计报表。

为了提供详略不同的会计信息，手工系统设置了总分类账户和明细分类账户。通过总账与明细账之间的对账可以发现记账中的问题，及时加以纠正。这种通过低效率、重复处理来换取处理的正确性和可靠性是传统会计数据处理流程的一个特点。对于发生的账簿登记的错误，手工系统分别采用划线、红字更正、补充登记等留有痕迹的修改方法，以便为日后的查证提供方便。

3) 人员构成和工作组织体制

手工系统中的人员都是专业会计人员，根据会计业务的不同内容分成一系列的专业组（工作岗位），各专业组（工作岗位）完成会计数据的一部分处理工作。整个会计数据的处理分散在各个专业组（工作岗位）中进行，各专业组（工作岗位）间通过信息资料传递、交换建立联系。相互稽核牵制，使系统正常运转。

4) 内部控制方式

手工系统对会计凭证的正确性，一般从经济活动的内容、数量、单价、金额、对应科目、记账方向等项目来核对，并通过制单、审核等不同岗位分工来互相促进、互相监督账目的正确性。此外还通过账证核对、账账核对、账实核对来保证数据的正确性。

2. 会计电算化系统的特点

会计电算化系统，不仅具有电子数据处理系统的共性，主要还具有以下几个自身特征。

1) 及时、准确性

会计电算化数据处理更及时、准确。计算机运算速度决定了对会计数据的分类、汇总、计算、传递及报告等处理几乎是在瞬间完成，并且计算机运用正确的处理程序可以避免手工处理出现的错误。计算机可以采用手工条件下不宜采用或无法采用的复杂的、精确的计算方法，如材料收发的移动加权平均法等，从而使会计核算工作更细、更深，能更好地发挥其参与管理的职能。

2) 集中化与自动化

会计电算化各种核算工作都由计算机集中处理。在网络环境中信息可以被不同的用户分享，数据处理更具有集中化的特点。对于大的系统，如大型集团或企业，规模越大，数据越复杂，数据处理就要求更集中。由于网络中每台计算机只能作为一个用户完成特定的任务，使数据处理又具有相对分散的特点。计算机方式下会计电算化系统，在会计信息的处理过程中，人工干预较少，使程序按照指令进行管理，具有自动化的特点。

3) 人机结合的系统

会计工作人员是会计电算化系统的组成部分，不仅要进行日常的业务处理，还要进行计算机软件、硬件故障的排除。会计数据的输入、处理及输出是手工处理和计算机处理两方面的结合。有关原始资料的收集是计算机化的关键性环节，原始数据必须经过手工收集、处理后才能输入计算机，由计算机按照一定的指令进行数据的加工和处理，将处理的信息通过一定的方式存入磁盘、打印在纸张上或通过显示器显示出来。

4) 内部控制更加严格

会计电算化系统内部控制制度有了明显的变化，新的内部控制制度更强调手工与计算机结合的控制形式，控制要求更严，控制内容更广泛。

1.2　会计电算化的发展

会计电算化是会计发展史上的一次重大革命。它不仅是会计发展的需求，而且是经济和科技对会计工作提出的要求。目前，会计电算化已成为一门融电子计算机科学、管理科学、信息科学和会计科学为一体的综合性科学，在经济管理的各个领域中处于领先地位，正在起着带动经济管理诸多领域逐步走向现代化的作用。现代企业管理水平的提高和科学技术的进步对会计理论、会计方法和数据处理技术提出了更高的要求，会计电算化的发展历程是不断发展、不断完善的过程。

1.2.1　国外会计电算化系统的发展

会计电算化在国外起步于 20 世纪 50 年代中期，1954 年美国通用电气公司第一次利用计算机计算职工工资，开创了电子数据处理会计的新起点。当时西方发达国家计算机在会计领域中的应用并不广泛，主要是对职工薪金的核算、库存材料的核算、现金收支等会计的单项业务进行数据处理，只能局部地代替一些手工劳动，就其处理流程来说，仍然是模仿手工操作。但是，计算机的应用，确实减轻了会计人员的劳动强度，提高了工作效率。由于当时计算机硬件的价格十分昂贵，程序设计又非常复杂，加上只有少数计算机专业人员能够掌握这门技术，因而限制了计算机的应用范围。

随着第三代计算机的大规模生产及软件工具的不断改进，会计电算化得到进一步发展。人们能够利用计算机对会计数据进行综合加工处理，即用计算机完成手工簿记系统的全部业务。同时，数据的组织结构和数据的处理流程也发生了较大的变化，人们可以对会计数据进行较为系统的分析，并具有了一定的反馈功能，开始为基层和中层管理决策提供有用的会计信息。20 世纪 70 年代以后，特别是随着计算机技术的迅猛发展，微型计算机的出现、计算机网络技术的应用、数据库管理系统和会计专用计算机的发展，给会计电算化开辟了广阔的天地，使其呈现出普及化的趋势。会计人员也不再把会计电算化看成是技术人员的工作，而是积极参与到这一工作中来，并成为这方面的专家。

当今西方许多发达国家，将计算机应用于会计数据处理、会计管理、财务管理以及会计预测和会计决策，并且取得显著的经济效益。在企业会计工作领域出现了一种新的局面：财务会计人员处处和会计信息系统打交道，职业会计人员需要参与会计信息系统的设计并在会计业务中使用计算机；会计管理人员需要评价会计信息系统的使用状况，利用会计信息分析企业的财务状况和经营成果，参与企业的决策；内部审计和外部审计人员需要审核和评价会计信息处理的质量，评价输入和输出会计信息的正确性；会计咨询人员需要为企业提供会计信息系统的设计、实施、评价和使用。同时，世界各国对会计电算化的管理颁发了许多非常细致的各项规定，用来约束会计电算化的行为，保证了会计电算化的顺利开展。

1.2.2 我国会计电算化系统的发展

我国会计电算化起步比较晚，开始于20世纪70年代末、80年代初。概括起来说，我国的会计电算化发展过程大体可分为三个阶段。

1. 缓慢发展阶段(1983年以前)

1983年以前，只有少数单位将计算机技术用于会计领域，主要是单项会计业务的电算化开发和应用，如工资计算、仓库核算等。这个阶段，会计电算化发展比较缓慢，其原因是：会计电算化人员缺乏，计算机硬件比较昂贵，会计电算化没有得到高度重视。

2. 自发发展阶段(1983年—1987年)

1983年后，计算机在国内市场上大量出现，多数企事业单位已能够买得起计算机，这为计算机在会计领域的应用创造了良好的条件。与此同时，企业也有了开展电算化工作的愿望，纷纷组织力量开发会计软件。因此，这个阶段，电算化处于各自为战、闭门造车的局面。会计软件一家一户地自己开发，投资大、周期长、见效慢，造成大量的人力、物力和财力的浪费。

3. 稳步发展阶段(1987年至今)

这一阶段，财政部、各地区财政部门，以及企业管理部门逐步开始对会计电算化工作进行组织和管理，使会计电算化工作走上了有组织、有计划的发展轨道，并得到了蓬勃的发展。这个阶段主要标志是:商品化会计核算软件市场从幼年走向成熟，目前已有几十个商品化会计软件通过了财政部评审，数百个商品化会计软件通过了省、市财政部门评审，初步形成了会计软件市场和会计软件产业，为社会提供了丰富的软件产品。社会上很多企事业单位都认识到开展会计电算化的重要性，纷纷购买商品化会计软件或自行开发会计软件，建立了会计电算化系统，把会计人员从大量繁杂的劳动中解脱出来，步入了会计电算化的行列。

会计电算化人才问题是发展会计电算化的"瓶颈"问题，长期以来，一直是制约会计电算化发展速度的关键因素。在发展会计软件的同时，培养既掌握计算机知识又精通会计业务的复合型人才，也受到政府、学校和社会的重视。全国一些高等院校和研究所专门制订了会计电算化的教学计划。即：在研究生教育中，设立了会计电算化研究方向，通过研究生课程的学习与社会实践，培养研究生掌握计算机专业知识、会计专业知识、会计信息系统和企业管理信息系统开发等多学科的知识；在大学本科教育中，会计系各专业开设了会计电算化课程，通过学习使学生掌握计算机和会计专业基本知识，了解会计信息系统和企业管理信息系统的开发过程，掌握会计信息系统管理和维护技术，掌握计算机审计的基本内容。

自1988年我国出现第一批专用软件公司以来，商品化软件发展非常迅速。到1997年，经财政部、各级财政部门评审的会计软件达到100多个，商品化会计软件年产值近10亿元，初步形成了商品化会计软件市场。我国会计软件一般包括账务处理模块、工资核算模块、固定资产核算模块、材料核算模块、销售核算模块、成本核算模块、应收应付核算模块、报表模块等。

随着我国商品化会计软件市场的发展，财政部于1989年12月制定了第一个全国性会计电算化管理的规章《会计核算软件管理的几项规定》。在此之后，又先后制定并颁发了一系列文件：1994年6月，制定并颁发了《会计电算化管理办法》；1994年6月，制定并颁发了《会计核算软件基本功能规范》；1996年，又制定了《会计电算化工作规范》等系列文件。从而使我国会计电算化工作在制度管理、会计核算软件管理、替代手工记账管理等方面步入正轨，推动了会计电算化事业的健康发展。

1.2.3　会计电算化的发展趋势

从近几年我国会计电算化的发展情况和国外会计电算化的情况来看，我国的会计电算化有如下发展趋势。

1. 会计电算化普及程度将大幅提高

近几年，我国会计电算化普及程度有很大提高，会计软件水平也提高很快，一些专业软件公司的软件产品很受欢迎，为基层单位开展会计电算化工作准备了很好的前提条件。但是，会计软件的应用水平及普及程度却受到会计人员水平的影响，尚未达到理想的状态。然而，在各级政府的支持下，我国在今后几年将掀起会计电算化知识培训的热潮，并为全面普及会计电算化奠定人才基础，推动会计电算化的普及。

2. 会计电算化管理将更加规范

在前几年实践摸索的基础上，通过完善会计电算化管理，运用新的管理手段，进一步组织实施已有的管理办法。同时，制定符合我国会计电算化特点的计算机审计准则，研究会计电算化条件下的会计制度，以便会计电算化管理工作更加规范化。

3. 商品化会计软件更加实用

自20世纪80年代末以来，我国会计软件得到了高速发展，一大批经过财政部门评审的商品化会计核算软件投放市场，为企业实现会计电算化提供了丰富的软件。然而，我国目前大部分会计软件都是核算型会计软件，其主要特征表现为：①软件通用和简易，即软件通用化程度高，易学易用，实施期短；②软件品种单一，即大部分软件为计算机上的会计软件，一套系统几乎在不同类型和规模的用户中使用；③功能不够完善，即大部分会计软件基本模仿手工会计处理过程，较少考虑会计的管理功能。对于已经存在的问题，在今后几年中将会逐步得到解决或提高，商品化会计软件也会更加实用，并向着以下几个方面发展。

1) 会计软件向广度和深度发展

随着社会主义市场经济的发展，会计核算工作越来越细，这就要求商品化会计软件从软件功能、系统结构、适用范围等方面逐步向广度和深度发展。

2) 会计软件的功能体系向管理型发展

随着社会主义市场经济的发展，企业的财务活动也发生了重大的变化，企业的会计职能也从单一的核算型模式发展成为既有核算又有管理的综合型模式。要使企业在市场上充满活力，要使企业在市场上具有竞争力，就必须加强财务管理。目前，我国商品化会计核算软件发展比较成熟，一方面可以在现有的会计核算软件基础上，增加必要的管理功能，使其满足会计核算和会计管理的需要；另一方面，可以运用先进的技术开发以管理工具和管理模型相结合的管理型财会软件，财务管理人员可以通过使用管理型财会软件，方便快捷地获取会计核算信息和管理所需的其他信息，运用财务管理模型和管理工具或应用管理工具建立管理模型进行管理、分析、预测和决策工作。

3）会计软件向多元化发展

目前，我国财会软件大多为计算机上的核算软件，会计核算软件中比较成熟的功能模块主要有账务处理、工资核算、材料核算、固定资产核算和报表处理等模块，主要适用于中小型工业企业和事业单位的基本会计核算工作。为了适应不同规模用户、不同行业会计核算和管理的需要，我国会计软件将向多元化发展，即会计软件多层次和多类型。会计软件多层次，即会计软件的研制和生产单位应该根据其自身的特点和能力，开发出适合中小型企业、大型企业以及跨国集团公司等不同规模企业的会计核算和会计管理软件；会计软件多类型，即会计软件的研制和生产应该根据不同行业的特点，开发出适合制造业、商业、服务业、行政事业等不同会计核算和会计管理的软件。

4. 会计软件的标准更加成熟

经过多年实践的摸索，人们对会计电算化的规律有了深入的了解，有利于形成更加科学、细致的标准。随着会计电算化的不断深入，人们越来越重视会计电算化的管理工作，会计制度将进一步完善，计算机审计法规和准则也进一步完善，这一切都将促进会计软件的标准走向成熟。

1.3 会 计 软 件

1.3.1 会计软件的概念

计算机软件是计算机工作的一系列程序和有关文档。软件从功能上分为系统软件和应用软件两大类。应用软件是采用特定程序语言编写的，在系统软件的支持下，可以通过计算机解决人们某方面问题的软件。会计软件则是一种非常重要的用来处理会计类问题的应用软件。

会计软件是对专门用于财会工作的计算机软件的总称，具体地讲，会计软件是一组指挥计算机进行会计核算与管理工作的程序，包括程序代码、存储数据以及有关技术文档。

1.3.2 会计软件的分类

会计软件分为不同的类型。按适用范围可划分为：通用会计软件和定点开发会计软件；按提供信息的层次划分可分为：核算型会计软件和管理型与决策型会计软件；按硬件结构划分可分为：单用户会计软件和网络（多用户）会计软件。

1. 通用会计软件

通用会计软件是指在一定范围内适用的会计软件。通用会计软件又分为全通用会计软件和行业性通用会计软件。

通用会计软件的特点是不含或含有较少的会计核算规则与管理方法。其优点在于它实质上是一个工具，由用户自己输入会计核算规则，使会计软件突破了空间和时间上的局限，具有真正的通用性。其缺点是软件越通用，个别用户的会计核算工作的细节就越难被兼顾。为了合理地确定通用程度，人们开发了一些行业通用软件。如行政单位、事业单位、商业、服务业、制造业、交通业等通用会计软件。

2. 定点开发会计软件

定点开发会计软件也称为专用会计软件，是指仅适用于个别单位会计业务的会计软件。如某企业针对自身的会计核算和管理的特点而开发研制的软件。

定点开发会计软件的特点是把适合单位特点的会计核算规则与管理方法编入会计软件，如将报表格式、工资项目、计算方法等在程序中固定。其优点是比较适合使用单位的具体情况，使用方便。其缺点是受到空间和时间上的限制，只能在个别单位、一定的时期内使用。

3. 核算型会计软件

核算型会计软件是指专门用于完成会计核算工作的电子计算机应用软件，用以实现会计核算电算化。

会计核算电算化是会计电算化最重要的组成部分，它面向事后核算，采用一系列专门的会计核算方法，实现会计数据处理电子化，提供会计核算信息，完成会计电算化基础工作。其主要任务是设置会计科目、填制会计凭证、登记会计账簿、进行成本计算和编制会计报表等。主要内容包括总账处理、工资、固定资产、成本、采购、存货、销售、往来账款核算和报表处理等。

4. 管理型会计软件——部门级财务软件

企业在市场经济环境下，面临激烈竞争，企业的经营方式、筹资渠道等经济活动更加复杂，为加强经营管理，要求规范并细化财务核算与管理。从 1996 年开始，我国会计电算化工作已从全面会计核算的基础上，向会计管理方向过渡。

管理型会计软件是指支持企业财务部门整体会计业务处理工作要求的部门级财务软件，即指专门用于完成财务部门内部的会计核算与管理工作的电子计算机应用软件。管理型会计软件的总目标是通过核算、分析、决策处理过程的现代化，提高工作效率、管理水平，使企业达到经营成本最低、资金周转最快、实现利润最高。

20 世纪 90 年代末，随着全球经济一体化进程的不断加快，电子信息技术的飞速发展，Internet/ Intranet 技术和电子商务的广泛应用，人类已经从工业经济时代跨入了知识经济时代，企业面临的竞争环境发生了根本性变化。面对竞争环境的急剧变化及买方市场的迅速形成，国内的很多企业显得无能为力，抵抗市场风险能力不足，业务部门与财务部门不能很好沟通，造成结算拖延、坏账损失加大、信用下降、库存与账目不符等弊端，财务对各购销业务的发生情况也无法做到有效监控，作为企业整体来讲，不能形成完整的分析决策体系。在这种形势下，企业管理必须转变，从生产导向向市场导向转变，从粗放经营向成本控制转变，从部门管理到企业级协同管理转变，适应这种转变的财务软件跨部门应用受到极大关注。

实现购销存业务处理、会计核算和财务监控的一体化管理，提供满足企业经营决策目标的预测、控制和分析手段，并能有效控制企业成本和经营风险的软件，称为企业级财务软件。这种建立在一体化基础上的财务软件能够跨部门应用，使信息资源充分共享，数据在系统间传递流畅，企业中各管理部门都能够直接得到其最需要的相关信息，从而以最快速度做出经营决策，完全能够达到企业资金与物流的一体化管理目标。

企业级财务软件的成功运用可使企业在合理控制库存、加快资金周转，有效控制企业经营成本和财务营运风险，提供企业级的分析决策信息、提高用户服务水平等方面取得显著进步，为领导层经营决策提供科学依据，从而真正帮助企业提高竞争实力和盈利水平，增强企业的竞争力。

5. 单用户会计软件

单用户会计软件是指将会计软件安装在一台或几台计算机上，每台计算机中的会计软件单独运行，生成的数据只存储在本台计算机中，各计算机之间不能直接进行数据交换和共享。

6. 网络会计软件

网络（多用户）会计软件是指将会计软件安装在一个多用户系统的主机（计算机网络的服务器）上，系统中各终端（工作站）可以同时运行，不同终端（工作站）上的会计人员能够共享会计信息。

网络会计软件严格遵循微软 Windows DNA 框架结构，以三层结构技术为基石，结合先进的 Wed 技术实现真正的分布式网络计算，从应用上将单一主体的会计核算转变群体的财务管理。同时网络财务软件具有图形用户界面（GUI）和浏览器界面（Browser）的接口功能，将局域网应用和 Internet 应用结合在一起，不但实现了局域网内分布式网络计算，确保了大数据量、多用户数下的网络性能；还通过 Internet 防火墙、Windows NT 用户安全机制、数据传递中的底层加密协议（SSL）、大型数据库权限管理机制等四层保护措施，将财务管理应用推向 Internet，在广域网上实现了全球范围内的分布式应用。

1.3.3　会计软件的功能模块

早期的会计软件主要是进行会计核算工作的会计核算软件，其主要功能包括账务处理、银行对账、工资核算、固定资产核算、产品销售核算、成本核算、材料核算、报表管理等。随着社会对会计电算化需求的变化，会计软件由核算型向管理型转变。会计软件处理范围也逐步在扩大，逐步从会计核算扩展到财务分析、预测决策等新的应用领域。

会计软件的总体结构是指一个完整的会计软件是由哪几个子系统组成，每个子系统完成哪些功能，以及各子系统之间的相互关系等。模块是程序集合体，一个或几个程序组成一个模块，完成一个独立的功能。由于企业性质、行业特点以及会计核算和管理的需求的不同，会计软件所包含的内容不尽相同，其子系统的划分也不尽相同。一般认为，会计软件的总体结构由三大系统组成，即财务系统、购销存系统、管理分析系统。每个系统又进一步分解为若干子系统模块。

1. 财务系统

财务系统主要包括总账子系统、工资子系统、固定资产子系统、应收子系统、应付子系统、成本子系统、报表子系统、资金管理子系统等。

1) 总账子系统

总账子系统是以凭证为原始数据，通过凭证输入和处理，完成记账和结账，银行对账，账簿查询及打印输出，以及系统服务和数据管理等工作。

2) 工资子系统

工资子系统是以职工个人的原始工资数据为基础，完成职工工资的计算，工资费用的汇总和分配，计算个人所得税，查询、统计和打印各种工资表，自动编制工资费用分配转账凭证传递给账务处理等功能。工资子系统实现对企业人力资源的部分管理。

3) 固定资产子系统

固定资产子系统主要是对设备进行管理，即存储和管理固定资产卡片，灵活地进行增加、删除、修改、查询、打印、统计与汇总；进行固定资产的变动核算，输入固定资产增减变动或项目内容变化的原始凭证后，自动登记固定资产明细账，更新固定资产卡片；完成计提折旧和分配，产生"折旧计提及分配明细表"、"固定资产综合指标统计表"等；费用分配转账凭证可自动转入账务处理等子系统，可灵活地查询、统计和打印各种账表。

4) 应收子系统

应收子系统完成对各种应收账款的登记、核销工作；动态反映各客户信息及应收账款信息；进行账龄分析和坏账估计；提供详细的客户和产品的统计分析，帮助财会人员有效地管理应收款。

5) 应付子系统

应付子系统完成对各种应付账款的登记、核销以及应付账款的分析预测工作；及时分析各种流动负债的数额及偿还流动负债所需的资金；提供详细的客户和产品的统计分析，帮助财会人员有效地管理应付款。

6) 成本子系统

成本子系统是根据成本核算的要求，通过用户对成本核算对象的定义，对成本核算方法的选择，以及对各种费用分配方法的选择，自动对其他系统传递的数据或用户手工录入的数据汇总计算，输出用户需求的成本核算结果或其他统计资料。

7) 报表子系统

报表子系统主要根据会计核算数据（如账务处理子系统产生的总账及明细账等数据）完成各种会计报表的编制与汇总工作；生成各种内部报表、外部报表及汇总报表；根据报表数据生成各种分析表和分析图等。

8) 资金管理子系统

资金管理子系统实现工业企业或商业企业、事业单位等对资金管理的需求。以银行提供的单据、企业内部单据、凭证等为依据，记录资金业务以及其他涉及资金管理方面的业务；处理对内对外的收款、付款、转账等业务；提供逐笔计息管理功能，实现每笔资金的管理；提供积数计息管理功能，实现往来存款资金的管理；提供各单据的动态查询情况以及各类统计分析报表。

2. 购销存系统

对工业企业而言，购销存系统包括采购子系统、存货子系统、销售子系统。对商业企业而言，有符合商业特点的商业进销存系统。

1) 采购子系统

采购子系统是根据企业采购业务管理和采购成本核算的实际需求，制订采购计划，对采购订单、采购到货以及入库状况进行全程管理，为采购部门和财务部门提供准确及时的信息，辅助管理决策。

2) 存货子系统

存货子系统主要针对企业存货的收发存业务进行核算，掌握存货的耗用情况，及时准确地把各类存货成本归集到各成本项目和成本对象上，为企业的成本核算提供基础数据；动态反映存货资金的增减变动，提供存货资金周转和占用的分析，为降低库存，减少资金积压，加速资金周转提供决策依据。

3) 销售子系统

销售子系统是以销售业务为主线，兼顾辅助业务管理，实现销售业务管理与核算一体化。销售子系统一般和存货中的产成品核算相联系，实现对销售收入、销售成本、销售费用、销售税金、销售利润的核算；生成产成品收发结存汇总表等表格；生成产品销售明细账等账簿；自动编制机制凭证供总账子系统使用。

4) 商业进销存系统

商业进销存系统是以商品销售业务为主线，将商品采购业务、存货核算业务、销售业务有机的结合在一起，实现进销存核算和管理一体化的子系统。

3. 管理分析系统

随着会计管理理论的不断发展和跨及管理理论在企业会计事务中的不断应用，人们越来越意识到会计管理的重要性，对会计软件提出了更高的要求，它不仅能够满足会计核算的需要，还应该满足会计管理的需要，即在经济活动的全过程进行事前预测、事中控制、事后分析，为企业管理和决策提供支持。目前管理分析系统一般包括财务分析、流动资金管理、投资决策、筹资决策、利润分析和销售预测、财务计划、领导查询、决策支持等子系统。

1) 财务分析子系统

财务分析子系统的功能是从会计数据库中提取数据，运用各种专门的分析方法对财务数据作进一步的加工，生成各种分析和评价企业财务状况和经营成果的信息；编制预算和计划，并考核预算计划的执行情况。

2) 领导查询子系统

领导查询子系统是企业管理人员科学、实用、有效地进行企业管理和决策的一个重要帮手。它可以从各子系统中提取数据，并将数据进一步加工、整理、分析和研究，按照领导的要求提取有用信息（如资金快报、现金流量表、费用分析表、计划执行情况报告、信息统计表、部门收支分析表等），并以最直观的表格和图形显示。

3) 决策支持子系统

决策支持子系统是利用现代计算机、通信技术和决策分析方法，通过建立数据库和决策模型，利用模型向企业的决策者提供及时、可靠的财务、业务等信息，帮助决策者对未来经营方向和目标进行量化分析和论证，从而对企业生产经营活动做出科学的决策。

对于不同的单位有与其所处的行业不同，会计核算和管理需求不同，因此，其使用会计软件的总体结构和应用方案也就不同。

1.4　会计电算化工作的管理与实施

会计电算化系统的管理，是指对已建立的系统进行全面管理，保证安全、正常运行。它一般包括宏观管理和微观管理。

1.4.1　会计电算化的宏观与微观管理

会计电算化宏观管理是指国家各级财政部门、业务主管部门、行业协会等对全国和本地区、本系统和本行业的会计电算化及其相关工作的组织领导和管理。会计电算化微观管理是指基层单位对已建立的会计电算化系统进行全面管理，保证安全，正常运行，一般包括建立内部控制制度、系统运行管理和会计档案管理等内容。

1. 会计电算化的宏观管理

会计电算化的宏观管理是国家履行政府职能的重要内容，应从制度、软件、人才等多方面予以引导和支持。这里所说的宏观管理，主要包括管理会计电算化系统的运行、申请采用计算机代替手工记账，以及规划会计电算化系统的进一步发展等。

1) 管理会计电算化系统的运行

当会计电算化系统建立之后，就进入系统的运行阶段。在电算化会计信息系统进行阶段，管理机构要检测会计电算化系统的可靠性、安全性和稳定性，评价系统符合要求，检验使用人员对软件操作的掌握程度，不断完善会计电算化管理制度等。

2) 申请采用计算机替代手工记账

财政部颁发的《会计电算化管理办法》规定，采用电子计算机替代手工记账的单位，应当具备以下基本条件：

(1) 使用的会计核算软件达到财政部发布的《会计核算软件基本功能规范》的要求。

(2) 配有专门或主要用于会计核算工作的电子计算机或电子计算机终端，并配有熟练的专职或者兼职操作人员。

(3) 用电子计算机进行会计核算与手工会计核算同时运行 3 个月以上，取得相一致的结果。

(4) 有严格的操作管理制度。主要内容包括：

① 操作人员的工作职责和工作权限。

② 预防原始凭证和记账凭证等会计数据未经审核而输入计算机的措施。

③ 预防已输入计算机的原始凭证和记账凭证等会计数据未经核对而登记机内账簿的措施。

④ 必要的上机操作记录制度。

(5) 有严格的硬件、软件管理制度。主要内容包括：

① 保证机房设备安全和电子计算机正常运转的措施。

② 会计数据和会计核算软件安全保密的措施。

③ 修改会计核算软件的审批和监督制度。

(6) 有严格的会计档案管理制度。基层单位会计电算化管理机构在检查本单位会计电算化工作符合财政部门规定的甩账条件后，以书面形式向财政主管部门提出甩账申请。当财政部基层单位财务主管部门验收并发文批准甩账后，便可以甩掉手工账，进入计算机记账阶段。

3) 完善会计电算化系统

计算机技术在不断发展，会计环节也在不断变化，基层单位会计电算化管理机构要研究会计电算化系统存在的问题，不断提出适合企业经营管理要求，适应企业发展的需求，从广度和深度上不断完善会计电算化系统，使会计电算化系统更加适应会计核算管理、分析、决策不断变化的需要。

2. 会计电算化的微观管理

会计电算化系统的微观管理是指企事业单位在建立了会计电算化系统后所进行的组织和管理工作，它包括对会计电算化系统建立后的人、财、物各要素进行有效的计划、组织、协调和控制，使企业、事业单位在实施电算化后管理水平有较大的提高，会计部门的职能和作用得到充分的发挥，从而使会计电算化的实施获得最大的效益。下面对微观管理的几个主要环节进行阐述。

1) 日常使用管理

计算机替代手工记账后的日常使用管理，是保证会计电算化系统正常、安全、有效的关键。如果企业的操作管理制度不健全或实施不得力，都会给各种非法舞弊行为可乘之机；如果操作不正确，会造成系统内数据的破坏或丢失，影响系统的正常运行，也会造成录入数据的不正确，影响系统的运行效率，导致输出不正确的报表；如果各种数据不能及时记录下来，则有可能在系统发生故障时，使得会计工作不能正常进行；如果各种差错不能及时纠正，则有可能使系统错误运行，输出不正确、不真实的会计信息。计算机替代手工记账的日常管理，主要包括机房管理和上机操作管理。

(1) 机房管理。机房是会计电算化系统运行的客观场所。对机房的管理旨在为计算机创造一个良好的运行环境，保护计算机设备，同时防止各种非法人员进入机房，保护机房内的设备、机器内的程序与数据的安全。企业在计算机替代手工记账后，应制定并贯彻执行各项严格控制措施，为会计电算化系统的正常运行创造良好的环境。

(2) 上机操作管理。上机操作管理是通过建立与实施各项操作管理制度，建立会计电算化系统的运行机制，按规定录入数据，执行各子模块，输出各类信息，做好系统内有关数据的备份及出现故障时的数据恢复工作，确保计算机系统安全、有效的运行。企业制定操作管理制度主要包括上机运行系统的规定、操作使用人员的职责、操作权限及操作程序等。

此外，操作人员的密码应予以保密，严格禁止越权操作、非法操作等，这也是计算机替代手工记账后日常使用管理应注意的问题。

2) 系统维护管理

现有统计资料表明，软件系统生命周期各部分的工作日，软件维护部分一般占50%以上。现有的经验也表明，维护工作贯穿系统的整个生命周期，直至系统过时与报废，维护费用在整个系统建立与运行中的比例也越来越大。因此，系统维护是整个系统生命周期中最重要、最耗时的环节。因而搞好会计软件的维护也具有相当重要的意义。

系统维护包括硬件维护与软件维护两部分。

(1) 硬件维护。硬件维护主要由销售厂家负责，企业一般只负责一些简单的日常维护工作。因此使用单位一般可不必配备专职硬件维护员，由软件维护员兼任即可。硬件维护的内容是在系统运行过程中出现硬件故障时，及时进行故障分析，并做好检查记录，当设备需要更新、扩充、修复时，由系统管理员与维护员共同研究决定，并由系统维护人员安装和调试。

(2) 软件维护。软件维护主要包括正确性维护、适应性维护和完善性维护三种。正确性维护是指诊断和改正错误的过程；适应性维护是指当单位的会计工作发生变化时，对软件的修改活动；完善性维护是指为了满足新的需求而进行的软件修改活动。

对于使用商品化软件的企业，软件维护由销售厂家负责，使用单位负责操作维护，不必配备专职维护员，而由指定的系统操作员兼任；对于自行开发软件的企业，一般应配备专职系统维护员。系统维护员负责系统的硬件设备和软件的维护工作，发现故障应及时排除，确保系统的正常运行。

3) 会计档案管理

会计电算化系统的档案主要是指打印输出的各种账簿、报表、凭证、存储会计和程序的软盘及其他存储介质，系统开发运行中编制的各种文档以及其他会计资料。良好的会计档案管理是在会计电算化后会计工作连续进行的保障；是会计电算化系统维护的保证；是保证系统内数据信息安全、完整的关键环节，也是会计信息得以充分利用，更好管理服务的保证。

(1) 记账凭证的生成与管理。计算机替代手工记账后，记账凭证的生成有如下两种：

① 根据原始凭证直接编制记账凭证。根据原始凭证直接在计算机上编制记账凭证，再由计算机打印输出。在这种情况下，记账凭证上应有录入员的签名或盖章、稽核人员盖章、会计主管人员的签名或盖章。收付款记账凭证还应由出纳人员签名盖章。打印记账凭证视同手工填制的记账凭证，按《会计人员工作规则》、《会计档案管理办法》有关规定立卷，归档保管。

② 手工事先做好记账凭证，然后录入计算机。根据原始凭证由手工编制记账凭证，再将记账凭证录入计算机进行处理。在这种情况下，保存手工记账凭证与机制记账凭证皆可。

(2) 会计账簿、报表的生成与管理。计算机替代手工记账后，企业会计账簿、会计报表均应由计算机机打印输出并以书面形式保存，对此，财政部有明文规定。其保存期限按《会计档案管理办法》的规定办理。但财政部的规定同时考虑到计算机打印的特殊情况，在会计资料生成方面做了一些灵活规定。包括：

① 日记账每天打印，一般账簿可以根据实际情况和工作需要按月或按季、按年打印。发生业务少的账簿，可满页打印。

② 现金、银行存款账可采用打印输出的活页账页装订。

③ 在所有记账凭证数据和明细分类账数据都存储在计算机内的情况下，总分类账可用"总分类账本期发生额及余额对照表"替代。

④ 在保证凭证、账簿清晰的条件下，计算机打印输出的凭证、账簿中表格线可适当减少。

(3) 关于磁性介质及其他介质的管理。存有会计信息的磁性介质及其他介质，在未打印成书面形式之前，应妥善保管并留有副本。一般说来，为了便于利用计算机进行查询及在会计电算化系统出现故障时进行恢复，这些介质都应视同会计资料或档案进行保存，直至其中的会计信息完全过时为止。

(4) 关于会计电算化系统开发文档资料的管理。会计电算化系统开发的全套文档资料，视同会计档案保管。

1.4.2 会计电算化的岗位设置与管理

传统的会计工作岗位，是按照核算和管理的内容及工作性质来划分的，一般分为：会计主管、出纳、工资核算、往来核算、财产物资核算、资金核算、成本费用核算、收入利润核算、编制报表和稽核十个岗位。在大中型企业还设有"综合岗位"，承担综合性的会计预测、计划与分析工作，各企业可以根据行业特点、业务繁简、企业规模、人员多少等情况，在掌握出纳人员不得兼收入、费用、债权、债务账簿的登记工作以及稽核工作和会计档案保管工作的原则前提下，可采取一人一岗、一岗多人或一人多岗等形式。与传统的会计工作岗位相比，实现会计电算化以后，大大减轻了会计工作的劳动强度，一台电子计算机完成了过去几个人的工作，尤其是管理部门建立了计算机网络后，会计基本数据的来源渠道和方式，会计管理的操作形式等都发生了很大的变化，与之相应的会计工作的分工、各岗位的职责、权限也发生了根本的变化，原有会计岗位的分工已不适应目前电算化工作。如果不及时地调整并建立起与之相适应的会计电算化工作岗位制度，使会计岗位分工、职责尽可能地比较规范、科学，就无法保证会计工作的正常进行，会计电算化在企业管理中的整体优势就不能充分发挥，同时，对提高财会人员的业务素质也是不利的。因此，在会计电算化下科学、合理地设置会计工作岗位，明确各岗位的职责和权限十分必要。

会计电算化后，由于会计业务处理方式的改变，引起了会计岗位的重新设置。会计电算化后的工作岗位可分为基本会计岗位和电算化会计岗位。

基本会计岗位包括会计主管、出纳、会计核算、稽核、会计档案管理等，与手工会计的各会计岗位相对应。电算化会计岗位是指直接管理、操作、维护计算机，以及会计软件系统的工作岗位。实行会计电算化的单位要根据计算机系统操作、维护、开发的特点，结合会计工作的要求，划分会计电算化会计岗位。

电算化会计岗位可设立如下几个岗位。

1. 电算主管

电算主管负责协调计算机及会计软件系统的运行工作。要求具备会计和计算机应用知识以及有关的会计电算化组织管理的经验。电算化主管可由会计主管兼任，采用大中型计算机和计算机网络会计软件的单位，应设立此岗位。

2. 软件操作

软件操作人员负责输入记账凭证和原始凭证等会计数据，输出记账凭证、会计账簿、报表和进行部分会计数据处理工作。要求具备会计软件操作知识，达到会计电算化初级知识培训的水平。各单位应鼓励基本会计岗位的会计人员兼任操作岗位的工作。

3. 审核记账

审核记账人员负责对输入计算机的记账凭证和原始凭证等数据进行审核，以保证记账凭证的真实性、准确性；使用会计软件登记机内账簿，对打印输出的账簿、报表进行确认。此岗位要求具备会计和计算机应用知识，达到会计电算化初级知识培训的水平，可由主管会计兼任。

4. 系统维护

系统维护人员负责保证计算机硬件、软件的正常运行，管理机内会计数据。此岗位要求具备计算机应用知识和会计知识，经过会计电算化中级知识培训。采用大中型计算机和计算机网络会计软件的单位，应设立此岗位。此岗位在大中型企业中应由专职人员担任，维护员不应对实际会计数据进行操作。

5. 电算审查

电算审查人员负责监督计算机及会计软件系统的运行，防止利用计算机进行舞弊。审查人员要求具备会计和计算机应用知识，达到会计电算化中级知识培训的水平。此岗位可由会计稽核人员或会计主管兼任。采用大中型计算机和大型会计软件的单位可设立此岗位。

6. 数据分析

数据分析人员负责对计算机内的会计数据进行分析。要求具备计算机应用和会计知识，达到会计电算化中级知识培训的水平。采用大中型计算机和计算机网络会计软件的单位，可设立此岗位。此岗位可由会计主管兼任。

7. 会计档案资料保管员

会计档案资料保管员负责存档数据盘、程序软盘，输出的账表、凭证和各种会计档案资料的保管工作，做好软盘、数据及资料的安全保密工作。

8. 软件开发人员

软件开发人员主要负责本单位会计软件的开发和软件维护工作。由本单位人员进行会计软件开发的单位，设立此岗位。

在实施会计电算化过程中，各单位可根据内部牵制制度的要求和本单位的工作需要，参照上述会计电算化会计岗位进行内部调整，增设必要的工作岗位。

1.4.3 会计电算化工作的组织实施

会计电算化系统的建立是一个系统工程，是基层单位会计电算化系统建设工作的具体实施过程。会计电算化系统的建立除了配备计算机等硬件设备、操作系统、会计软件以外，还需要进行组织规划、建立会计电算化工作机构，完善计算机硬件、软件管理制度，进行人员培训等。

1. 制定会计电算化总体规划

进一步完善会计电算化的配套法规。随着会计电算化的普及和财务软件功能的不断增加，针对会计电算化工作出现的新问题，对现有的相关法规做进一步补充和完善，通过准则类法规对会计电算化做进一步约束，使会计电算化工作逐步走上规范化的道路。细化对商品化软件的评审规定，杜绝软件的非法功能。

2. 规范企业会计业务

(1) 创造良好的会计信息系统运行环境。

良好的会计信息系统环境是会计电算化运行的可靠保证。具体体现在以下几方面：

① 数据采集的规范性。数据采集是指将计算机加工处理的会计数据进行手工准备的过程。要确保系统提供会计信息的正确、可靠、道德、规范。

② 数据处理的规范性。首先要加强接触控制，杜绝未经授权人员进行越权操作，严格管理密码权限；其次应设置必要的稽核检查；再次做好工作日志，以防止数据被非法篡改。

③ 会计信息输出的规范性。应当制定备份制度，对数据文件进行日备份、月备份，并按财政部规定的档案管理办法由专人负责归档，做好防磁、防火、防潮、防尘工作，防止磁性介质损失，保证各种档案的安全与保密，保证档案得到合理、有效利用。

(2) 建立健全一整套会计电算化模式下的规章制度，形成良好的内控环境。

这些内控制度应遵循以下原则：

① 不兼容且权限分离原则。即对会计电算化权限严格控制，凡上机操作人员必须经过授权，禁止原系统开发人员接触或操作计算机，非计算机操作人员不允许任意进入机房，系统应有拒绝错误操作的功能。

② 相互制约与合作管理原则。加强对会计电算化系统数据输入、处理、输出的控制，明确管理人员、操作人员、维护人员的职责范围。

③ 安全、保密但对事项控制有度原则。安全主要是对软硬件、文档的安全检查保障控制。保密主要是建立设备设施安全措施、档案保管安全控制、联机接触控制等；使用侦测装置、防伪措施和系统监控等。

④ 内部防范及对上级负责原则。主要解决个人垄断现象以及对系统管理人员的监管控制问题。所有这些都是制定会计电算化规章制度必须加以考虑的问题。

3. 会计电算化系统硬件及软件平台的配置

计算机运行环境包括硬件环境、软件环境及工作方式。硬件环境指计算机的硬件设备；软件环境指系统软件和应用软件；工作方式是指计算机工作的方式，主要有单用户方式、多用户方式和网络方式。

计算机运行环境的选择应根据单位的规模、会计业务的多少及会计工作的分工等综合方面考虑。一般情况下，如果单位规模较小、业务量较少并且会计人员较少的单位，多采用单用户方式（即一台或几台微机单独工作的方式）；如果单位规模较大、业务量较多并且会计人员分工较细的单位，多采用多用户方式（即一台主机连接多个终端）或网络方式（即使用一台服务器连接若干台计算机）。

不同的工作方式决定了硬件设备的选择和软件的选择。单用户方式：普通计算机，运行的操作系统一般为 Windows98、Windows2000、WindowsXP 等。多用户方式：小型机，运行的操作系统一般为 UNIX 等。网络方式：一台服务器和若干台普通计算机，运行的操作系统分别为 Windows Server 等。但具体参数或配置要求应参考所选择的会计软件。

4. 会计电算化信息系统应用软件的配置

实现会计电算化的单位既可以选择商品化的软件，也可自行开发或委托外单位开发会计软件，无论采用哪种方式，所选择的会计软件必须符合财政部发布的《会计核算软件基本功能规范》的要求，同时要符合本单位的实际工作需要。

选用商品化会计软件是企事业单位实现会计电算化的一条主要途径。由于商品化会计软件比较多，分别适用于不同的行业和运行环境，其功能和性能也各具特色，在选择商品化会计软件时应进行全面的考察，主要包括以下几个方面。

1) 满足会计制度的要求

会计软件一般按行业分为不同的版本，如工业版、商品流通版、行政事业版等，应选择适合本行业特点的会计软件。同时，应充分考虑软件是否满足会计制度的要求。

2) 满足会计核算与会计管理的需要

企事业单位的规模、管理模式和业务处理的程序不同，对会计软件的要求也不相同。会计软件所提供的功能必须满足本单位具体会计业务和管理的需要，特别是一些特殊的业务要求，例如，外币核算、自动汇兑损益、部门管理、项目管理、预算管理等。

3) 满足会计业务变化和发展的需要

单位经济业务的发展可能引起会计业务的变化，例如，业务量的增加、业务处理流程的调整等。会计软件应当能够根据经济业务的变化进行灵活地设置和扩充，以适应经济发展的需要。

4) 会计软件的易用性、稳定性和安全、可靠性

会计软件的易用性是指软件是否操作方便，界面是否友好，是否符合会计人员的习惯等，直接影响会计软件的使用。稳定性也是评价会计软件的一项重要指标，指软件运行过程中是否意外中断等。会计软件的安全、可靠性是指会计软件防止会计信息被泄漏和破坏的能力，以及会计软件防错、查错和纠错的能力。

5) 会计软件需要的计算机硬件和软件环境

包括计算机硬件、网络体系结构以及操作系统和数据库等，不同的软件有不同的要求，应在保证软件需求的基础上充分利用现有的条件，减少投资。

6) 会计软件售后服务

会计软件售后服务对用户来说至关重要，会计信息系统是一个连续运行的系统，不能间断，一旦系统中断正常运行，会给用户带来重大的损失。因此，应认真考察会计软件售后服务情况，包括技术力量、反应时间等。

5. 企业会计电算化人才培训

加大对"复合型"会计电算化人才的培养力度，特别是对会计电算化管理人员的培训工作要经常性进行，并进行经验交流，使培训收到实效。因为普及型的速成人才培训是难以提高会计电算化水平的，所以在吸纳高校会计电算化毕业新生的同时，还应选拔具有一定计算机知识的会计业务骨干到高校进修计算机专业。这样新老结合、高中低结合的会计电算化人才队伍就会形成，推动会计电算化工作质量的进一步提高。

6. 计算机代替手工记账

用友财务处理系统中主要包括总账管理、应收应付款管理、工资管理、固定资产管理、报账中心、财务票据套打、网上银行、UFO 报表、财务分析等模块。所有的模块中都有机制凭证和账册供用户使用，用户只要有良好的会计核算基础，通过设置基础设置、填制机制凭证，进行合理的会计处理，形成机制的会计账册，最终形成机制会计报表。一整套流程都是在计算机上完成，但要特别提醒用户注意的是手工操作和用计算机操作有相当的不同，大家在学习时要注意学习其不同的地方，便于总结和提高。

7. 会计电算化信息系统的内部管理制度

会计电算化信息系统的内部管理制度的建立是根据不同的单位来设立的，前面已在相关内容中作了阐述，目的在于保障会计信息的完整、真实、准确、及时。重点要防范和打击利用职务和权力进行犯罪。这就要求在建立会计电算化信息系统的内部管理制度的同时，既要相互配合，又要相互牵制、更要相互监督，努力使本单位的会计信息真实可靠，经得起各方检查。

思考与实务操作

一、选择题

1. 商品化会计软件的通用性是指_____。
   A. 能适应一个单位不同时期会计工作的需求
   B. 满足不同单位会计工作的不同要求
   C. 适应不同行业、不同记账方法的企事业或行政单位的核算需求
   D. 只能满足一个行业会计工作的需求

2. 制定会计核算软件基本功能规范的根据是_____。
   A. 《中华人民共和国会计法》和《会计电算化工作规范》
   B. 《会计电算化工作规范》
   C. 《会计电算化管理办法》
   D. 《中华人民共和国会计法》和《会计电算化管理办法》

3. 对磁性介质保存的会计档案，要定期_____内检查、复制，防止由于介质损失而使档案丢失。
   A. 一月　　　　　B. 半年　　　　　C. 一年　　　　　D. 二年

4. 申请用计算机替代手工账的单位，必须在计算机核算与手工核算同时运行_____以上，才可申报。
   A. 3个月　　　　B. 4个月　　　　C. 半年　　　　　D. 一年

5. 实现会计电算化后，提高了工作效率，财会人员可以有更多的时间和精力来_____。
   A. 对账、查账　　　　　　　　B. 打印账簿
   C. 进行财务分析，参与经营管理　　D. 学习计算机操作

6. 计算机硬件配置模式有_____。
   A. 单机系统、多用户系统、计算机网络系统
   B. 单机系统、计算机网络系统
   C. 单机系统、多用户系统
   D. 单机系统、多机系统、计算机网络系统

7. 不属于会计电算化主管人员的直接责任是_____。
   A. 负责电算化系统的日常管理工作
   B. 参加银行对账工作
   C. 制定岗位责任制与人员的分工
   D. 协调本系统各类人员的工作关系

8. 会计电算化后，会计岗位包括_____。
   A. 电算主管、软件操作、审核记账、电算维护、数据分析
   B. 会计主管、出纳、工资核算员、成本核算员、现金管理员
   C. 基本会计岗位和电算化岗位
   D. 专职会计岗位和电算化会计岗位

9. 会计软件属于_____。
   A. 系统软件　　　　　　　　　　B. 应用软件
   C. 数据库系统　　　　　　　　　D. 工具软件
10. _____负责数据软盘、系统软盘及各类账表、凭证的存档保管工作。
   A. 电算主管　　　　　　　　　　B. 软件操作员
   C. 审核记账员　　　　　　　　　D. 档案保管员
11. 电算化会计中，岗位分工最好是_____。
   A. 按会计事务　　　　　　　　　B. 按会计数据所处形态
   C. 按原有手工不变　　　　　　　D. 随意设置

二、简答题
1. 系统的特点。
2. 信息系统的功能。
3. 会计电算化系统的特点。
4. 会计电算化的宏观管理。
5. 会计电算化的实施过程。

三、思考题
1. 实现会计电算化的单位应设置哪些岗位？
2. 实现会计电算化的单位如何选择计算机运行环境？
3. 实现会计电算化的单位如何选择会计软件？
4. 采用电子计算机替代手工记账的单位，应当具备哪些基本条件？

第2章　用友通标准版10.3财务软件的安装与系统管理

📖 知识向导

本章主要介绍了用友通标准版 10.3 财务软件的安装与卸载、系统管理、总账工具等功能的基本知识和操作方法。目的是使学生了解软件安装与卸载的方法，掌握系统管理中设置操作员、建立账套和设置操作员权限的方法，熟悉总账工具的使用方法和账套输出、引入的方法。

📖 学习目标

(1) 了解用友通标准版 10.3 财务软件的安装与卸载。

(2) 掌握系统管理工作流程。

(3) 掌握设置操作员的方法。

(4) 掌握建立账套的方法。

(5) 掌握设置操作员权限的方法。

(6) 熟悉总账工具的使用方法及账套输出、引入的方法。

📖 实务操作重点

(1) 安装与卸载用友通标准版 10.3 财务软件。

(2) 操作员的设置。

(3) 建立账套的设置。

(4) 操作员权限的设置。

(5) 利用系统管理输出账套。

(6) 利用系统管理引入账套。

2.1　用友通标准版 10.3 财务软件的安装

用友通标准版 10.3 财务软件（下面简称"用友通标准版 10.3"）功能模块包括账务（往来管理、现金银行、项目管理）、出纳、报表、工资、固定资产、财务分析、业务通（采购、销售、库存）、核算、老板通、移动商务、票据通这几个模块。

用友通标准版 10.3 在原有用友财务软件标准流程的基础上，提供了采购、销售的优化流程，可由用户灵活选用；增加销售订单的订金管理，完善销售报表统计内容；推出业务应收的概念，增加了多张业务应收账表，使销售报表更加丰富；增加了批次合并功

21

能；提供按项目统计收发存汇总表；增加系统工具，提供基础档案及期初的导入接口；增加 UU 通应用。

2.1.1　财务软件的运行环境

用友通标准版 10.3 使用 MSDE 数据库。MSDE 是 MS SQL Server 数据库的简版，只提供了最基本的 SQL 数据库功能，产品盘上所带的 MSDE 是一个完整的 MSDE 2000 版本，安装 MSDE 后使用产品的方法则与安装 SQL 数据库后使用产品相同。

1. 软件环境

1）数据库

数据库支持 MSDE 2000+ MSDE Critical Update（关键更新）、Sql 2000、Sql 2005（支持 Enterprise 与 Server 2005 Express）。

2）操作系统（表 2-1）

表 2-1　操作系统要求

角　色	操　作　系　统
服务器	Windows 2000 Server + Sp4
	Windows 2003 Server + Sp1
	Windows AD Server + Sp4
客户端	Windows XP + Sp2
	Windows 2000 Server + Sp4
	Windows 2000 Professional + Sp4
	Windows 2003 Server + Sp1
	Windows AD Server + Sp4
	Windows Vista 支持 Home Premium Edition、Business、Ultimate
单机模式	Windows XP + Sp2
	Windows 2000 Server + Sp4
	Windows 2000 Professional + Sp4
	Windows 2003 Server + Sp1
	Windows AD Server + Sp4
	Windows Vista

2. 硬件环境

1）服务器配置（不区分数据服务器与应用服务器）

CPU：1.4G 以上。

HD：40G 以上。

RAM：512M 以上。

2）客户端计算机配置

CPU：800M 以上。

HD：20G 以上。

RAM：256M 以上。

2.1.2 财务软件安装

1．安装盘内容

用友通标准版 10.3 安装盘包括的内容如表 2-2 所列。

表 2-2 安装盘内容

安 装 内 容	详 细 内 容	备注
用友通标准版 10.3	用友通标准版 10.3 安装程序	A 盘
MSDE 2000 RelA	数据库系统：MSDE 2000 安装程序	A 盘
环境监测	监测当前系统是否符合产品安装要求	A 盘
安装帮助	用友通标准版 10.3 安装光盘帮助	A 盘
SQL 2005 Express	数据库系统：MS SQL Server 2005 Express 安装程序	B 盘
客户通体验版	客户通 11.1 安装程序	B 盘
人事通体验版	人事通 10.2 标准版安装程序	B 盘
安全通体验版	用友安全通软件安装程序	B 盘

2．用友通标准版 10.3 安装步骤

(1) 打开计算机电源，启动 Windows，执行【开始】→【程序】→【资源管理器】命令，打开"资源管理器"窗口。

(2) 将财务软件系统安装盘放入光盘驱动器，在资源管理器左窗口中选择驱动器。

(3) 单击 AUTORUN 界面"用友通标准版"，或双击运行安装盘"用友通标准版"目录下的"Setup.exe"，如图 2-1 所示。

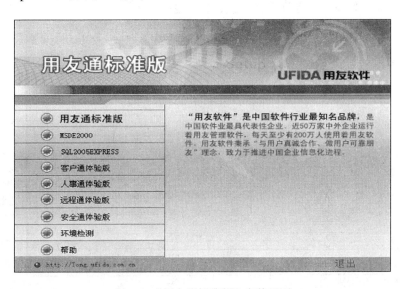

图 2-1 "用友通标准版"安装界面

(4) 出现准备安装向导的界面，如图 2-2 所示。

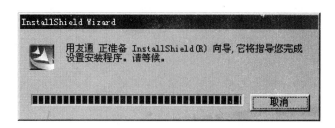

图 2-2 "准备安装向导"对话框

(5) 在安装欢迎界面中选择【下一步】，如图 2-3 所示。

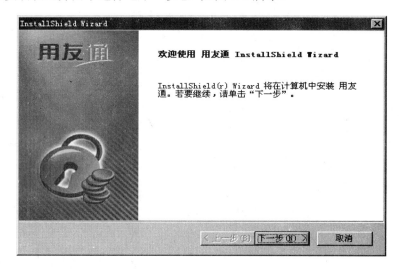

图 2-3 安装欢迎使用界面

(6) 单击【是】按钮接受许可证协议，如图 2-4 所示。

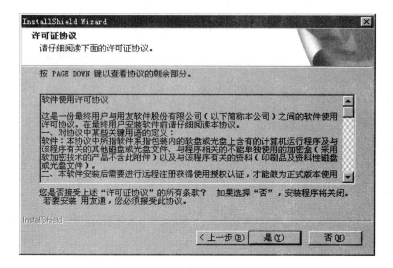

图 2-4 "许可证协议"对话框

(7) 选择安装路径（建议使用英文路径），如图 2-5 所示。

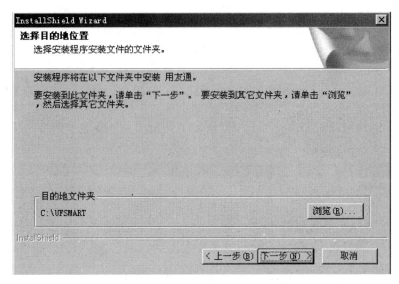

图 2-5　"选择安装路径"对话框

注意事项：

安装产品的计算机不能有以下名称：计算机名称中带有"_"或者用数字开头，但名称中可以带有"_"。计算机名称中不能有汉字。

(8) 在安装类型界面中选择所要的安装类型：全部安装、客户端安装、安装 UU 通，单击【下一步】，如图 2-6 所示。

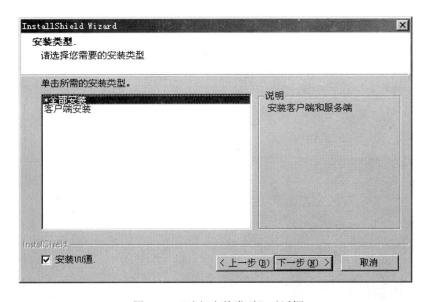

图 2-6　"选择安装类型"对话框

注意事项：

① 如果选择了全部安装，安装程序自动检测计算机是否安装了 SQL Server 数据库。

如果检测计算机中没有符合条件的数据库系统软件。安装程序会提示是否自动安装默认的数据库系统软件，如果选择"是"，安装程序将自动安装默认的数据库软件，并在数据库软件安装后继续安装用友通 10.3（说明：自动安装 Ms SQL Server 2005 Express Sp1 前，会提示您插入光盘 B，以安装数据库，并在数据库程序安装完毕后，提示您插入 A 盘继续安装）。

② 安装 UU 通。安装程序默认会选择"安装 UU 通"。如果选中"安装 UU 通"，安装程序将自动安装通家族产品之一 UU 通。

(9) 开始产品文件的安装过程，如图 2-7 所示。

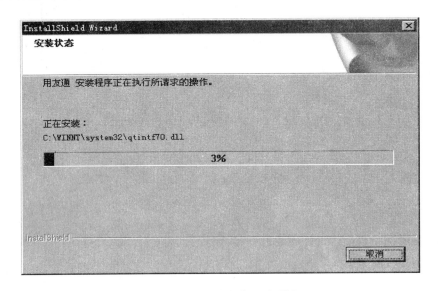

图 2-7 "开始安装"对话框

(10) 安装完成对话框中选择重新启动计算机，如图 2-8 所示。

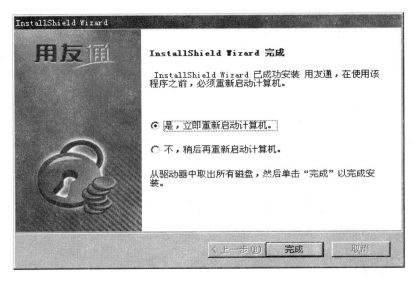

图 2-8 "重新启动计算机"对话框

2.2　系　统　管　理

系统管理模块主要功能是对财务及企业管理软件的各个产品进行统一的操作管理和数据维护。

2.2.1　系统管理的内容

用友通标准版 10.3 与传统的财务软件产品有着根本的不同，它是由多个产品组成，各个产品之间相互联系，数据共享，完整实现财务、业务一体化的管理。而传统的财务软件产品则往往强调集成，所有的功能都集成在一个产品之中，产品和产品之间不能进行数据交流和数据共享。

由于用友通标准版 10.3 所含的各个产品是为同一个主体的不同方面服务的，并且产品与产品之间相互联系、数据共享，因此，就要求这些产品具备如下特点：

(1) 具备公用的基础信息。

(2) 拥有相同的账套和年度账。

(3) 操作员和操作权限集中管理。

(4) 业务数据共用一个数据库。

要想满足上述要求，就要设立一个独立的产品模块，也就是系统管理模块，来对所属的各个产品进行统一的操作管理和数据维护。具体来说，系统管理模块主要能够实现如下功能：

(1) 对账套的统一管理，包括建立、修改、引入和输出。

(2) 对账套中年度账的统一管理，包括建立、清空、引入、输出和结转上年数据。

(3) 对操作员及其权限的统一管理以及设立统一的安全机制，包括数据库的备份、功能列表和上机日志等。与此相适应，在下属的各个产品中就不再做这些操作了，它们将主要集中于自身的业务操作。

具体来说系统管理的内容主要包括如下几个方面：

(1) 账套的管理：账套指的是一组相互关联的数据。一般可以为企业中每个独立核算的单位建立一个账套，用友通标准版 10.3 系统最多可建立 999 套账。账套的管理包括账套的建立、修改、引入和输出等。

(2) 年度账套的管理：在用友通标准版 10.3 系统中，用户不仅可以建立多个账套，而且每个账套还可以存放不同年度的会计数据。年度账套管理包括年度账的建立、清空、引入、输出和结转上年数据。

(3) 操作员及其权限管理：为了更好的符合会计内部牵制制度的要求，用友通标准版 10.3 系统提供操作员及操作员权限的集中管理功能。通过该功能实现了对系统操作分工和权限管理。操作权限的集中管理包括定义角色、设定系统用户以及设置功能权限。

2.2.2　启动系统管理并注册

系统允许以系统管理员或账套主管身份注册进入系统管理。

系统管理员负责整个系统的总体控制和维护工作,可以管理该系统中所有的账套。以系统管理员身份注册进入,可以进行账套的建立、引入和输出,设置操作员和账套主管,设置和修改操作员的密码及其权限等。

账套主管负责所选账套的维护工作。主要包括对所选账套进行修改,对年度账的管理(包括创建、清空、引入、输出以及各子系统的年末结转,所选账套的数据备份等),以及该账套操作员权限的设置。

启动系统管理的操作包括启动系统管理模块并进行注册,即登录进入系统管理模块。系统允许用户即可以以系统管理员 admin 的身份,也可以以账套主管的身份注册进入系统管理。由于在第一次运行该软件时还没有建立核算单位的账套,因此,在建立账套前应由系统管理员 admin 进行登录,此时并没有为管理员 admin 设置口令,即其密码为空,为了保证系统的安全性,可以更改系统管理员密码。

例 2-1　注册系统管理员。

操作步骤如下:

(1) 执行【开始】→【程序】→【用友通】→【系统管理】命令,打开"用友通标准版 10.3【系统管理】"窗口,如图 2-9 所示。

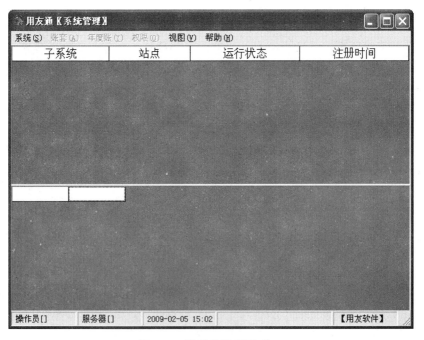

图 2-9　"【系统管理】"窗口

(2) 在"【系统管理】"窗口中,选择【系统】菜单中的【注册】命令,出现"注册【系统管理】"对话框,如图 2-10 所示。

(3) 在"注册【系统管理】"对话框的"用户名"框中输入 admin 后,按【Enter】键,如图 2-11 所示。

(4) 单击【确定】按钮(即不修改系统管理员的口令,默认口令为空),打开由系统管理员 admin 注册的"系统管理"窗口,如图 2-12 所示。

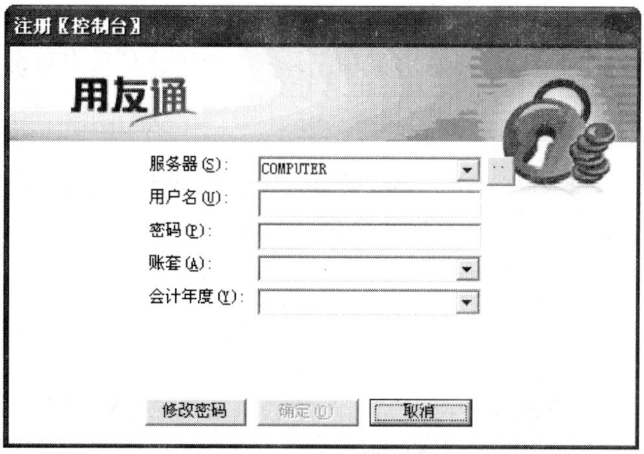

图 2-10　"注册【系统管理】"对话框

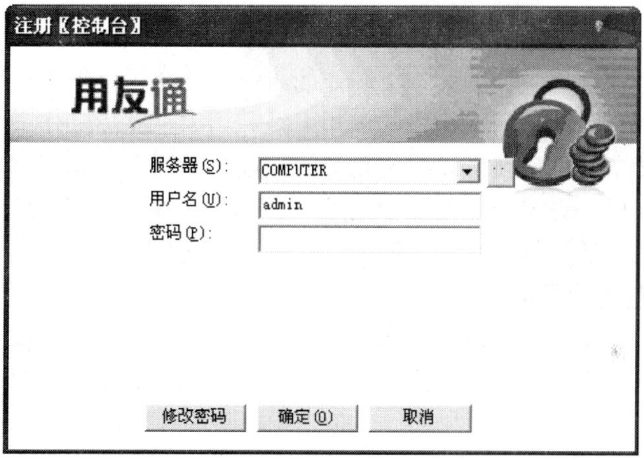

图 2-11　"admin 注册【系统管理】"对话框

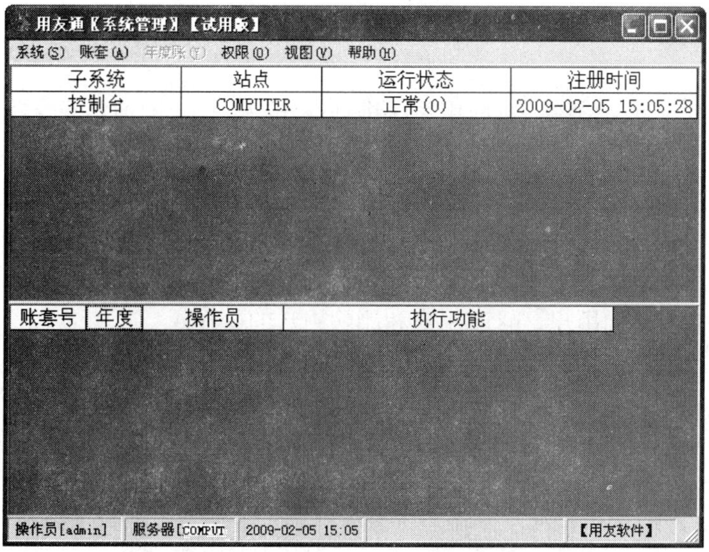

图 2-12　系统管理员登录窗口

注意事项：

① 实际工作中，为了保证系统的安全，必须为系统管理员设置密码。

② 教学过程中，由于一台计算机供多个学员使用，为了方便则建议不为系统管理员设置密码。

③ 如果以账套主管的身份进入系统管理，则应在启动系统管理后，在操作员框中输入账套主管的编号或姓名，如果有口令还应输入相应的口令。

2.3 设置用户

为了保证系统及数据的安全与保密，系统提供了角色管理和用户管理功能，以便在计算机系统上进行操作分工及权限控制。

2.3.1 角色管理

角色是指在企业管理中拥有某一类职能的组织，这个角色组织可以是实际的部门，也可以是由拥有同一类职能的人构成的虚拟组织。例如，实际工作最常见的会计和出纳两个角色。在设置了角色后就可以定义角色的权限，当用户归属某一角色后，就相应地拥有了该角色的权限。设置角色的方便之处在于可以根据职能统一进行权限划分，方便授权。角色的管理包括角色的增加、删除、修改等维护工作。

1. 用户和角色的设置顺序

用户和角色的设置顺序可以不分先后顺序，但对于自动传递权限来说，应该首先设定角色，然后分配权限，最后进行用户的设置。这样在设置用户的时候，选择其归属哪个角色，则其自动具有该角色的权限，包括功能权限和数据权限。

2. 角色与用户

一个角色可以拥有多个用户，一个用户也可以属于多个不同的角色。

2.3.2 用户管理

用户是指有权登录系统，对应用系统进行操作的人员，即通常意义上的"操作员"。每次注册登录系统，都要进行用户身份的合法性检查。只有设置了具体的用户之后，才能进行相关的操作。

只有系统管理员才有权设置用户。因此，定义系统用户时，必须以系统管理员的身份注册进入"系统管理"窗口，通过【权限】菜单中的【操作员】命令，打开"操作员管理"窗口，完成增加用户、修改用户和删除用户的操作。

用友通标准版 10.3 财务软件将"用户"称为"操作员"，后面就不一一说明了。

1. 操作界面

通过"操作员管理"窗口增加操作员，操作界面如图 2-13、图 2-14 所示。

2. 操作方法

(1) 以系统管理员的身份注册进入"系统管理"主界面，选择【权限】菜单中的【操作员】，如图 2-15 所示。

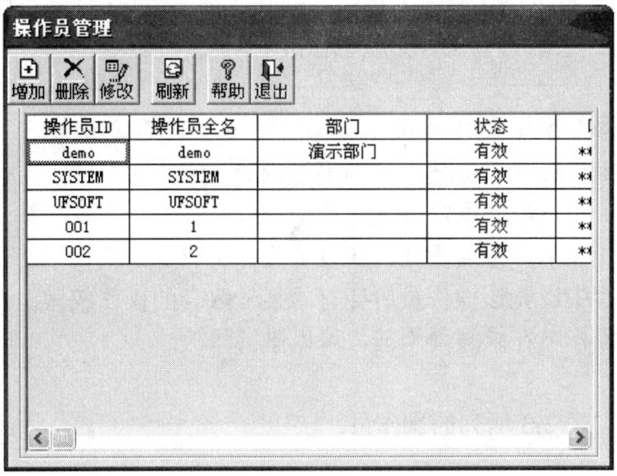

图 2-13 "操作员管理"界面

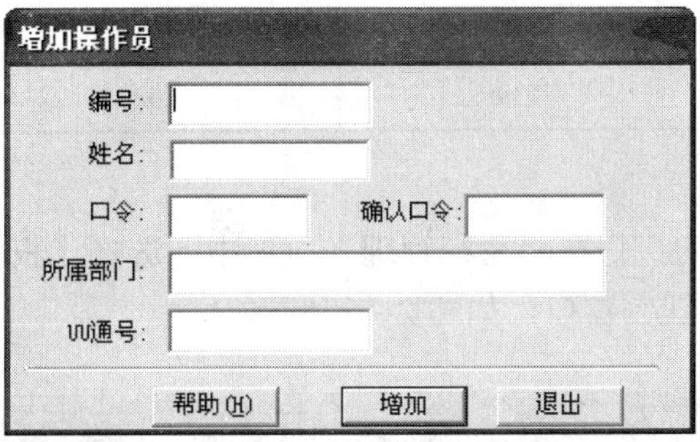

图 2-14 "增加操作员"对话框

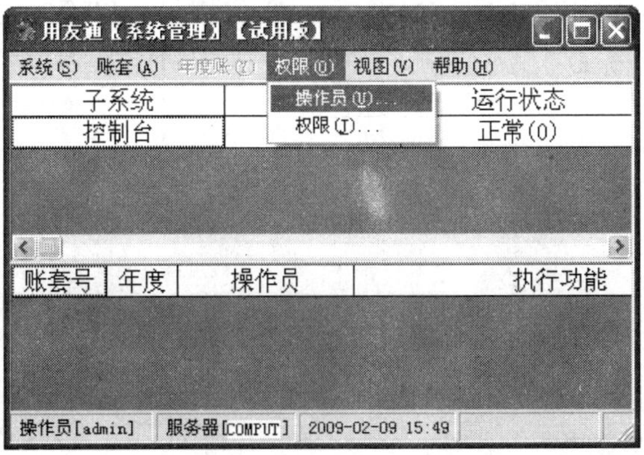

图 2-15 "系统管理"主界面

(2) 单击【操作员】，进入"操作员管理"功能界面，如图 2-13 所示。

(3) 单击【增加】按钮，打开"增加操作员"界面如图 2-14 所示。输入操作员编号、姓名、口令、所属部门及 UU 通号，单击【增加】按钮，保存信息。

(4) 在"操作员管理"窗口中，单击【修改】按钮，可对操作员进行修改。首先选择要修改的用户记录。再单击【修改】按钮,打开"修改用户信息"对话框。修改完成后,单击【修改】按钮,系统自动保存并显示修改后的用户信息。

3. 注意事项

(1) 操作员编号在系统中必须唯一。

(2) 所设置的操作员一旦被使用,则不能删除。

(3) 在实际工作中可以根据需要随时增加操作员。

(4) 为保证系统安全,分清责任,应设置操作员口令。

(5) 在权限设置中设置该操作员所拥有的某一账套的操作权限。

(6) 所设置的操作员在未被使用前,可以进行修改。

4. 案例

例2-2 增加如表2-3所列的操作员。

表2-3 操作员资料

编 号	姓 名	口 令	所 属 部 门
101	张丽	101	财务部
102	李梅	102	财务部

操作步骤如下:

(1) 以系统管理员的身份在"系统管理"窗口中,选择【权限】菜单中的【操作员】命令,打开"操作员管理"窗口,如图2-16所示。

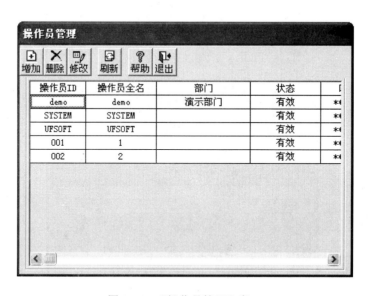

图2-16 "操作员管理"窗口

(2) 单击【增加】按钮,打开"增加操作员"对话框。在"增加操作员"对话框中,输入编号"101",姓名"张丽",口令"101",所属部门"财务部",如图2-17所示。

(3) 单击【增加】按钮,确认。

(4) 重复步骤(2)和(3)的操作,则可继续增加操作员李梅。

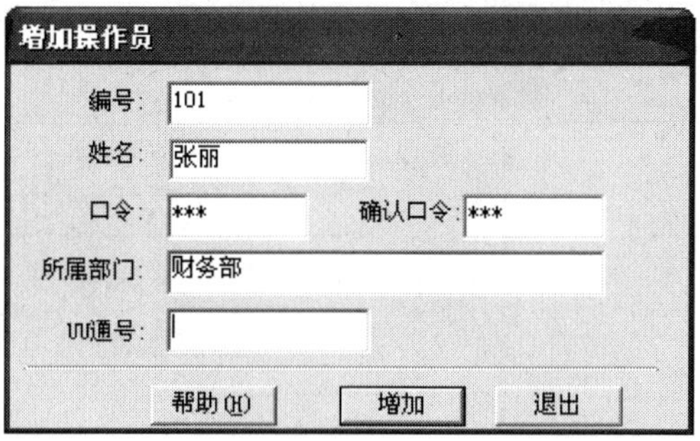

图 2-17 "增加操作员"对话框

2.4 账套管理

账套是指一组相互关联的账务数据。一般来说，可以为企业中每一个独立核算的单位建立一个账套，系统最多可以建立 999 套账。其中 998 和 999 是系统内置的演示账套，只能参照，而不能输入或修改。

2.4.1 建立账套

建立账套，即采用用友通标准版 10.3 应用系统之前为本企业建立一套账簿文件。根据企业的具体情况进行账套参数设置，主要包括核算单位名称、所属行业、启用时间、编码规则等基础参数。账套参数决定了系统的数据输入、处理、输出的内容和形式。

1. 设置账套信息

1) 操作界面

通过用友通标准版 10.3 系统中的建账向导完成账套建立。操作界面如图 2-18、图 2-19、图 2-20、图 2-21 所示。

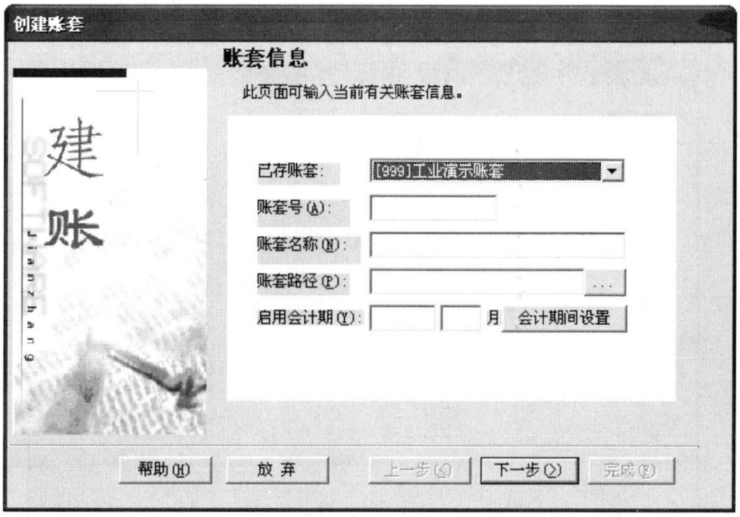

图 2-18 "创建账套——账套信息"对话框

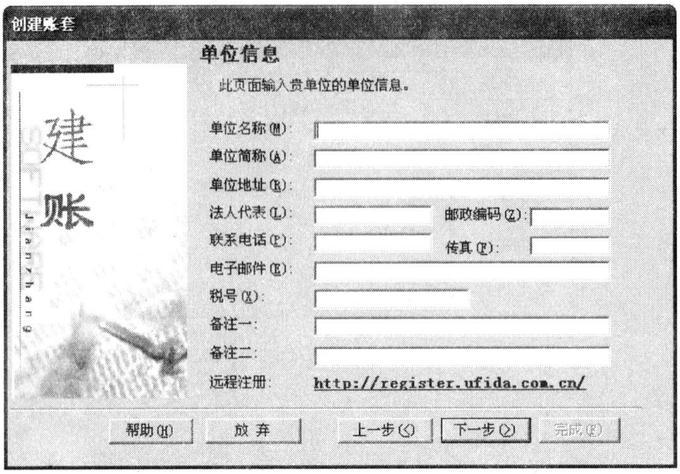

图 2-19 “创建账套——单位信息”对话框

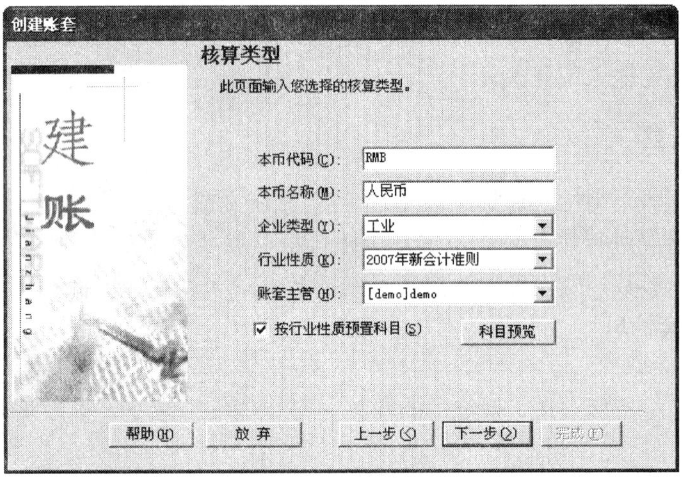

图 2-20 “创建账套——核算类型”对话框

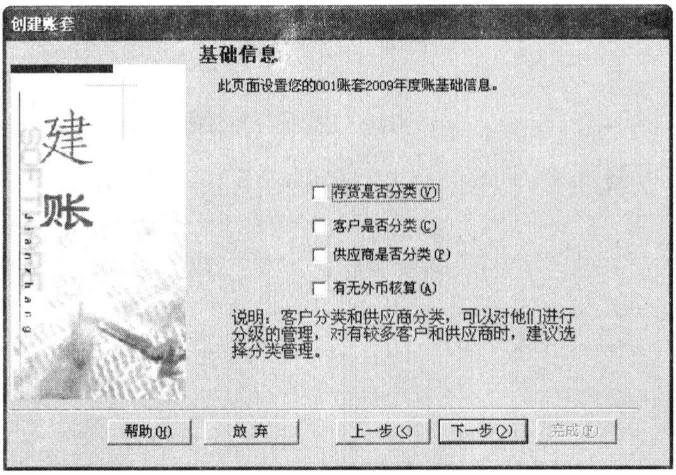

图 2-21 “创建账套——基础信息”对话框

2）操作方法及栏目说明

（1）以系统管理员的身份注册进入"系统管理"主界面，选择【账套】菜单中的【建立】，进入建立新单位账套的功能，显示创建账套输入界面，如图 2-18 所示。根据企业的实际情况和管理需要选直接输入信息即可。

栏目说明如下：

① 已存账套：系统将现有的账套以下拉框的形式在此栏目中表示出来，用户只能参照，而不能输入或修改。

② 账套号：用来输入新建账套的编号，用户必须输入。

③ 账套名称：用来输入新建账套的名称，用户必须输入。

④ 账套路径：用来输入新建账套所要被放置的路径，用户必须输入，但可以参照输入。

⑤ 启用会计期：用来输入新建账套将被启用的时间，具体到"月"，用户必须输入。

⑥ 会计期间设置：用户在输入"启用会计期"后，用鼠标单击【会计期间设置】按钮，弹出会计期间设置界面。系统根据前面"启用会计期"的设置，自动将启用月份以前的日期的背景色设为蓝色，标识为不可修改的部分，而将启用月份以后的日期（仅限于各月的截止日期，至于各月的初始日期则随上月截止日期的变动而变动）的背景色设置为白色，标识为可以修改的部分。用户可以任意设置。

（2）单击【下一步】按钮，打开"创建账套——账套信息"对话框，输入单位信息，如图 2-19 所示。用于记录本单位的基本信息，包括单位名称、单位简称、单位地址、法人代表、邮政编码、联系电话、传真、电子邮件、税号、备注。其中单位名称必须输入，其他信息可输入可不输入。

栏目说明如下：

① 单位名称：用户单位的全称，必须输入。企业全称只在发票打印时使用，其余情况下，全部使用企业的简称。

② 单位简称：用户单位的简称，用户可以不输入。

③ 单位地址：用户单位的详细地址，用户可以不输入。

④ 法人代表：用户单位的法人姓名，用户可以不输入。

⑤ 邮政编码：用户单位的邮政编码，用户可以不输入。

⑥ 联系电话：用户单位的联系业务电话，用户可以不输入。

⑦ 传真：用户单位的传真号码，用户可以不输入。

⑧ 电子邮件：用户单位的电子邮件地址，用户可以不输入。

⑨ 税号：用户单位的税号，用户可以不输入。

⑩ 备注一：输入用户认为有关该单位的其他信息，如所有制类型等。

⑪ 备注二：输入用户认为有关该单位的其他信息。

（3）单击【下一步】按钮，打开"创建账套——核算类型"对话框，输入核算信息，如图 2-20 所示。用于记录本单位的基本信息，包括本位币代码、本位币名称、账套主管、行业性质、是否按行业预置科目等。

栏目说明如下：

① 本位币代码：用来输入新建账套所用的本位币的代码，如"人民币"的代码为

RMB。

② 本位币名称：用来输入新建账套所用的本位币的名称，用户必须输入。

③ 账套主管：用来输入新建账套账套主管的姓名，用户必须从下拉框中选择输入。

④ 企业类型：用户必须从下拉框中选择输入。

⑤ 行业性质：用户必须从下拉框中选择输入。

⑥ 是否按行业预置科目：如果用户希望预置所属行业的标准一级科目，则在该选项前打勾，否则可以不进行处理。

⑦ 科目预览：单击"科目预览"，显示"行业性质"中所选择行业的会计科目。

(4) 单击【下一步】按钮，打开"创建账套——基础信息"对话框，输入基础信息选项，如图 2-21 所示。

栏目说明如下：

① 存货是否分类：如果单位的存货较多，且类别繁多，可以在存货是否分类选项前打勾，表明要对存货进行分类管理；如果单位的存货较少且类别单一，也可以选择不进行存货分类。

② 客户是否分类：如果单位的客户较多，且希望进行分类管理，可以在客户是否分类选项前打勾，表明要对客户进行分类管理；如果单位的客户较少，也可以选择不进行客户分类。

③ 供应商是否分类：如果单位的供应商较多，且希望进行分类管理，可以在供应商是否分类选项前打勾，表明要对供应商进行分类管理；如果单位的供应商较少，也可以选择不进行供应商分类。

④ 是否有外币核算：如果单位有外币业务，可以在此选项前打勾；否则可以不进行设置。

(5) 建账完成后，可以进行相关设置，根据系统提示现在启动用友通或以后以"账套主管操作员"身份登录用友通系统管理中启动用友通。如果立即启动用友通，则需要确定编码方案和数据精度，将在第 3 章基础档案设置中详细说明。

3) 注意事项

(1) 在"创建账套—账套信息"设置中，应注意：

① 新建账套号不能与已存账套号重复。

② 账套名称可以是核算单位的简称，它将随时显示在正在操作的财务软件的界面上。

③ 账套路径为存储账套数据的路径，可以修改。

④ 启用会计期为启用财务软件处理会计业务的日期。

⑤ 启用会计期不能在机内系统日期之后。

(2) 在"创建账套—单位信息"设置中，应注意对于单位信息的输入。其中单位名称必须输入，其他信息可输入可不输入。

(3) 在"创建账套—核算类型"设置中，应注意：

① 行业性质的选择决定着系统为该账套提供适合于该行业的基础数据。

② 账套主管可以在此确定，也可以在操作员权限设置功能中修改。

③ 系统默认按所选行业性质预置会计科目。如果去掉"按行业性质预置科目"复选

框前的"√",则不按行业性质预置科目。

(4) 在"创建账套—基础信息"设置中,应注意:

① 存货是否分类:如果选择了存货要分类,那么在进行基础信息设置时,必须先设置存货分类,然后才能设置存货档案。如果选择存货不分类,那么在进行基础信息设置时,可直接设置存货档案。

② 客户是否分类:如果选择了客户要分类,那么在进行基础信息设置时,必须先设置客户分类,然后才能设置客户档案。如果选择客户不分类,那么在进行基础信息设置时,可直接设置客户档案。

③ 供应商是否分类:如果选择了供应商要分类,那么在进行基础信息设置时,必须先设置供应商分类,然后才能设置供应商档案。如果选择供应商不分类,那么在进行基础信息设置时,可直接设置供应商档案。

4) 案例

(1) 设置账套信息。

例 2-3 创建账套号:001;账套名称:天津红海有限公司;启用会计期:2009 年 1 月。

操作步骤如下:

① 在"系统管理"窗口中,单击【账套】→【建立】命令,打开"创建账套——账套信息"对话框,如图 2-22 所示。

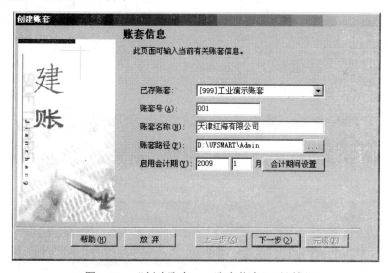

图 2-22 "创建账套——账套信息"对话框

② 输入账套信息。账套号"001",账套名称"天津红海有限公司",启用会计期"2009 年 1 月"。

(2) 输入单位信息。

例 2-4 单位名称:天津红海有限公司;单位地址:天津市黄河南路 105 号;法人代表:王红海。

操作步骤如下:

① 在"创建账套——账套信息"对话框中单击【下一步】按钮,打开"创建账套——单位信息"对话框,如图 2-23 所示。

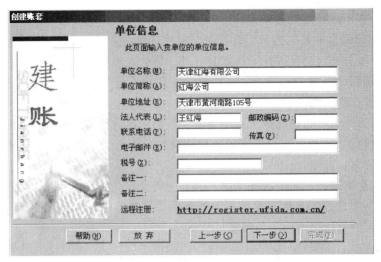

图 2-23 "创建账套——单位信息"对话框

② 输入单位信息。单位名称"天津红海有限公司",单位地址"天津市黄河南路 105 号",法人代表"王红海"。

(3) 确定核算类型。

例 2-5 该企业的记账本币:人民币(RMB);企业类型:工业;执行新会计制度,使用新会计制度科目。

操作步骤如下:

① 在"创建账套——账套信息"对话框中,单击【下一步】按钮,打开"创建账套——核算类型"对话框,如图 2-24 所示。

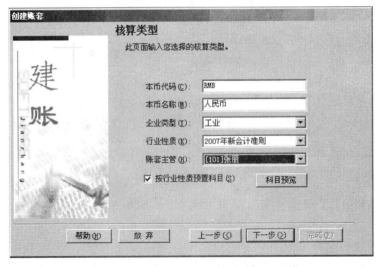

图 2-24 "创建账套——核算类型"对话框

② 输入核算类型。本币代码"RMB",本币名称"人民币",企业类型"工业",行业性质"2007 年新会计制度准则",账套主管"[101]张丽"。

③ 选中"按行业预置科目"复选项。

(4) 确定分类信息。

如果用户的存货、客户、供应商相对较多，可以对它们进行分类核算。如果目前无法确定，则可以待启动购销存系统时再进行设置。若选择各项分类核算，则必须先设置各项分类方案，然后才能设置相应的基础档案。

例 2-6 该企业不要求进行外币核算，对经济业务处理时，需要对客户、供应商进行分类，不对存货进行分类。

操作步骤如下：

① 在"创建账套——核算类型"对话框中，单击【下一步】按钮，打开"创建账套——基础信息"对话框。

② 设置基础信息。选中"客户是否分类"、"供应商是否分类"复选框，再单击【完成】按钮，系统弹出"创建账套"信息提示对话框，如图 2-25 所示。

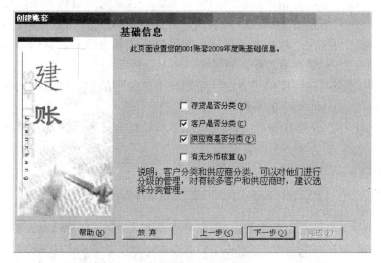

图 2-25 "创建账套——基础信息"对话框

③ 在"创建账套——基础信息"对话框中，单击【下一步】按钮，打开"创建账套——业务流程"对话框，如图 2-26 所示。

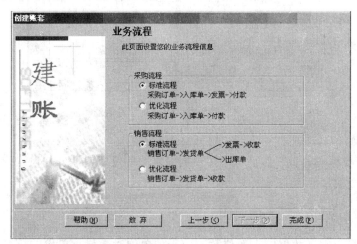

图 2-26 "创建账套——业务流程"对话框

④ 设置业务流程信息。根据企业业务需要选择适合的"采购流程"与"销售流程"。业务流程可分为"标准流程"和"优化流程"两类。

⑤ 单击【是】按钮就可以创建新的账套了，如图 2-27 所示。

图 2-27　确定已创建账套

(5) 确定编码方案。

为了便于对经济业务进行分级核算、统计和管理，软件舰队在会计科目、企业的部门等进行编码。编码方案是指设置编码的级次方案，这里采用群码方案，这是一个分段组合编码，每一段有固定的位数。编码规则是指分类编码共分几段，每段有几位。一级至最底层的段数成为级次，每级（或每段）的编码位数称为级长。编码总级长为每级编码级长之和。编码方案将在第 3 章详细说明。

编码级次和各级编码长度的设置将决定用户单位如何编制基础数据的编号，进而构成用户分级核算、统计和管理的基础。

例 2-7　该企业的分类方案是：科目编码级次 4222，客户和供应商分类编码级次 223，部门编码级次 122，其余采用系统默认值。

"分类编码方案"对话框，如图 2-28 所示。

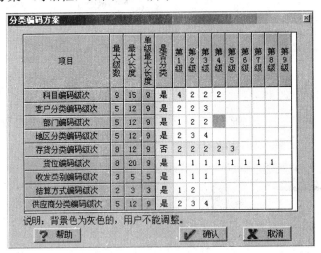

图 2-28　"分类编码方案"对话框

操作步骤如下：

① 在"分类编码方案"对话框中，根据提供的单位资料，分别设置或修改客户和供应商分类编码级次、部门编码级次、科目编码级次。

② 单击【确认】按钮。

(6) 确定数据精度。

数据精度是指定义数据的小数位数。由于各单位对数量、单价的核算要求不一致，为了适应不同的需求，系统提供了自定义数据精度的功能。

在系统管理部分需要设置的数据精度主要有："存货数量小数位"、"存货单价小数位"、"开发票单价小数位"、"件数小数位"和"换算率小数位"。具体要求是只能输入0～6之间的整数，系统默认值为2。用户可以根据单位的实际情况进行数据精度的定义，定义完成后如果有改动也可以在"系统控制台"中的"基础设置"中进行调整。数据精度将在第3章详细说明。

例2-8 该企业需要对数量、单价等核算时，小数位定为2。不启用任何系统。

"数据精度定义"对话框，如图2-29所示。

图2-29 "数据精度定义"对话框

操作步骤如下：

① 根据单位资料，确定所有小数位。

② 单击【确定】按钮，出现"创建{天津红海有限公司：[001]}成功"信息提示对话框。

③ 单击【取消】按钮，账套建立完成，但尚未启用任何系统。

注意事项：

① 单击【确定】按钮，现在可以直接进行系统启用的设置；如果单击【取消】按钮，则应到企业门户中去启用系统。

② 只有在启用系统后，系统才能进行有关业务的操作。

2. 启用系统

用户在创建一个新账套后，将自动进入系统启用界面，通过该界面可以同时完成创建账套和系统启用。或者用户由【系统管理】→【账套】→【启用】进入，进行系统启用的设置。

1) 操作界面

系统启用界面，如图2-30所示。

2) 操作方法

(1) 由系统启用权限的系统管理员和账套主管，选择要启用的系统，在方框内打勾。

(2) 在启用会计期间内输入启用的年、月数据。

(3) 操作员单击【确认】按钮后，保存此次的启用信息，并将当前操作员写入启用人。

3) 注意事项

系统启用的约束条件：

(1) 各系统的启用会计期间均必须大于等于账套的启用期间。

图 2-30　"系统启用"窗口

(2) 如果总账先启，购销存的启用月应大于总账的已结账月。

(3) 如果总账先启，工资、固定资产的启用月必须大于等于总账的未结账月。

(4) 对于启用了存货核算（已期初记账），但是没有启用购销存的老用户数据，在启用购销存时，系统将自动弹出购销存升级提示界面，并对原数据进行升级。

4) 案例

例 2-9　将例 2-8 改为启用该企业固定资产、总账、核算、工资管理和购销存管理系统。启用日期为 2009 年 1 月 1 日。

操作步骤如下：

(1) 选择要启用的系统，在方框内打勾，只有账套主管有系统启用权限。

(2) 在启用会计期间内输入启用的年、月数据：2009 年 1 月 1 日，如图 2-31 所示。

图 2-31　"系统启用——日历"对话框

(3) 用户按【确认】按钮后，保存此次的启用信息，并将当前操作员写入启用人。

2.4.2 修改账套

系统经过运行后，如果发现账套的某些信息需要修改或补充，可以通过修改账套功能来完成。此功能还可以帮助用户查看某个账套信息。

系统要求，只有账套主管才有权利注册使用账套修改功能。如果要修改某一账套的信息，首先应在启动系统管理后，以账套主管的身份登录注册系统管理，并选择要修改的账套。

1) 操作界面

由于只有账套管理员有权限修改相应的账套，就以实际案例来说明。操作界面例 2-10 中图 2-32、图 2-33、图 2-34、图 2-35、图 2-36 所示。

2) 操作方法

(1) 用户以账套主管的身份注册，选择相应的账套，进入系统管理界面。

(2) 在系统管理界面单击【账套】菜单，下拉菜单中选择【修改】，单击进入修改账套的功能。

(3) 系统自动列示出注册进入时所选账套的账套信息、单位信息、核算信息、基础设置信息。账套主管用户可根据自己的实际情况，对允许进行修改的内容进行修改。

(4) 单击【完成】按钮，表示确认修改内容；如果放弃修改，则单击【放弃】。

3) 注意事项

只有账套管理员用户才有权限修改相应的账套。

4) 案例

例 2-10 以张丽的身份登录"系统管理"，选择其所主管的 001 号账套，修改账套信息：单位名称"南京利达有限公司"；单位简称"利达公司"；单位地址"南京市北海路 265 号"，法人代表"周美丽"，电话号码"13335552668"。

操作步骤如下：

(1) 在"系统管理"窗口中，选择【系统】→【注册】，打开"注册【系统管理】"对话框。

(2) 在"操作员"框中输入 101，密码 101，在"账套"下拉列表框中选择"[001]天津红海有限公司"，如图 2-32 所示。

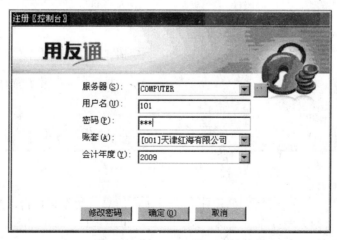

图 2-32　"001 号账套主管登录注册系统管理"界面

(3) 单击【确定】按钮。

(4) 选择【账套】→【修改】，如图 2-33 所示。

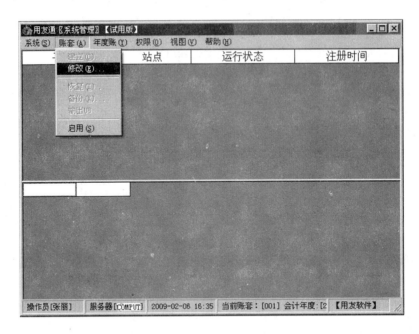

图 2-33 "【系统管理】"界面

(5) 打开"修改账套——账套信息"对话框，修改账套名称为南京利达有限公司，如图 2-34 所示。

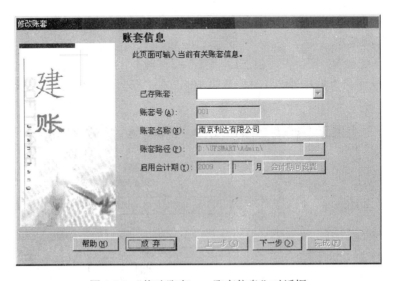

图 2-34 "修改账套——账套信息"对话框

(6) 单击【下一步】，打开"修改账套——单位信息"对话框，修改账套信息。单位名称：南京利达有限公司；单位简称：利达公司；单位地址：南京市北海路 265 号；法人代表：周美丽；电话号码：13335552668，如图 2-35 所示。

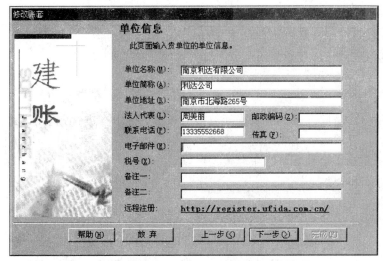

图 2-35   "修改账套——单位信息"对话框

(7) 单击【下一步】至"修改账套"消息提示对话框，选择【是】，修改完成，如图 2-36 所示。

图 2-36   "修改账套"消息提示对话框

2.4.3   输出账套

计算机在运行时经常会受到来自各方面因素的干扰，如人为因素、硬件因素、软件或计算机病毒等因素，有时会造成会计数据被破坏。因此"系统管理"窗口中提供了账套输出功能。

输出账套功能是指将所选的账套数据从本系统中卸出，将产生的数据备份到硬盘、软盘或光盘中保存起来。其目的是长期保存，防备意外事故造成的硬盘数据丢失、非法篡改和破坏；能够利用备份数据，使系统数据得到尽快恢复以保证业务正常进行。

账套的输出功能除了可以完成账套的备份操作外，还可以完成删除账套的操作。如果系统内的账套已经不需再继续保存，则可以使用账套的输出功能进行账套删除。

操作步骤如下：

(1) 系统管理员用户在系统管理界面单击【账套】的下级菜单【输出】，则进入输出账套的功能。这里的输出实际上是指备份，选择输出功能就是将账套备份到用户指定的位置，如果将"删除当前输出账套"栏目设为选中，则原账套将被删除。

(2) 系统管理员用户在账套号栏目选择将要进行输出的账套，如想删除原账套，则还要将"删除当前输出账套"栏目设为选中。单击【确定】按钮表示确认;如想放弃，则单击【放弃】按钮。

注意事项：

(1) 只有系统管理员用户才有权限引入和输出一个账套。

(2) 在删除账套时，必须关闭所有系统模块。

2.4.4　引入账套

引入账套功能是指将系统外某账套数据引入本系统中。进行账套引入的目的是：当硬盘数据被破坏时，将软盘或光盘上的最新备份数据恢复到硬盘中。该功能的增加将有利于集团公司的操作，子公司的账套数据可以定期被引入母公司系统中，以便进行有关账套数据的分析和合并工作。

操作步骤如下：

(1) 系统管理员用户在系统管理界面单击【账套】的下级菜单【引入】，则进入引入账套的功能。

(2) 系统管理员用户在界面上选择所要引入的账套数据备份文件。账套数据备份文件是系统卸出的文件，前缀名统一为 UF2KAct。选择完以后，单击【打开】按钮表示确认；如想放弃，则单击【放弃】按钮。

2.5　设置操作员权限

随着企业对管理要求不断提高，权限管理必须走向更细、更深的方向发展。用友通标准版 10.3 提供权限管理，所有子系统的权限全部归集到系统管理和基础设置中定义管理。可实现三个层次的权限管理。

第一个层次是功能级权限管理，该权限将提供划分更为细致的功能级权限管理功能。包括功能权限查看和分配。

第二个层次是数据级权限管理，该权限可以通过两个方面进行全控制，一个是字段级的权限控制，另一个是记录级的权限控制。本书将在后面章节加以详细介绍。

第三个层次是金额级权限管理，该权限主要用于完善内部金额控制，实现对具体金额数量划分级别，对不同岗位和职位的操作员进行金额级别控制，限制他们只可以使用的金额数量，不涉及内部控制的不在管理范围内。本书将在后面章节加以详细介绍。

功能权限的分配在"系统管理"中进行设置，数据级权限和金额级权限在"企业门户"中进行设置，且必须是在系统管理的功能权限设置之后才能进行。

只有系统管理员和该账套的主管有权进行权限设置，但两者的权限又有所区别。系统管理员可以指定某账套的账套主管，还可以对各个账套的操作员进行权限设置。而账套主管只可以对所有管辖账套的操作员进行权限制定。

2.5.1　增加操作员权限

由于操作员权限是指某一操作员拥有某一账套的某些功能的操作权限，因此，在设置操作员和建立该核算账套之后，可以在操作员权限设置功能中对非账套主管的操作员进行操作员权限的设置。

1. 操作界面

下面以实际案例来说明设置操作员权限。操作界面如图 2-37、图 2-38、图 2-39 所示。

2. 操作方法

(1) 以系统管理员身份登录进入"系统管理"窗口，选择【权限】菜单中的【权限】命令，打开"操作员权限"对话框。

(2) 选择要分配权限的账套和账套所在年度。

(3) 选择要分配权限的角色和操作员，单击【增加】按钮，显示"增加权限"对话框。

(4) 单击选择要分配的相关权限。

(5) 单击【确定】按钮，保存设置。

3. 注意事项

(1) 在"增加和调整权限"对话框中，单击每一个权限前的复选框，可以列示该权限的明细权限，用户可以更具自己的需要增加或修改明细权限。

(2) 由于是对系统下属的所有子系统的权限进行统一管理，故权限很多，为了方便用户设置权限，系统还提供了分子系统按组选择权限的方式。界面左侧的产品分类选择区中列示了系统中已安装的子系统，当用户选中某个子系统时，系统则自动将界面右侧明细权限选择区中属于该系统的明细权限全部选中。当然，用户还可以根据自己的需要删除按组方式已选中的明细权限。需要说明的是，每一个子系统都有一个两位的 ID 号，每一个明细权限也有一个 ID 号，并且它的前两位就是所对应子系统的 ID 号，用户可根据这个规律来辨别明细权限属于哪个子系统。

各子系统的 ID 号如表 2-4 所列。

表 2-4　ID 号列表

子　系　统	ID 号	子　系　统	ID 号
公共或应用服务	AS	采购订单	PO
固定资产管理系统	FA	采购管理	PU
应收	AR	出纳	RP
应付	AP	销售	SA
财务分析系统	FP	销售定单	SO
总账系统	GL	库存	ST
核算	IA	工资	WA
UFO 报表	MR		

4. 案例

例 2-11　增加操作员李梅拥有 001 账套"公用目录设置"和"总账"的操作权限。

操作步骤如下：

(1) 以系统管理员身份登录进入"系统管理"窗口，选择【权限】→【权限】，打开"操作员权限"对话框，如图 2-37、图 2-38 所示。

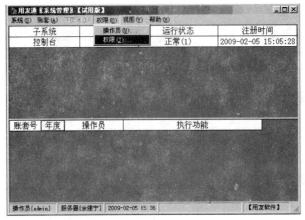

图 2-37　"【系统管理】"界面

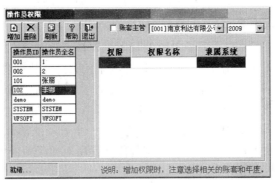

图 2-38　"操作员权限"对话框

(2) 单击选中操作员显示区中的"102 李娜"所在行。

(3) 单击对话框右上角"账套主管"下拉列表框右端的下三角按钮,选择"001 南京利达有限公司"账套及 2009 选项。注意:"账套主管"下拉列表框中的下三角按钮为设置操作员权限的账套选择按钮。

(4) 在"操作员权限"对话框中单击【增加】按钮,打开"增加权限—[102]"对话框,如图 2-39 所示。

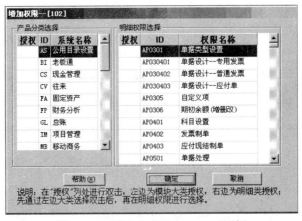

图 2-39　"增加权限"—[102]对话框

(5) 双击"公用目录设置"和"总账"复选框。

(6) 单击【确定】按钮。

2.5.2　修改操作员权限

1. 设定或取消账套主管

账套主管的设立首先在建立账套时指定，修改时由系统管理员进行账套主管的设置与放弃的操作。首先在"操作员权限"左边窗口中选择预设置或放弃账套主管资格的操作员，然后在对话框右上角下拉列表框中选择账套，最后选中左边的"账套主管"复选框。

2. 删除操作员

系统管理员或账套主管可以对非账套主管的操作员已拥有的权限进行删除。首先选择要修改操作员，在右侧列表框"权限"中选择要被删除的权限，单击【删除】图标按钮，单击【确定】即可。

思考与实务操作

一、选择题

1. 企业账套信息的修改由_____完成。

  A. 企业老总　　　　　　　　B. 系统管理员

  C. 财务主管　　　　　　　　D. 销售总监

2. 某企业的会计科目编码规则 32222，则其采用的科目编码方式是_____。

  A. 代码总长度、级数及每级位数均固定的编码方式

  B. 代码总长度和级数固定，但每级位数不固定的编码方式

  C. 代码总长度固定，但级数及每级位数不固定的编码方式

  D. 代码总长度、级数及每级位数均不固定的编码方式

3. 必须进行数据备份的情况是_____。

  A. 每月结账前

  B. 更新软件版本或需进行硬盘格式化时

  C. 会计年度终了进行结账时

  D. 以上三种情况都应进行数据备份

二、简答题

1. 简述什么是数据精度？

2. 简述用有通财务软件的编码方案。

三、实务操作题

实训：系 统 管 理

【实训资料】

 1. 操作员及其权限如表 2-5 所列。

表 2-5　操作员及其权限资料

编号	姓名	口令	所属部门	角色	权　限
201	王佳	201	财务部	账套主管	账套主管的全部权限
202	刘婉	202	财务部	总账会计	总账权限
203	李亮	203	财务部	出纳	总账系统中出纳签字及出纳的所有权限

2. 账套信息。

账套号：001

单位名称：红星股份有限公司

单位简称：红星公司

单位地址：上海市海宝区宁夏路 1 号

法人代表：张强

邮政编码：100088

税号：100011010266888

启用会计期：2008 年 1 月

企业类型：工业

企业性质：新会计制度科目

账套主管：王佳

基础信息：对存货、客户进行分类

分类编码方案如下：

　　科目编码级次：4222

　　客户分类编码级次：123

　　部门编码级次：122

　　存货分类编码级次：122

　　收发类别编码级次：12

　　结算方式编码级次：12

【实训要求】

1. 设置操作员。

2. 建立账套（不进行系统启用的设置）。

3. 设置操作员权限。

4. 账套备份（备份至【我的文档】中【200 账套备份】→【实训备份】）。

第 3 章　基础档案设置

知识向导

在用友通标准版 10.3 软件安装完成并建立好账套之后，接下来要进行的是一项非常重要的工作，即基础档案设置工作。基础档案设置是系统运行的基础，它将对后续日常业务处理产生重要影响。基础档案设置就是对日常业务所涉及到的会计科目、凭证类别、结算方式、供应商、客户、存货、部门、职员等一系列基础资料进行设置。

学习目标

(1) 掌握基本信息中编码方案及数据精度的设置方法。

(2) 掌握机构管理中部门档案及职员档案的设置方法。

(3) 掌握注来业务中客户、供应商、地区分类及其档案的设置方法。

(4) 掌握存货分类及其档案的设置方法。

(5) 掌握财务核算中会计科目、凭证类别、项目目录、结算方式等内容的设置方法。

(6) 掌握购销存管理中仓库档案、收发类别、采购类型、销售类型等内容的设置方法。

实务操作重点

(1) 编码方案的设置。

(2) 会计科目的设置。

(3) 凭证类别的设置。

(4) 项目目录的设置。

(5) 结算方式的设置。

3.1　基本信息设置

3.1.1　基本信息概述

用友通标准版 10.3 软件中基本信息包括编码方案和数据精度。

3.1.2　编码方案设置

1. 操作界面

编码方案是为了便于用户进行分级核算、统计和管理，对基础数据的编码级次和各级编码长度进行设置，它将决定用户单位如何编制基础数据的编号。可设置的内容有：

科目编码、存货分类编码、地区分类编码、客户分类编码、供应商分类编码、部门编码、收发类别编码、结算方式编码和货位编码，如图 3-1 所示。

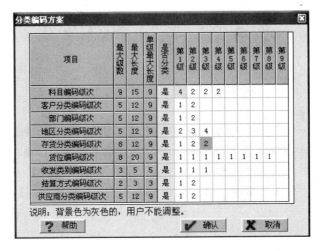

图 3-1　"分类编码方案"对话框

2. 操作方法及栏目说明

1) 操作方法

(1) 在用友通标准版 10.3 主界面，用鼠标单击菜单【基础设置】→【基本信息】→【编码方案】，屏幕显示如图 3-1 所示。

(2) 根据企业的实际情况和管理需要选中相应的栏目直接输入数据，最后按【确认】即可。

2) 栏目说明

(1) 科目编码级次：系统最大限制为 9 级 15 位，且任何一级的最大长度都不得超过 9 位编码。一般单位用 32222 即可。用户在此设定的科目编码级次和长度将决定用户单位的科目编号如何编制。例如，某单位将科目编码设为 32222，则科目编号时一级科目编码是 3 位长，二至五级科目编码均为 2 位长。

(2) 存货分类编码级次：系统的最大限制为 8 级 12 位，且任何一级的编码长度都不得超过 9 位编码。

(3) 客户分类编码级次：系统的最大限制为 5 级 12 位，且任何一级的编码长度都不得超过 9 位编码。

(4) 供应商分类编码级次：系统的最大限制为 5 级 12 位，且任何一级的编码长度都不得超过 9 位编码。

(5) 收发类别编码级次：系统将收发类别编码级次固定为 2 级，总长度不得超过 5 位编码。系统默认收发类别编码为 12，即编号时，一级收发类别编码为 1 位长，二级编码为 2 位长。

(6) 部门编码级次：系统的最大限制为 5 级 12 位，且任何一级的编码长度都不得超过 9 位编码。

(7) 结算方式编码级次：系统将结算方式编码级次固定为 2 级，总长度不得超过 3 位编码。系统默认结算方式类别编码为 12，即编号时，一级结算方式类别编码为 1 位长，二级编码为 2 位长。

(8) 地区分类编码级次：系统的最大限制为 3 级 12 位，且任何一级的编码长度都不得超过 9 位编码。

(9) 货位编码级次：系统的最大限制为 8 级 20 位，且任何一级的编码长度都不得超过 9 位编码。

3. 注意事项

(1) 在建立账套时设置存货（客户、供应商）为不需分类，则不能进行存货分类（客户分类、供应商分类）的编码方案设置。

(2) 背景色为灰色时，表示编码已经不能更改。

4. 案例

例 3-1 该企业科目编码级次为 4222、客户分类编码级次为 12、供应商分类编码为 12、存货分类编码级次为 122，设置编码方案。

操作步骤如下：

按上述操作方法设置结果如图 3-1 所示。

3.1.3 数据精度设置

1. 操作界面

由于各用户企业对数量、单价的核算精度要求不一致，为了适应各用户企业的不同需求，本系统提供了自定义数据精度的功能。在系统管理部分需要设置的数据精度主要有：存货数量小数位、存货单价小数位、开票单价小数位、件数小数位数和换算率小数位。用户可根据企业的实际情况来进行设置，如图 3-2 所示。

图 3-2　"数据精度定义"对话框

2. 操作方法及栏目说明

1) 操作方法

(1) 在用友通标准版 10.3 主界面，用鼠标单击菜单【基础设置】→【基本信息】→【数据精度】，屏幕显示如图 3-2 所示。

(2) 根据企业的实际情况和管理需要选中相应的栏目直接输入数据，最后按【确认】即可。

2) 栏目说明

(1) 存货数量小数位：用户可根据企业的实际情况，输入在进行存货数量核算时所要求的小数位数。只能输入 0～6 之间的整数，系统默认值为 2。

(2) 存货单价小数位：用户可根据企业的实际情况，输入在进行存货单价核算时所要求的小数位数。只能输入 0～6 之间的整数，系统默认值为 2。

(3) 开票单价小数位：用户可根据企业的实际情况，输入在开票时所要求的单价的小数位数。只能输入 0～6 之间的整数，系统默认值为 2。

(4) 件数小数位：用户可根据企业的实际情况，输入在进行开票时所要求的件数小数位数。只能输入 0～6 之间的整数，系统默认值为 2。

(5) 换算率小数位：用户可根据企业的实际情况，输入在进行单位换算时所要求的换算率的小数位数。只能输入 0～6 之间的整数，系统默认值为 2。

3.2 机 构 设 置

3.2.1 机构设置概述

用友通标准版 10.3 机构设置包括部门档案和职员档案。

3.2.2 部门档案设置

1. 操作界面

按照已经定义好的部门编码级次原则输入部门编号及其信息。最多可分 5 级，编码总长 12 位，部门档案包含部门编码、部门名称、负责人、部门属性等信息，如图 3-3 所示。

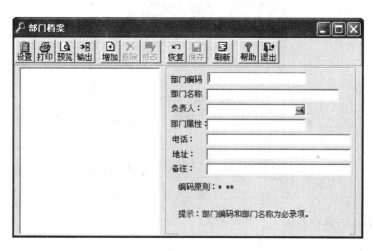

图 3-3　"部门档案"对话框

2. 操作方法及栏目说明

1) 操作方法

(1) 单击【基础档案】→【机构设置】→【部门档案】，显示如图 3-3 所示。

(2) 单击【增加】按钮，这时在屏幕右面输入部门编号、部门名称、负责人、部门属性、电话、地址、备注等信息，就可增加部门。

(3) 在部门档案界面左边，将光标定位到要修改的部门编号上，用鼠标单击【修改】按钮。这时界面即处于修改状态，可以对部门名称、负责人、部门属性、电话、地址、备注等信息进行修改。

(4) 把光标放在要删除的部门上，用鼠标单击【删除】按钮，系统将提示"确实要删除该部门信息吗？"单击【是（Y）】即可删除此部门。

2) 栏目说明

(1) 部门编号：符合编码级次原则。必须录入，必须唯一、不能进行修改。

(2) 部门名称：必须录入。

(3) 负责人：可以为空。

(4) 部门属性：输入部门是车间、采购部门、销售部门等部门分类属性，可以为空。

(5) 电话：可以为空。

(6) 地址：可以为空。

(7) 备注：可以为空。

3. 注意事项

(1) 部门编号、部门名称必须输入。

(2) 部门编号必须符合部门编码级次原则。

(3) 如果输入某几条信息后，不按【保存】按钮，而直接按【放弃】或【增加】按钮，即表示放弃此次增加。

(4) 输入内容禁用以下英文字符：＊ ＿ ％ ' ｜ ？ ＜ ＞ ＆ ； [ ]。

(5) 若部门被其他对象引用后就不能被删除。

4. 案例

例 3-2 某企业部门档案资料如表 3-1 所列，在系统中进行设置。

表 3-1　部门档案资料

部 门 编 码	部 门 名 称
1	办公室
2	财务室
3	采购部
4	销售部

操作步骤如下：

(1) 在部门档案主界面，单击【增加】按钮，输入部门编号"1"、部门名称"办公室"，如图 3-4 所示。

(2) 单击【保存】按钮，并按表 3-1 内容增加其他部门。

(3) 最后结果如图 3-5 所示。

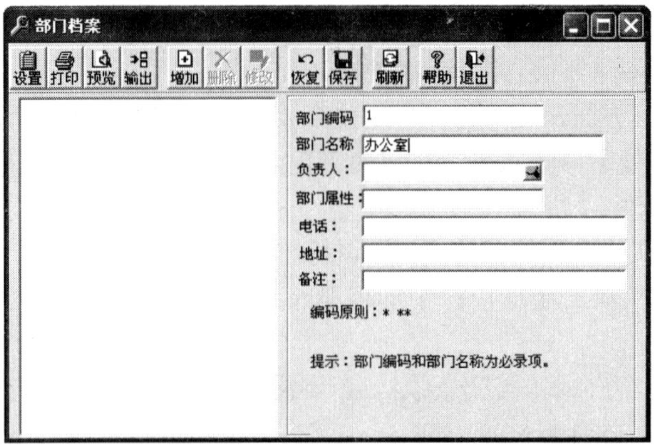

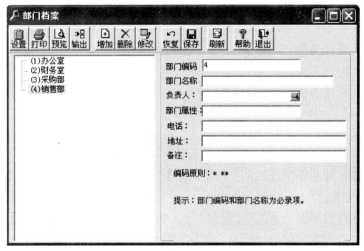

图 3-4　"部门档案"对话框

图 3-5　"部门档案"对话框设置结果

3.2.3　职员档案设置

1. 操作界面

主要用于记录本单位使用系统的职员列表，包括职员编号、职员名称、所属部门及职员属性等，如图 3-6 所示。

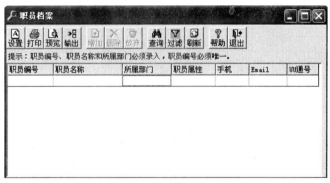

图 3-6　"职员档案"对话框

2. 操作方法及栏目说明

1）操作方法

(1) 单击【基础档案】→【机构设置】→【职员档案】，显示如图3-6所示。

(2) 单击功能键中的【增加】按钮，屏幕上出现一空白行，用户可根据自己企业的实际情况，在相应栏目中输入适当内容。也可以在最后一栏空行中，双击鼠标，直接进入增加状态。

(3) 将光标定位到要修改的职员上，用鼠标双击所要修改的内容，即可进入修改状态修改。

(4) 把光标放在要删除的职员上，用鼠标单击【删除】按钮，系统提示"确实要删除职员档案——XX吗？"，单击【是（Y)】即可删除此职员。

2）栏目说明

(1) 职员名称 ：必须录入，可以重复。

(2) 所属部门：输入该职员所属的部门。只能选定末级部门。

(3) 职员属性：填写职员是属于采购员、库房管理人员还是销售人员等人员属性。

(4) 手机：输入该职员的手机号码。

(5) Email：填写职员的电子信箱。

(6) UU通号：填写联系人的UU通号。

3. 注意事项

(1) 职员编号必须唯一。

(2) 职员编号和职员名称必须输入。

(3) 输入内容禁用以下英文字符：* ＿ % ' | ? < > & ； [ ]。

(4) 已经发生的客户不能删除。

(5) 非末级客户分类不能删除。

4. 案例

例3-3 某企业职员档案资料如表3-2所列，在系统中进行设置。

表3-2　职员档案资料

职 员 编 码	职 员 名 称	所 属 部 门
101	王明	办公室
201	张若民	财务室
301	李红	采购部
401	刘红英	销售部

操作步骤如下：

(1) 在职员档案主界面，双击职员编号输入"101"、输入职员名称 "王明"，双击"所属部门"，出现部门参照窗口，如图3-7所示。

(2) 双击【办公室】按钮，返回主界面，按【Enter】键进入下一行，上一行内容自动保存，继续输入其他职员资料。

(3) 最后结果如图3-8所示。

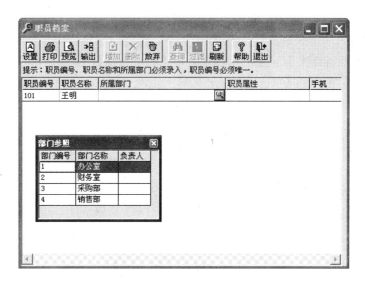

图 3-7 设置"职员档案"对话框

图 3-8 "职员档案"对话框设置结果

3.3 往来管理设置

3.3.1 往来管理设置概述

用友通标准版 10.3 往来单位设置包括地区分类、客户分类、供应商分类、客户档案和供应商档案等。

3.3.2 地区分类

使用用友的采购管理、销售管理、库存管理和应收应付账管理系统，都会使用到供应商档案、客户档案。而供应商档案、客户档案表中有所属地区栏目要填写。如果企业需要对供货单位或客户按地区进行统计，那就应该建立地区分类体系。

地区分类最多有五级，企业可以根据实际需要进行分类。例如，可以按区、省、市进行分类，也可以按省、市、县进行分类。

1. 操作界面

地区分类操作界面如图 3-9 所示。

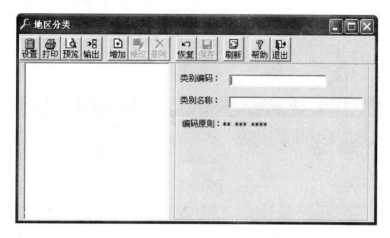

图 3-9   "地区分类"对话框

2. 操作方法及栏目说明

1) 操作方法

(1) 单击【基础档案】→【往来单位】→【地区分类】，显示如图 3-5 所示。

(2) 用鼠标单击【增加】按钮，按要求输入各项内容，再按【保存】按钮，保存此次增加的地区分类；如果想放弃新增地区分类，可以用鼠标单击【放弃】按钮，放弃此次增加的地区分类。如果想继续增加，用鼠标单击【增加】按钮即可。

(3) 将光标移到要修改的地区分类上，用鼠标单击【修改】按钮，即可进入地区分类修改界面。用户可以在此对需要修改的项目进行调整，修改完毕后，用鼠标单击【保存】按钮，即可保存当前地区分类的修改；如果想放弃修改，用鼠标单击【放弃】按钮即可。如果要继续修改，将光标定位在下一个需要修改的存货上，重复上述步骤。

(4) 将光标移到要删除的地区分类上，用鼠标单击【删除】按钮，即可删除当前分类。

2) 栏目说明

(1) 地区分类编码：地区分类编码必须唯一。

(2) 地区分类名称：可以是汉字或英文字母，不能为空和重复。

3. 注意事项

(1) 输入内容禁用以下英文字符：* _ % ' | ? < > & ; [ ]。

(2) 已经使用的地区分类不能删除。

(3) 非末级地区分类不能删除。

4. 案例

例 3-4 某企业地区分类资料如表 3-3 所列。

表 3-3 地区分类资料

类 别 编 码	类 别 名 称
01	银川地区
02	银南地区
03	银北地区

操作步骤如下：

(1) 在地区分类主界面，单击【增加】按钮，输入地区类别编码"01"、类别名称"银川地区"，如图 3-10 所示。

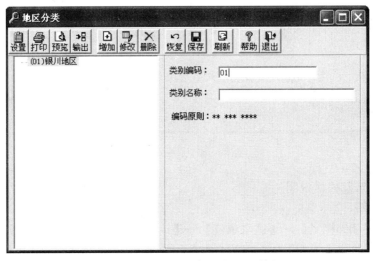

图 3-10 "地区分类"设置对话框

(2) 单击【保存】按钮，并按表 3-4 内容增加其他地区。

(3) 最后结果如图 3-11 所示。

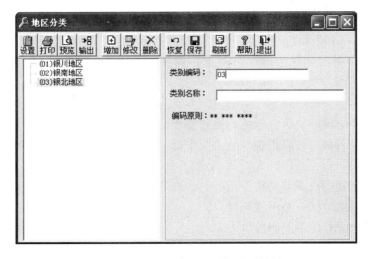

图 3-11 "地区分类"对话框设置结果

3.3.3 客户及供应商分类

如果想对客户（或供应商）进行分类管理，用户可以通过本功能建立客户（或供应商）分类体系。用户可将客户（或供应商）按行业、地区等进行划分。建立起客户（或供应商）分类后，用户可以将客户（或供应商）设置在最末级的客户（或供应商）分类之下。

在客户（或供应商）档案设置中所需要设置的客户（或供应商），应先行在本功能中设定。已被引用的客户（或供应商）分类不能被删除。没有对客户（或供应商）进行分类管理需求的用户可以不使用本功能。下面主要以客户分类为例进行介绍，供应商分类设置的操作同客户分类。

1. 操作界面

客户分类操作界面如图 3-12 所示。

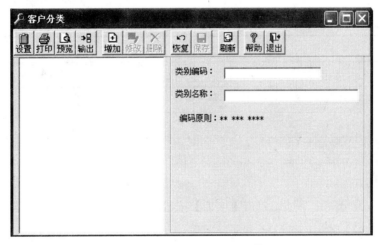

图 3-12　"客户分类"对话框

2. 操作方法及栏目说明

1) 操作方法

(1) 单击【基础档案】→【往来单位】→【客户分类】，显示如图 3-5 所示。

(2) 单击【增加】按钮，按要求输入各项内容，再按【保存】按钮，保存此次增加的客户分类；如果想放弃新增客户分类，可以用鼠标单击【放弃】按钮，放弃此次增加的客户分类。如果想继续增加，用鼠标单击【增加】按钮即可。

(3) 将光标移到要修改的客户分类上，用鼠标单击【修改】按钮，即可进入客户分类修改界面。用户可以在此对需要修改的项目进行调整，修改完毕后，用鼠标单击【保存】按钮，即可保存当前客户分类的修改；如果想放弃修改，用鼠标单击【放弃】按钮即可。如果要继续修改，将光标定位在下一个需要修改的存货上，重复上述步骤。

(4) 将光标移到要删除的客户分类上，用鼠标单击【删除】按钮，即可删除当前分类。

2) 栏目说明

(1) 客户分类编码：客户分类编码必须唯一。

(2) 客户分类名称：可以是汉字或英文字母，不能为空。

3. 注意事项

(1) 有下级分类码的客户分类前会出现带框的"+"符号，双击该分类码时，会出现或取消下级分类码。

(2) 新增的客户分类的分类编码必须与[编码原则]中设定的编码级次结构相符。例如，编码级次结构为"XX——XXX"，那么，"001"是一个错误的客户分类编码。

(3) 客户分类必须逐级增加。除了一级客户分类之外，新增的客户分类的分类编码必须有上级分类编码。例如，编码级次结构为"XX——XXX"，那么"01001"这个编码只有在编码"01"已存在的前提下才是正确的。

(4) 已经使用的客户分类不能删除。

(5) 非末级客户分类不能删除。

4. 案例

例3-5 某企业供应商分类资料如表3-4所列。

表3-4 供应商分类资料

类 别 编 码	类 别 名 称
1	批发企业
01	百货类
02	家电类
2	生产厂家

操作步骤如下：

(1) 在供应商分类主界面，单击【增加】按钮，输入类别编码"1"、类别名称"批发企业"，如图3-13所示。

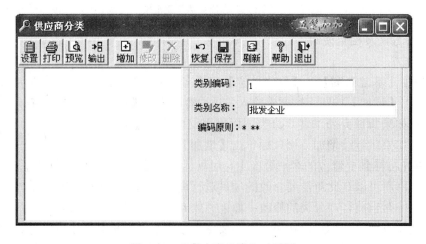

图3-13 "供应商分类"对话框

(2) 单击【保存】按钮，并按表3-4内容增加其他供应商。

(3) 最后结果如图3-14所示。

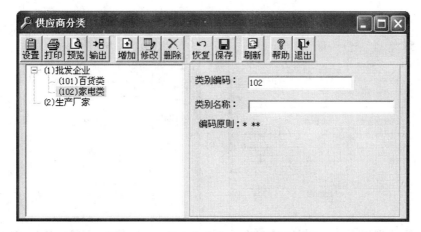

图 3-14　"供应商分类"对话框设置结果

3.3.4　客户及供应商档案

完成客户或供应商的分类设置之后，开始进行客户或供应商档案的设置和管理。下面主要以客户档案为例进行介绍，供应商档案设置的操作与客户档案相同。

1. 操作界面

在销售管理等业务中需要处理的客户的档案资料，应先在本功能中设定，平时如有变动应及时在此进行调整。客户档案操作界面如图 3-15、图 3-16、图 3-17、图 3-18、图 3-19 所示。

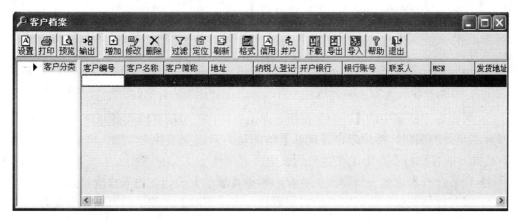

图 3-15　"客户档案"设置对话框

2. 操作方法及栏目说明

1) 操作方法

(1) 单击【基础档案】→【往来单位】→【客户档案】，显示如图 3-15 所示。

(2) 在图 3-15 左边的树型列表中选择一个末级的客户分类（如果您在建立账套时设置客户不分类，则不用进行选择），单击【增加】按钮，进入增加状态。显示如图 3-16、图 3-17、图 3-18、图 3-19 所示。分别填写基本页、联系页、信用页、其他页的内容，增加完成后，单击【保存】按钮，则保存当前输入信息。

63

图 3-16 "客户档案卡片"基本页

图 3-17 "客户档案卡片"联系页

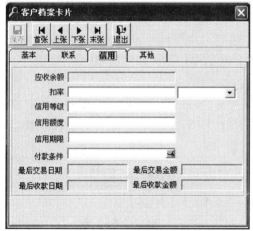

图 3-18 "客户档案卡片"信用页

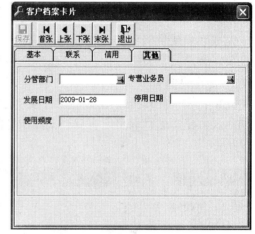

图 3-19 "客户档案卡片"其他页

(3) 单击客户档案中的【并户】按钮，弹出"并户"对话框输入被并户的客户编号以及并至客户处的编码，然后单击【确认】键即可。系统提示并户成功，则表明已完成并户，被并户的客户将不再出现在客户列表中。

(4) 在客户列表中选中要修改的客户，单击【修改】按钮，进入修改状态。

(5) 将光标移到要删除的客户上，用鼠标单击【删除】按钮，即可删除当前客户。

2) 栏目说明

(1) 基本页：

① 客户编号：客户编号必须唯一；客户编号可以用数字或字符表示，最多可输入 20 位数字或字符。

② 客户名称：可以是汉字或英文字母，客户名称最多可写 49 个汉字或 98 个字符。客户名称用于销售发票的打印。

③ 客户简称：可以是汉字或英文字母，客户名称最多可写 30 个汉字或 60 个字符。客户简称用于业务单据和账表的屏幕显示。

④ 所属分类码：系统根据用户增加客户前所选择的客户分类自动填写，用户可以

修改。

⑤ 所属地区码：可输入客户所属地区的代码。

⑥ 客户总公司：指当前客户所隶属的最高一级的公司，该公司必须是已经通过【客户档案设置】功能设定的另一个客户。

⑦ 所属行业：输入客户所归属的行业，可输入汉字。

⑧ 税号：输入客户的工商登记税号，用于销售发票的税号栏内容的屏幕显示和打印输出。

⑨ 法人：输入客户的企业法人代表的姓名。

⑩ 开户银行：输入客户的开户银行的名称，如果客户的开户银行有多个，在此处输入该企业同用户之间发生业务往来最常用的开户银行。

⑪ 银行账号：输入客户在其开户银行中的账号，可输入 50 位数字或字符。银行账号应对应于开户银行栏目所填写的内容。如果客户在某开户银行中银行账号有多个，在此处输入该企业同用户之间发生业务往来最常用的银行账号。

(2) 联系页：

① 地址：可用于销售发票的客户地址栏内容的屏幕显示和打印输出，最多可输入 100 个汉字和 200 个字符。如果客户的地址有多个，在此处输入该企业同用户之间发生业务往来最常用的地址。

② 邮政编码：输入客户通讯地址所在邮政区域的邮政编码。

③ 联系人：输入与用户发生业务联系的客户的主要联系人姓名。

④ E-Mail 地址：输入客户的电子邮件地址，以便通过电子邮件与客户进行联系。

⑤ 电话：输入客户的联系电话号码，可用于销售发票的客户电话栏内容的屏幕显示和打印输出。

⑥ 传真：输入客户的传真号码，以便通过传真与客户进行联系。

⑦ 手机：输入客户联系人的手机号码，以便通过无线寻呼方式传真与客户进行联系。可用于销售发票的客户电话栏内容的屏幕显示和打印输出。

⑧ UU 通号：填写联系人的 UU 通号。

⑨ 发货地址：可用于销售发货单中发货地址栏的默认取值，它可以与客户地址相同，也可以不同。在很多情况下，发货地址是客户主要仓库的地址。

⑩ 发运方式：可用于销售发货单中发运方式栏的默认取值，输入系统中已存在代码时，自动转换成发运方式名称。

⑪ 发货仓库：可用于销售单据中仓库的默认取值，输入系统中已存在代码时，自动转换成仓库名称。

(3) 信用页：

① 应收余额：指客户当前的应收账款的余额。期初的应收账款余额可以在此处由用户手工输入。

② 扣率：输入客户在一般情况下可以享受的购货折扣率，可用于销售单据中折扣的默认取值。

③ 信用等级：按照用户自行设定的信用等级分级方法，依据客户在应收款项方面的表现，输入客户的信用等级。

④ 信用期限：可作为计算客户超期应收款项的计算依据，其度量单位为"天"。

⑤ 付款条件：可用于销售单据中付款条件的默认取值，输入系统中已存在代码时，自动转换成付款条件表示。

⑥ 最后交易日期：由系统自动显示客户的最后一笔业务的交易日期，例如，该客户的最后一笔业务（在各种业务中业务日期最大）是开具一张销售发票，那么最后交易日期即为这张发票的发票日期。用户不能手工修改最后交易日期。

⑦ 最后交易金额：由系统自动显示客户的最后一笔业务的交易金额，例如，该客户的最后一笔业务（在各种业务中业务日期最大）是开具一张销售发票，那么最后交易金额即为这张发票的总价税合计金额。用户不能手工修改最后交易金额。

⑧ 最后收款日期：由系统自动显示客户的最后一笔收款业务的收款日期，例如，该客户的最后一笔收款业务（在所有收款单中该收款日期最大）的收款日期为"1998 年 5 月 8 日"，那么最后收款日期为"1998 年 5 月 8 日"。

⑨ 最后收款金额：由系统自动显示客户的最后一笔收款业务的收款金额，例如，该客户的最后一笔收款业务（在所有收款单中该收款日期最大）的收款金额为"RMB ￥1000.00"，那么最后收款金额为 1000.00。金额单位为发生实际收款业务的币种。

⑩ 信用额度：内容必须是数字，可输入两位小数，可以为空。

(4) 其他页：

① 分管部门：输入和客户发生业务往来的主要部门。可用于销售单据中部门的默认取值。输入系统中已存在部门编号时，自动转换成部门名称。

② 专营业务员：输入和客户发生业务往来的主要业务员。可用于销售单据中业务员的默认取值。

③ 发展日期：输入客户被发展为用户的客户的日期。一般情况下，该客户的第一笔业务的业务日期应大于或等于发展日期。

④ 停用日期：输入因信用等原因和用户停止业务往来的客户被停止使用的日期。停用日期栏内容不为空的客户，在任何业务单据开具时都不能使用，但可进行查询。如果要使被停用的客户放弃使用，将停用日期栏的内容清空即可。

⑤ 使用频度：指客户在业务单据中被使用的次数。

⑥ 自定义项：根据实际需要，用户可以在客户档案中自定义系统未提供的项目，例如，客户的主营业务等。在客户档案中，用户最多可以设三个自定义项。

3. 注意事项

已经使用的客户不能删除。

4. 案例

例 3-6 某企业供应商档案资料如表 3-5 所列。

表 3-5 供应商档案资料

供应商编号	供应商名称	供应商简称	所属分类码	所属地区	地 址	邮政编码
001	银川联想分公司	联想	101	01	银川市	750001
002	吴中针织厂	针织厂	1	02	吴中市	751100

操作步骤如下：

(1) 在供应商档案主界面，单击【增加】按钮，打开供应商档案卡片窗口，如图 3-20 所示。

图 3-20　"供应商档案卡片"对话框

(2) 按表 3-5 内容，录入各项资料，单击【保存】按钮，再增加其他档案资料。

(3) 最后结果如图 3-21 所示。

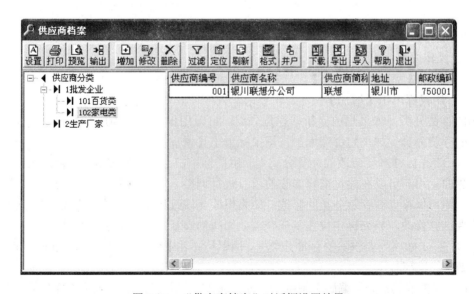

图 3-21　"供应商档案"对话框设置结果

3.4　存　货　设　置

3.4.1　存货设置概述

用友通标准版 10.3 存货设置包括存货分类和存货档案。

3.4.2　存货分类

存货分类用于设置存货分类编码、名称及所属经济分类。存货分类最多可分 8 级，编码总长不能超过 12 位，每级级长用户可自由定义。例如，工业企业的存货分类可以分为三类：材料、产成品、应税劳务。用户可以在此基础上继续分类。如果材料继续分类，可以按材料属性分为钢材类、木材类等。

1. 操作界面

存货分类操作界面如图 3-22 所示。

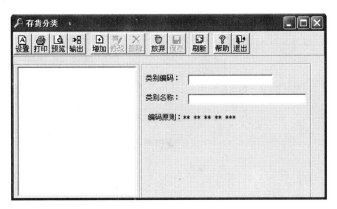

图 3-22　"存货分类"对话框

2. 操作方法及栏目说明

1) 操作方法

(1) 单击【基础档案】→【存货】→【存货分类】，显示如图 3-22 所示。

(2) 用鼠标单击【增加】按钮，按要求输入各项内容，再按【保存】按钮，保存此次增加的存货分类；如果想放弃新增存货分类，可以用鼠标单击【放弃】按钮，放弃此次增加的存货分类。如果想继续增加，用鼠标单击【增加】按钮即可。

(3) 将光标移到要修改的存货分类上，用鼠标单击【修改】按钮，即可进入存货分类修改界面。用户可以在此对需要修改的项目进行调整，修改完毕后，用鼠标单击【保存】按钮，即可保存当前存货分类的修改；如果想放弃修改，用鼠标单击【放弃】按钮即可。如果要继续修改，将光标定位在下一个需要修改的存货上，重复上述步骤。

(4) 将光标移到要删除的存货分类上，用鼠标单击【删除】按钮，即可删除当前分类。

2) 栏目说明

(1) 分类编码：分类编码必须唯一；分类编码必须按其级次的先后次序建立。分类编码可以用数字 0～9 或字符 A～Z 表示。

(2) 分类名称：可以是汉字或英文字母，分类名称最多可写 10 个汉字或 20 个字符。

3. 注意事项

(1) 分类编码、分类名称中禁止使用 & " ' :等特殊字符。

(2) 新增的存货分类的分类编码必须与【编码原则】中设定的编码级次结构相符。

(3) 存货分类必须逐级增加。除了一级存货分类之外，新增的存货分类的分类编码必须有上级分类编码。

(4) 已经使用的存货分类不能删除。

(5) 非末级存货分类不能删除。

4. 案例

例 3-7 某企业存货分类资料如表 3-6 所列。

表 3-6 存货分类资料

类 别 编 码	类 别 名 称
1	原材料
2	半成品
3	产成品

操作步骤如下：

(1) 在存货分类主界面，单击【增加】按钮，输入类别编码"1"、类别名称"原材料"，如图 3-23 所示。

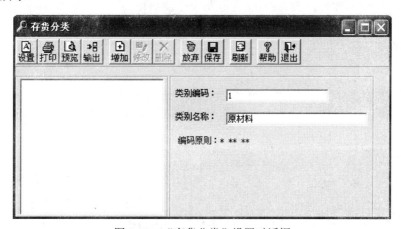

图 3-23 "存货分类"设置对话框

(2) 单击【保存】按钮，并按表 3-6 内容增加其他存货分类。

(3) 最后结果如图 3-24 所示。

3.4.3 存货档案

本功能完成对存货目录的设立和管理，可以根据业务的需要增加、修改、删除、查询、打印存货档案。

1. 操作界面

存货档案操作界面如图 3-25、图 3-26、图 3-27、图 3-28、图 3-29 所示。

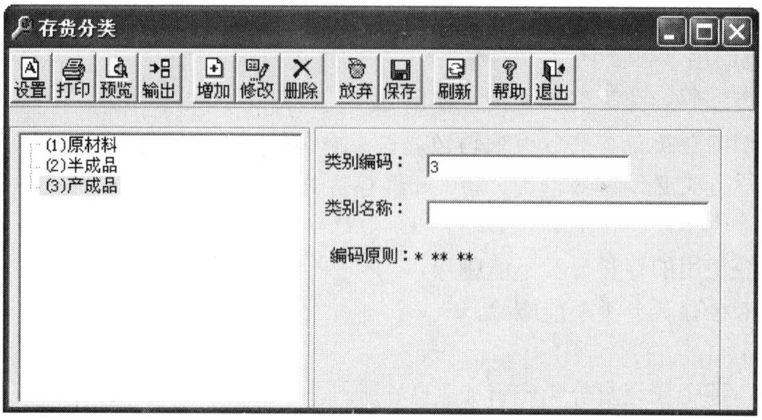

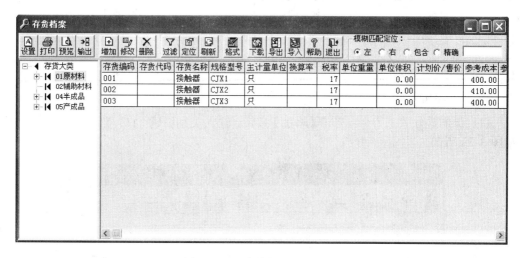

图 3-24 "存货分类"对话框设置结果

图 3-25 "存货档案"对话框

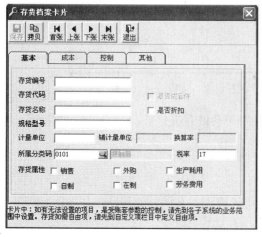

图 3-26 "存货档案卡片"基本页

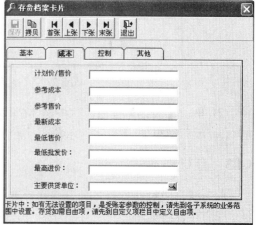

图 3-27 "存货档案卡片"成本页

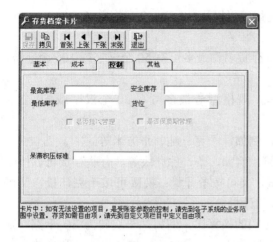 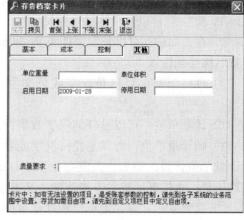

图 3-28 "存货档案卡片"控制页 图 3-29 "存货档案卡片"其他页

2．操作方法及栏目说明

1）操作方法

(1) 单击【基础档案】→【存货】→【存货档案】，显示如图 3-25 所示。

(2) 在图 3-25 中左边的树型列表中选择一个末级的存货分类（如果在建立账套时设置存货不分类，则不用进行选择），单击【增加】按钮，进入增加状态。显示如图 3-26、图 3-27、图 3-28、图 3-29 所示。分别填写基本页、联系页、信用页、其他页的内容，添加完成后，单击【保存】按钮，则保存当前输入信息。

(3) 在存货列表中选中要修改的存货，单击【修改】按钮，进入修改状态。

(4) 将光标移到要删除的存货上，用鼠标单击【删除】按钮，即可删除当前存货。

(5) 设置显示内容：在存货档案中显示的内容可自由设置。单击"存货档案"的【设置】按钮，出现栏目选择框，根据需要选择相应栏目，然后单击【确认】按钮，则显示存货时系统将按设置的栏目进行显示。

(6) 排序：在存货档案中用鼠标将要排序的栏目选中，选中的栏目以蓝色显示，然后单击鼠标右键，选择排序的方式：升序或降序。选择后系统则自动进行排序。

(7) 设置显示顺序：在档案中自由设置各栏目的顺序。用鼠标单击要改变顺序的栏目的标题，直到鼠标由通常的"箭头"状态变为"列表图标"状态，此时不能松开手，继续拖动鼠标在栏目的标题间移动，直到将该栏目移到合适的位置为止。将所有需要调整位置的栏目均按此方法进行设置。

(8) 实现数据的导出导入：单击【下载】按钮，进行空表下载，在空表中将已经设置好的档案的内容，按照空表中提供的各字段对应的位置，进行录入，或者从其他文档中复制过来，利用"导入"功能，指定对应文档的位置，就可以实现将数据导入到本档案中了。单击【导出】按钮，可以实现将档案中的数据导出 EXCEL 文档中。

2）栏目说明

(1) 基本页：

① 存货编码：存货编码必须唯一。存货编码可以用数字 0～9 或字符 A～Z 表示，但编码中 & " ' ; - 符号禁止使用。存货编码必须输入。

② 存货代码：存货代码必须唯一。存货代码可以用数字 0~9 或字符 A~Z 表示，但代码中 & " ' ; - 以及空格禁止使用。

③ 存货名称：可以是汉字或英文字母，存货名称最多可写 50 个汉字或 100 个字符。存货名称必须输入。

④ 规格型号：可以是汉字或英文字母，规格型号最多可写 30 个汉字或 60 个字符。

⑤ 计量单位：可以是任何汉字或字符，例如，千克、吨、平方米等。

⑥ 辅计量单位：可以是任何汉字或字符，例如，条、件、块等。有些存货可以按两种计量单位计量，例如，鱼既可按千克计量，又可按条计量；砖既可按千克计量，又可按块计量；木板既可按平方米计量，又可按片计量等。

⑦ 换算率：指辅计量单位和计量单位之间的换算比。例如，一块砖为 10 千克，则 10 就是辅计量单位块和计量单位公斤之间的换算比。计量单位、辅计量单位和换算率之间的关系：按辅计量单位计量的数量*换算率=按计量单位计量的数量。

⑧ 所属分类码：系统根据用户增加存货前所选择的存货分类自动填写，用户可以修改。

⑨ 税率：指该存货的增值税税率。存货销售时，此税率为专用发票或普通发票上该存货默认的销项税税率；存货采购时，此税率为专用发票、运费发票等可抵扣的进项发票上默认的进项税税率。税率不能小于零。

⑩ 销售：具有存货属性的存货可用于销售。发货单、发票、销售出库单等与销售有关的单据参照存货时，参照的都是具有销售属性的存货。开在发货单或发票上的应税劳务，也应设置为销售属性，否则开发货单或发票时无法参照。

⑪ 外购：具有存货属性的存货可用于采购。到货单、采购发票、采购入库单等与采购有关的单据参照存货时，参照的都是具有外购属性的存货。开在采购专用发票、普通发票、运费发票等票据上的采购费用，也应设置为外购属性，否则开具采购发票时无法参照。

⑫ 生产耗用：具有存货属性的存货可用于生产耗用。如生产产品耗用的原材料、辅助材料等。具有存货属性的存货可用于材料的领用，材料出库单参照存货时，参照的都是具有生产耗用属性的存货。

⑬ 自制：具有存货属性的存货可由企业生产自制。如工业企业生产的产成品、半成品等存货。具有存货属性的存货可用于产成品或半成品的入库，产成品入库单参照存货时，参照的都是具有自制属性的存货。

⑭ 在制：暂时不用，待将来制造模块开发完成后再启用。

⑮ 劳务费用：指开具在采购发票上的运费费用、包装费等采购费用或开具在销售发票或发货单上的应税劳务、非应税劳务等。

⑯ 是否折扣：即折让属性，若选择"是"，则在采购发票和销售发票中录入折扣额。该属性的存货在开发票时可以没有数量，只有金额；或者在蓝字发票中开成负数。

(2) 成本页：

① 计划价/售价：计划价核算的工业企业或售价核算的商业企业，才能输入存货的计划价或售价，否则不能输入。该企业是否有计划价或售价核算的存货，通过仓库目录中

各仓库的计价方式设置。计划价/售价不能为负数。

② 参考成本：指非计划价或售价核算的存货填制出入库成本时的参考成本，类似于计划价或售价核算的存货的计划价或售价。采购商品或材料暂估时，参考成本可作为暂估成本。存货负出库时，参考成本可作为出库成本。

③ 最新成本：指存货的最新入库成本。最新入库成本由系统自动维护，但用户可修改。

④ 参考售价：指销售存货时用户参考的销售单价。存货销售时，系统将此单价作为默认的销售单价，但用户仍可修改。

⑤ 最低售价：指存货销售时的最低销售单价。如果用户在销售系统中选择要进行最低售价控制，则存货销售时，如果销售单价低于此最低售价，系统则要求用户输入口令，如果口令输入正确，方可低于最低售价销售，否则不能低于最低售价销售。

⑥ 最高进价：指进货时用户参考的最高进价，为采购进行进价控制。如果用户录入了最高进价金额，则进入采购管理模块输入专用发票或普通发票时，若单价高于最高进价，系统提示"下列商品采购价高于最高进价！是否继续保存？"，起到了一个警告的作用。选择"是"，继续保存；选择"否"，不予保存。

⑦ 主要供货单位：指存货的主要供货单位。例如，商业企业商品的主要进货单位或工业企业材料的主要供应商等。

⑧ 最低批发价：指批发销售时的最低销售单价。

(3) 控制页：

① 安全库存：在库存中保存的货物项目数量，为了预防需求或供应方面不可预料的波动。

② 最高库存：存货在仓库中所能储存的最大数量，超过此数量就有可能形成存货的积压。最高库存不能小于最低库存。用户在填制出入库单时，如果某存货的目前结存量高于最高库存，系统将予以报警。

③ 最低库存：存货在仓库中应保存的最小数量，低于此数量就有可能形成短缺，影响正常生产。用户在填制出入库单时，如果某存货的目前结存量低于最低库存，系统将予以报警。

④ 替换件：指可作为某存货的替换品的存货。

⑤ 货位：指存货的默认存放货位。在库存系统填制单据时，系统会自动将此货位作为存货的默认货位，但用户可修改。

⑥ 是否批次管理：指存货是否需要批次管理。如果某存货是批次管理，可用鼠标单击此项目左侧的选择框，直到选择框打勾为止。如果存货是批次管理，录入入库单据时，系统将要求用户输入批号，录入出库单据时，系统将要求用户选择出库的批次。

⑦ 是否保质期管理：指存货是否要进行保质期管理。如果某存货是保质期管理，可用鼠标单击此项目左侧的选择框，直到选择框打勾为止。如果存货是保质期管理，录入入库单据时，系统将要求用户输入该批存货的失效日期。

(4) 其他页：

① 单位重量：指单个存货的重量。单位重量不能小于零。

② 单位体积：指单个存货的体积。单位体积不能小于零。

③ 启用日期：系统将增加存货的日期作为该存货的启用日期。系统根据增加存货的当日日期自动填写，用户不能修改。

④ 停用日期：由用户填写。如果用户填写了存货的停用日期，表示该存货已停止使用。停用的存货填制单据时将不能再使用，但可进行查询。

⑤ 质量要求：由用户填写，注明采购或销售的存货要达到的质量标准。

⑥ 自由项：用户可对所有存货设置两个自由项。例如，服装加工厂其存货为各种服装，每种服装又有各种颜色和尺寸，但其成本和售价都是一样的，企业不想按服装品种和颜色、尺寸设置存货档案，如果生产出新的颜色或尺寸的服装，用户就需在存货档案中设置一个新的存货，这样将会使存货编码大量增加，也会增加用户的工作量。因此用户可按服装品种设置存货档案，将服装的颜色和尺寸作为服装的自由项设置。

⑦ 自定义项：用户可对所有存货设置三个自定义项。自定义项的具体含义用户可在设置下的自定义项目中进行设置。用户设置完存货的自定义项的含义后，在存货档案中系统自动将自定义项显示为用户所定义的名称。在存货档案中用户应输入每一存货的自定义项值。例如，对工业企业可将原材料的产地作为存货的自定义项。对经营食品、药品等行业的企业，可将食品或药品的保质期设置在存货的自定义项中。

3. 注意事项

(1) 已经使用的存货不能删除。

(2) 同一存货可以设置多个属性。

(3) 输入内容禁用以下英文字符：* _ % ' | ? < > & ; [ ]。

(4) 只有使用库存管理系统而且在库存系统的业务范围中选择了是批次管理时，才能在存货档案中标志每一存货是否批次管理。

(5) 进行保质期管理的存货必须进行批次管理。

(6) 如果用户需对某存货进行供货单位跟踪，即查询该存货每个供应商供了多少货、销售了多少、退货多少、库中结存多少等信息，以便考核供应商的供货质量或商品的畅销情况，可利用批次管理功能进行供应商的跟踪。

(7) 只有使用库存管理系统而且在库存系统的业务范围中选择了是保质期管理时，才能在存货档案中标志每一存货是否保质期管理。

(8) 进行保质期管理的存货必须进行批次管理。

4. 案例

例 3-8 某企业存货档案资料如表 3-7 所列。

表 3-7 存货档案资料

存货编号	存货名称	税 率	计量单位	存货属性
01	电脑	17	台	销售
02	显示器	17	台	销售、外购

操作步骤如下：

(1) 在存货档案主界面，单击【增加】按钮，打开存货档案卡片窗口，如图 3-30 所示。

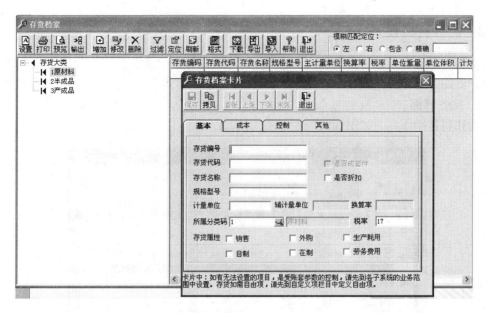

图 3-30 "存货档案卡片"对话框

(2) 按表 3-7 内容,录入各项资料,单击【保存】按钮,再增加其他档案资料。

(3) 最后结果如图 3-31 所示。

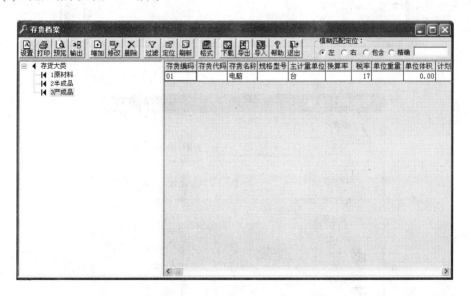

图 3-31 "存货档案"对话框设置结果

3.5 财务设置

3.5.1 财务设置概述

用友通标准版 10.3 财务设置包括会计科目、凭证类别、项目目录、外币种类等。

3.5.2 会计科目设置

本功能完成对会计科目的设立和管理，用户可以根据业务的需要方便地增加、插入、修改、查询、打印会计科目。

1. 操作界面

会计科目操作界面如图 3-32、图 3-33 所示。

图 3-32 "会计科目"操作界面

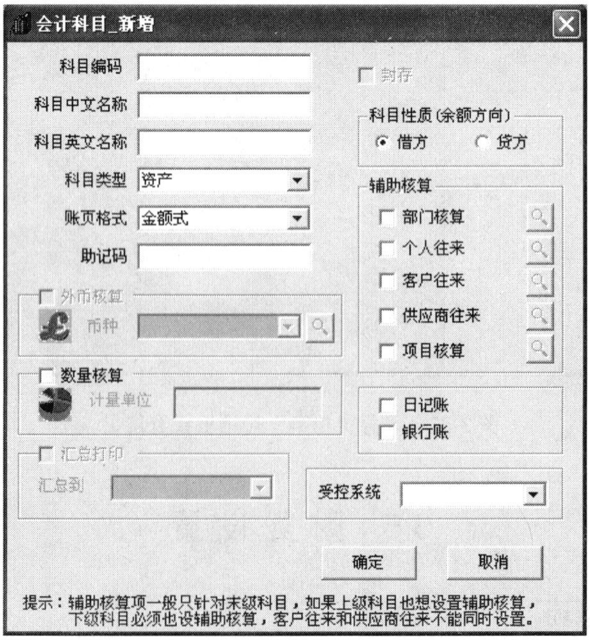

图 3-33 "会计科目_新增"对话框

2. 操作方法及栏目说明

1) 操作方法

(1) 单击【基础档案】→【财务】→【会计科目】，显示如图 3-32 所示。

(2) 用鼠标单击【增加】按钮，进入增加状态，显示如图 3-33 所示。按要求输入各项内容，再按【确定】按钮，保存此次增加的会计科目；如果想放弃新增会计科目，可以用鼠标单击【取消】按钮。如果想继续增加，再次输入各项内容，用鼠标单击【确定】按钮即可。

(3) 将光标移到要修改的科目上，用鼠标单击【修改】或用鼠标双击该科目，即可进入会计科目修改界面。用鼠标单击【修改】按钮，进入修改状态，用户可以在此对需要修改的项目进行调整，修改完毕后，用鼠标单击【确认】按钮，如果想放弃修改，用鼠标单击【取消】按钮即可。如果要继续修改，用鼠标单击【第一页、前页、后页、最后页】找到下一个需要修改的科目，重复上述步骤即可。

(4) 将光标移到要删除的会计科目上，用鼠标单击【删除】按钮，即可删除当前会计科目。

(5) 用鼠标单击【编辑】菜单下的【指定科目】，打开"指定科目"对话框，如图 3-34 所示，在此用【 > 】、【>>】选择现金、银行存款的总账科目，选择完毕后，用鼠标单击【确认】按钮即可。

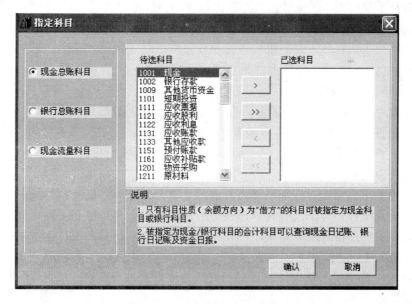

图 3-34　"指定科目"对话框

2) 栏目说明

(1) 级次：即科目级次，以数字 1、2、3、4、5、6 表示，数字即代表科目级次，如"1"代表一级科目，"2"代表二级科目。级次由系统根据科目编码自动定义。

(2) 科目编码：科目编码必须唯一；科目编码必须按其级次的先后次序建立。科目编码只能由数字（0～9）、英文字母（A～Z）及减号（-）、正斜杠（\）表示，其他字符（如 &"'；空格等）禁止使用。

(3) 科目名称：分为科目中文名称和科目英文名称，可以是汉字、英文字母或数字，可以是减号（-）、正斜杠（\），但不能输入其他字符。科目中文名称最多可输入 10 个汉字，科目英文名称最多可输入 100 个英文字母。

(4) 科目中文名称和科目英文名称不能同时为空。若您在进入系统时选择的是中文版，则必须录入中文名称，英文名称可输入也可不输入；若您在进入系统时选择的是英文版，则必须录入英文名称，中文名称可输入也可不输入。

(5) 科目类型：行业性质为企业时，科目类型分为：资产、负债、所有者权益、成本、损益，没有成本类的企业可不设成本类。行业性质为行政单位或事业单位时，按新会计制度科目类型设置。

(6) 助记码：用于帮助记忆科目，一般可用科目名称中各个汉字拼音的头一个字母组成，例如，"管理费用"拼音为"guan li fei yong"，则管理费用的助记码可写为"glfy"，这样在制单或查账中需录管理费用时，可录其助记码"glfy"，而不用录汉字管理费用，这样可加快录入速度，也可减少汉字录入的量。在需要录入科目的地方输入助记码，系统可自动将助记码转换成科目名称。

(7) 账页格式：定义该科目在账簿打印时的默认打印格式。系统提供了金额式、外币金额式、数量金额式、外币数量式四种账页格式供选择。一般情况下，有外币核算的科目可设为外币金额式，有数量核算的科目可设为数量金额式，既有外币又有数量核算的科目可设为外币数量式，既无外币又无数量核算的科目可设为金额式。

(8) 辅助核算：也叫辅助账类。用于说明本科目是否有其他核算要求，系统除完成一般的总账、明细账核算外，并提供以下几种专项核算功能供用户选用：部门核算、个人往来核算、客户往来核算、供应商往来核算、项目核算。

(9) 其他核算：用于说明本科目是否其他要求，如银行账、日记账等。一般情况下，现金科目要设为日记账；银行存款科目要设为银行账和日记账。

(10) 科目性质（余额方向）：增加登记在借方的科目，科目性质为借方；增加登记在贷方的科目，科目性质为贷方。一般情况下，资产类科目的科目性质为借方，负债类科目的科目性质为贷方。

(11) 外币核算：用于设定该科目核算的是否有外币核算，以及核算的外币名称。一个科目只能核算一种外币，只有有外币核算要求的科目才允许也必须设定外币币名，如果此科目核算的外币币种没有定义，可以用鼠标单击取外币币种下拉选择框旁边的【参照】按钮，进入【汇率管理】中进行定义。

(12) 数量核算：用于设定该科目是否有数量核算，以及数量计量单位。计量单位可以是任何汉字或字符，例如，千克、件、吨等。

(13) 封存：被封存的科目在制单时不可以使用。此选项只能在科目修改时进行设置。

(14) 受控系统：为了加强系统间的无缝连接，在本公司其他系统中将可以使用账务系统的会计科目，这些会计科目就是其他系统的受控科目，而其他系统为该科目的受控系统。例如，应收系统的受控科目可能是应收账款科目。

(15) 汇总打印：在同一张凭证中当某科目或有同一上级科目的末级科目有多笔同方向的分录时，如果希望将这些笔分录按科目汇总成一笔打印，则需要将该科目设置汇总打印，汇总到的科目设置成该科目的本身或其上级科目。只有会计科目修改状态才能设置汇总打印和封存。只有末级科目才能设置汇总打印，且汇总到的科目必须为该科目本身或其上级科目。

3. 注意事项

(1) 此处指定的现金、银行存款科目供出纳管理使用，所以在查询现金、银行存款日记账前，必须指定现金、银行存款总账科目。

(2) 如果本科目已被制过单或已录入期初余额，则不能删除、修改该科目。如要修改该科目必须先删除有该科目的凭证，并将该科目及其下级科目余额清零，再行修改，修改完毕后要将余额及凭证补上。

(3) 此处指定的现金流量科目供 UFO 出现金流量表时取数函数使用，所以在录入凭证时，对指定的现金流量科目系统自动弹出窗口要求指定当前录入分录的现金流量项目。

(4) 已使用科目不能删除。

(5) 只能在一级科目设置科目性质，下级科目的科目性质与其一级科目的相同。已有数据的科目不能再修改科目性质。

4. 案例

例 3-9　增加表 3-8 中的会计科目。

表 3-8　新增会计科目资料

科 目 编 码	科 目 名 称	辅 助 核 算
100201	工行存款	日记账、银行账
100202	中行美元存款	日记账、银行账、外币核算：美元
140501	计算机	项目核算
222101	应交增值税	
22210101	进项税	
22210102	销项税	
660201	工资	部门核算
660201	折旧费	部门核算
660201	差旅费	部门核算

操作步骤如下：

(1) 在会计科目主界面，单击【增加】按钮，输入科目编码"100201"、科目名称"工行存款"，选中"银行账、日记账"，如图 3-35 所示。

(2) 单击【确定】按钮，并按表 3-8 内容增加其他科目即可。

例 3-10　将"应收账款"会计科目设为"客户往来"辅助核算账。

操作步骤如下：

(1) 在会计科目主界面，双击"1122——应收账款"科目，进入"会计科目——修改"窗口。

(2) 单击【修改】按钮，选中"客户往来"复选框，"受控系统"自动显示为"应收"，如图 3-36。

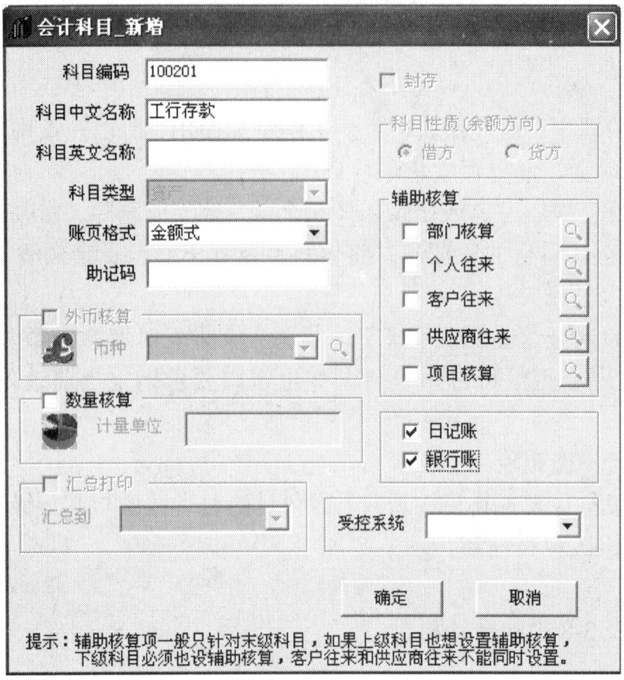

图 3-35 "会计科目_新增"设置对话框

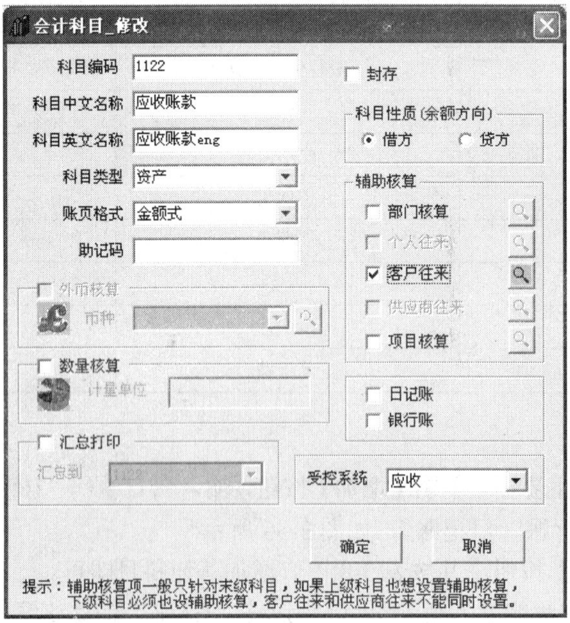

图 3-36 "会计科目_修改"对话框

3.5.3 凭证类别设置

许多单位为了便于管理或登账方便,一般对记账凭证进行分类编制,但各单位的分类方法不尽相同,所以本系统提供了【凭证分类】功能,使用者可以按照本单位的需要

80

对凭证进行分类。

1. 操作界面

系统提供了几种常用分类方式供使用者选择，如图 3-37 所示。

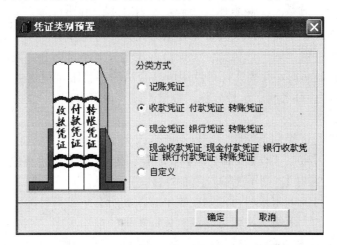

图 3-37　"凭证类别预置"对话框

当选择了分类方式后，则进入凭证类别设置，如图 3-38 所示。

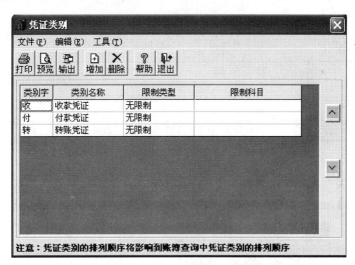

图 3-38　"凭证类别"设置界面

2. 操作方法及栏目说明

1) 操作方法

(1) 单击【基础档案】→【财务】→【凭证类别】，显示如图 3-37 所示。

(2) 用户可按需要进行选择，如果选择第二种方式，则显示如图 3-38 所示。在没有使用凭证类别之前，仍可进行修改。

(3) 增加、删除、修改凭证类别：增加时，按【增加】按钮，在表格中新增的空白行中填写凭证类别字，凭证类别名称等栏目即可。删除时，用鼠标单击要删除的凭证类别，再单击【删除】按钮即可。修改时，直接在表格上修改即可。

2) 栏目说明

某些类别的凭证在制单时对科目有一定限制,这里,系统有五种限制类型供选择:

(1) 借方必有:制单时,此类凭证借方至少有一个限制科目有发生。

(2) 贷方必有:制单时,此类凭证贷方至少有一个限制科目有发生。

(3) 凭证必有:制单时,此类凭证无论借方还是贷方至少有一个限制科目有发生。

(4) 凭证必无:制单时,此类凭证无论借方还是贷方不可有一个限制科目有发生。

(5) 无限制:制单时,此类凭证可使用所有合法的科目限制科目由用户输入,可以是任意级次的科目,科目之间用逗号分割,数量不限,也可参照输入,但不能重复录入。

3. 注意事项

(1) 已使用的凭证类别不能删除,也不能修改类别字。

(2) 若选有科目限制(即【限制类型】不是【无限制】),则至少要输入一个限制科目。若限制类型选【无限制】,则不能输入限制科目。

(3) 若限制科目为非末级科目,则在制单时,其所有下级科目都将受到同样的限制。

(4) 表格右侧的上下箭头按钮可以调整凭证类别的前后顺序,它将决定明细账中凭证的排列顺序。例如:凭证类别设置中凭证类别的排列顺序为收、付、转,那么,在查询明细账、日记账时,同一日的凭证,将按照收、付、转的顺序进行排列。

4. 案例

例3-11 按如表3-9所列内容设置凭证类别。

表3-9 凭证类别资料

类 别 字	类 别 名 称	限 制 类 型	限 制 科 目
收	收款凭证	借方必有	1001、1002
付	付款凭证	贷方必有	1001、1002
转	转帐凭证	凭证必无	1001、1002

操作步骤如下:

(1) 在凭证类别主界面,双击"限制类型"栏目,出现下拉箭头,选择"借方必有"、双击【限制科目】一栏,直接输入或参照"1001,1002",如图3-39所示。

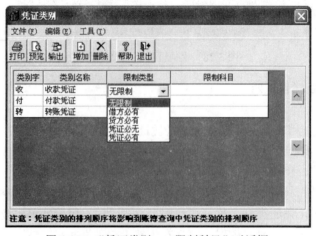

图3-39 "凭证类别——限制科目"对话框

(2) 按照上述步骤，录入表中其他内容，最后结果如图 3-40 所示。

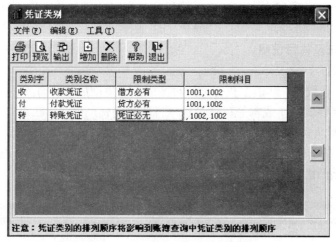

图 3-40 "凭证类别"对话框设置结果．

3.5.4 项目目录设置

项目核算是一种辅助核算，主要用于生产成本、在建工程等业务的核算，它以项目为中心提供各项目的成本、费用、收入、往来等汇总与明细情况。不同的企业项目的概念有所不同，它可以是专项工程、科研课题、产成品成本、合同、订单等。项目目录包括定义项目大类、建立项目档案等。通过本功能可设定本单位需进行哪几类项目核算，系统允许同一单位可进行几个大类的项目核算，比如本单位可将第一类项目设为投资项目核算，第二类项目设为在建工程核算等，而每一种项目核算的内容可以不同，例如，投资项目核算同在建工程核算的内容是不同的。

"项目目录"功能用于项目大类的设置及项目目录及分类的维护。用户可以在此增加或修改项目大类、项目核算科目、项目分类、项目栏目结构，以及项目目录。

1．操作界面及操作流程

项目目录操作界面如图 3-41 所示。

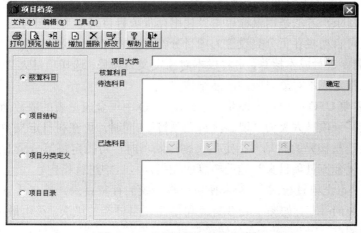

图 3-41 "项目档案"操作界面

设置项目目录操作流程：

设置科目→定义项目大类→指定核算科目→定义项目结构→定义项目分类→建立项目目录。

2. 操作方法及栏目说明

1) 设置科目

在"会计科目设置"功能中执行。如对产成品、生产成本、商品采购、库存商品，在建工程、科研课题、科研成本等科目设置项目核算的辅助账类。

2) 定义项目大类

(1) 单击【基础档案】→【财务】→【项目目录】，显示如图 3-41 所示。

(2) 用鼠标单击【增加】，如图 3-42 所示。

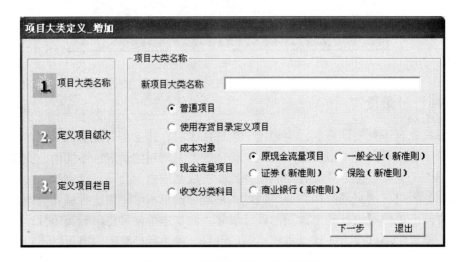

图 3-42　"项目大类定义"对话框

(3) 输入"项目大类名称"：

① 如果是针对本单位所需的项目核算，则可选择"普通项目"并输入项目大类名称。

② 如果使用了本单位的存货核算系统，可以在这里选择存货系统中已定义好的存货目录作为项目目录，方法是用鼠标单击"使用存货项目目录作为项目"，再按【完成】按钮即可。系统可自动将存货分类设置为项目分类，并将存货目录设置为项目目录。

③ 如果需要进行成本核算，可将成本对象定义为项目，选择项目大类为"成本对象"即可，然后可指定成本对象对应的产品结构父项。

④ 如果需要 UFO 中出现金流量表，使用 UFO 中现金流量表的取数函数，则可在项目大类中指定某一项目大类为"现金流量表项目"，同时，可在科目定义中指定哪些科目是要进行现金流量核算的科目，指定后，则在制单时，可指定每笔分录对应的现金流量项目。注意：现金流量项目大类辅助核算应在指定科目中进行指定。

(4) 选择"定义项目级次"：若未使用存货系统的存货目录，单击【下一步】按钮显示增加项目大类向导二，如图 3-43 所示，可定义项目分类的级次。级次最多可定义 8 级，代码总长不能超过 22 位，每一级代码最多可定义 9 位。

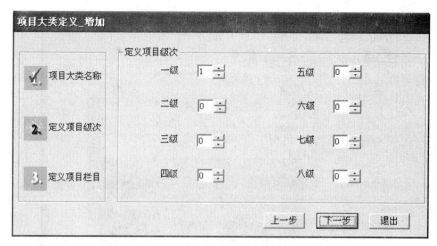

图 3-43　"项目大类定义——定义项目级次"对话框

(5) 选择"定义项目栏目"：单击【下一步】按钮显示增加项目大类向导三，可定义项目栏目结构，如图 3-43 所示。用鼠标单击【增加】按钮，即可定义栏目名称、数据类型等；用鼠标单击【删除】按钮，则删除当前光标所在的记录行；可以直接在表格中进行修改。已输入数据的栏目最好不要删除，否则这些栏目的数据将无法再查到。系统默认四个栏目，即项目编号、项目名称、是否结算、所属分类码，可以将核算名称改为用户所需的名称，如产品名称、工程名称等。

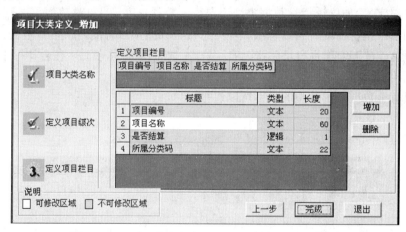

图 3-44　"项目大类定义——定义项目栏目"对话框

(6) 用鼠标单击【完成】，就已定义好一个项目大类了。

栏目说明如下：

(1) 核算科目：在图 3-41 中选中"核算科目"具体指定需要进行项目核算的会计科目。

(2) 项目结构：在图 3-41 中选中"项目结构"，显示如图 3-45 所示。用鼠标单击【修改】按钮或双击栏目结构一览表，就可以设定当前项目大类的栏目结构。在项目档案编辑中，项目结构新增一"参照显示"列，选中，则在项目参照中列示此项，其中，项目编号、项目名称必选。

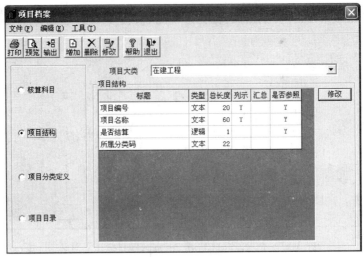

图 3-45 "项目档案——项目结构"对话框

(3) 栏目标题：一般可用汉字和字母。

(4) 类型：用于定义该栏目输入内容的数据类型，能输入字符型、整数型、实数型、日期型，字符型表示该数据为汉字和英文字母或数字，整数型表示该数据只能是整数，实数型表示该数据可以输入小数，日期型表示该数据为日期。

(5) 长度：表示该栏目下面的内容最多允许写几个字符长。例如，姓名一般最多到8位长（4个汉字），如果该栏目数据类型为实数，数据长度为4；整数型数据长度为2。

(6) 列示：在查询项目科目总账、项目总账、部门项目总账时，可查看到列示信息。

(7) 汇总：在查询项目科目总账、项目总账、部门项目总账时，在合计行中可查看到数字型列示信息的汇总数。

(8) 只有整数型、实数型的栏目可以进行汇总。

3) 项目分类定义

在图 3-41 中选中"项目分类定义"，显示如图 3-46 所示。

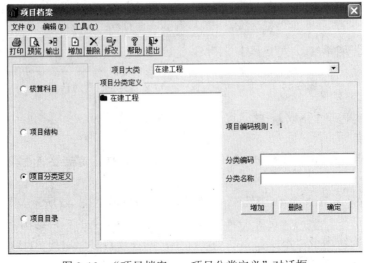

图 3-46 "项目档案——项目分类定义"对话框

选择"项目分类定义"后，按位于屏幕右下方的【增加】按钮，可输入项目"分类编码"和"分类名称"，按【确定】按钮，可保存当前增加或修改的项目分类。要删除项目分类，可用鼠标选择项目分类，再按【Delete】键或用鼠标单击【删除】按钮则可删除该项目分类。若要修改项目分类，用鼠标单击该项目分类，再在右边的录入框中直接修改后按【确定】即可。

栏目说明如下：

(1) 不能隔级录入分类编码。

(2) 若某项目分类下已定义项目则不能删除，也不能定义下级分类，必须先删除项目，再删除该项目分类或定义下级分类。

(3) 不能删除非末级项目分类。

4) 建立项目目录

项目大类及分类定义完成后，则可进入"项目目录维护"功能中录入各个项目的名称及定义的其他数据，平时项目目录有变动应及时在本功能中进行调整。在每年年初应将已结算或不用的项目删除。

在图 3-41 中选中"项目目录"，显示如图 3-47 所示。

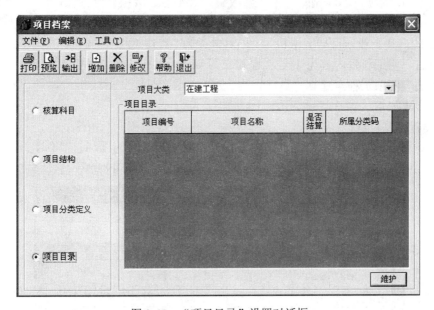

图 3-47 "项目目录"设置对话框

选择此项后，系统将列出所选项目大类下的所有项目。"所属分类码"为此项目所属的最末级项目分类的编码。按【维护】按钮，则可增加、删除和修改项目目录，如图 3-48 所示。

栏目说明如下：

(1) 用鼠标单击【增加】可增加新的项目目录。

(2) 若项目已结算，可双击"是否结算"栏，设置已结算标志。

(3) 按【查询】、【过滤】、【排序】按钮可对项目进行查询、过滤、排序等操作。

(4) 项目编号、项目名称、所属分类码不能为空。

(5) 项目编号不能重复，相同所属分类参数的项目名称不能相同。

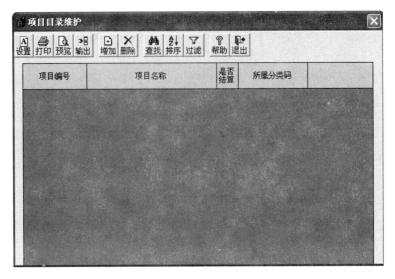

图 3-48 "项目目录维护"对话框

(6) 已使用的项目不能删除，不能修改编码，不能修改项目分类编码。

3. 案例

例 3-12 某企业项目档案资料为：项目大类为"自建工程"，核算科目为"在建工程"及明细科目，明细科目内容为 1 号工程和 2 号工程，其中 1 号工程包括"自建厂房"和"设备安装"两项工程。建立"自建工程"项目目录。

操作步骤如下：

1) 设置核算科目

在会计科目设置界面中，将"在建工程"科目增加 2 个明细科目"1 号工程"和"2 号工程"。并将这三个科目都设为"项目核算"科目，如图 3-49 所示。

图 3-49 "会计科目——项目核算" 对话框

2) 定义项目大类

(1) 在"项目档案"操作界面，单击【增加】按钮，屏幕显示增加项目大类向导一，输入"项目大类名称"，如图 3-50 所示。

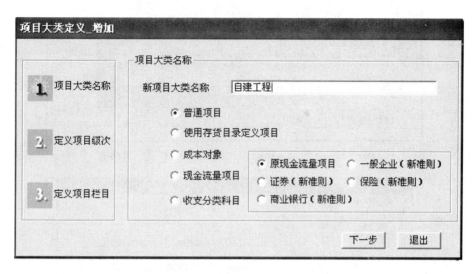

图 3-50 "项目大类定义_增加"对话框

(2) 单击【下一步】按钮，定义项目级次，如图 3-51 所示。

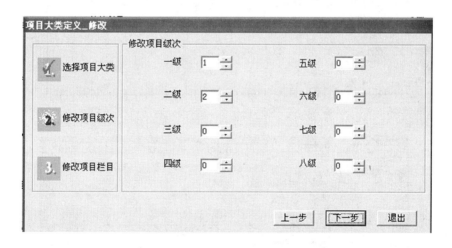

图 3-51 "项目大类定义_修改"对话框

(3) 单击【下一步】按钮，定义项目栏目结构，在图 3-52 中单击【增加】按钮，输入"标题"为"项目负责人"，"类型"选择"文本"，"长度"为默认 20，单击【完成】，显示如图 3-52 所示。

(4) 用鼠标单击【完成】，就定义好"自建工程"项目大类了，如图 3-53 所示。

3) 指定核算科目

在图 3-53 中将"待选科目"通过 ⌄、⌄⌄ 按钮选择到"已选科目"框中，如图 3-54 所示。

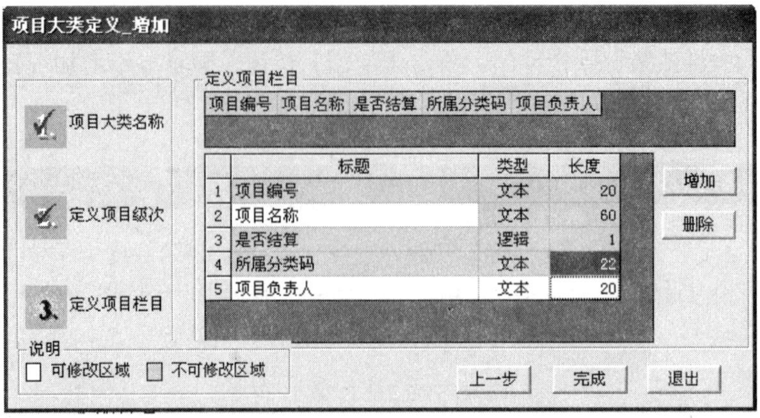

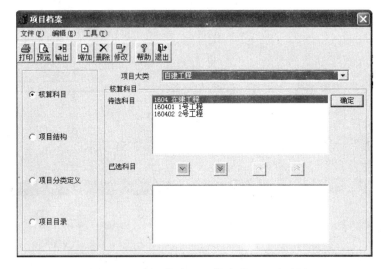

图 3-52 "项目大类定义——定义项目栏目"对话框

图 3-53 "项目档案——待选科目"对话框

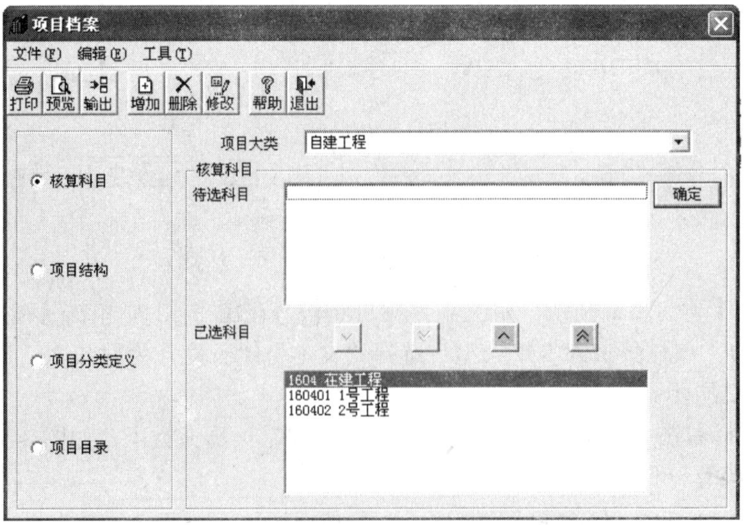

图 3-54 "项目档案——已选科目"对话框

4) 定义项目结构

选中左方"项目结构"单选按钮，用鼠标单击【修改】按钮或双击栏目结构一览表，就可以设定当前项目大类的栏目结构。设置如图 3-55 所示。

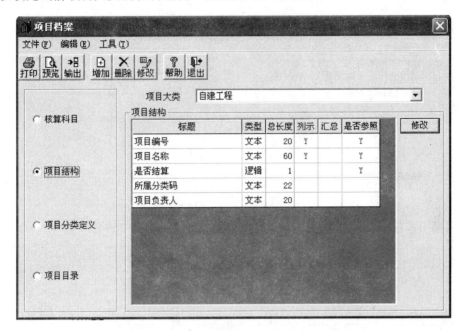

图 3-55　"项目档案——项目结构"对话框

5) 项目分类定义

在图 3-41 中选中"项目分类定义"，显示如图 3-56 所示。

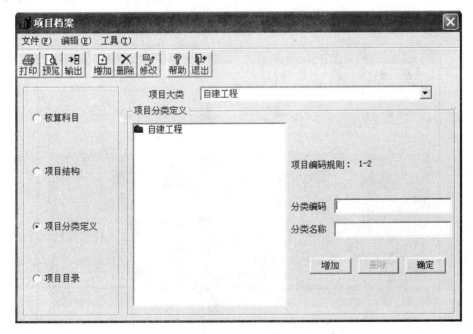

图 3-56　"项目档案——项目分类定义"对话框

单击右下方的【增加】按钮，输入"分类编码"为 1，"分类名称"为自建厂房，按【确定】按钮，继续输入"分类编码"为 2，"分类名称"为设备安装，在"自建工程"大类下显示出两个明细项目，如图 3-57 所示。

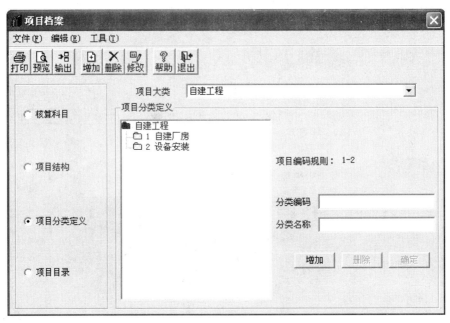

图 3-57 "项目档案——项目分类定义"对话框设置结果

6) 建立项目目录

在图 3-41 中选中"项目目录"，按【维护】按钮，进入项目目录维护界面。用鼠标单击【增加】按钮，输入"项目编号"、"项目名称"等内容，结果如图 3-58 所示。

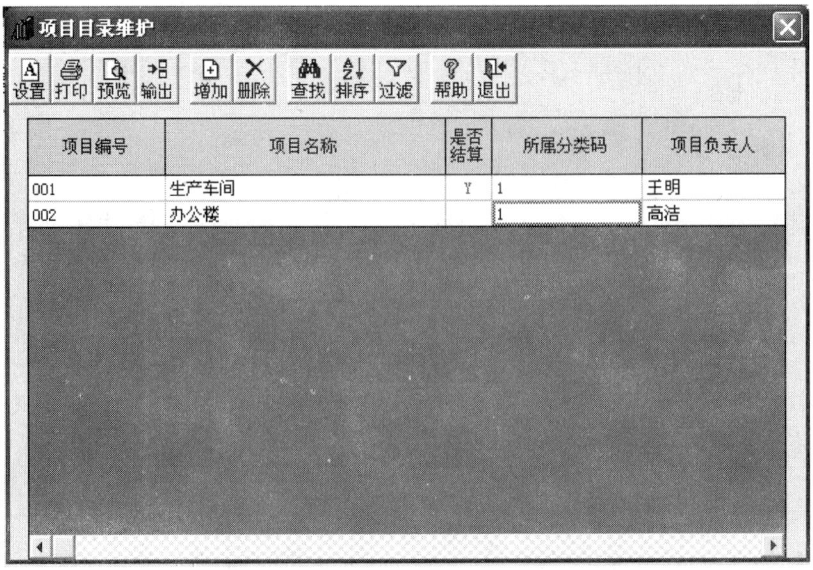

图 3-58 "项目目录维护"对话框

92

7) 最后退出，返回项目档案主界面。

3.5.5 外币种类设置

汇率管理是专为外币核算服务的。在此可以对本账套所使用的外币进行定义，在【填制凭证】中所用的汇率应先在此进行定义，以便制单时调用，减少录入汇率的次数和差错。当汇率变化时，应预先在此进行定义，否则，制单时不能正确录入汇率，对于使用固定汇率(即使用月初或年初汇率)作为记账汇率的用户，在填制每月的凭证前，应预先在此录入该月的记账汇率，否则在填制该月外币凭证时，将会出现汇率为零的错误，对于使用变动汇率(即使用当日汇率)作为记账汇率的用户，在填制该天的凭证前，应预先在此录入该天的记账汇率。

1. 操作界面

外币设置操作界面如图 3-59 所示。

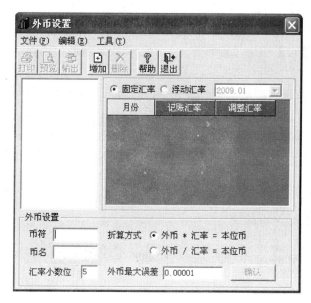

图 3-59 "外币设置"对话框

2. 操作方法及栏目说明

1) 操作方法

(1) 单击【基础档案】→【财务】→【外币种类】，显示如图 3-59 所示。

(2) 用鼠标单击【增加】，输入新的外币及相关栏目。输入完成后，再单击【确认】按钮即可。

(3) 用鼠标单击要删除或修改的外币，然后单击【删除】即可删除该外币，如果要修改外币，可在外币设置各栏目中直接进行改动。

2) 栏目说明

(1) 币符及币名：所定义外币的符号及其名称，如美元，其币符可以定义为 US$，名称定义为美元。

(2) 汇率小数位：定义外币的汇率小数位数，系统默认为 5 位。

(3) 折算方式：分为直接汇率与间接汇率两种，用户可以根据外币的使用情况选定汇率的折算方式。直接汇率即：外币*汇率=本位币；间接汇率即：外币/汇率=本位币。

(4) 最大折算误差：在记账时，如果外币*（或/）汇率-本位币>最大折算误差，则系统给予提示，系统默认最大折算误差为 0.00001，即不相等时就提示，如果用户希望在制单时不提供最大折算误差提示，可以将最大折算误差设为一个比较大的数值，如 1000000 即可。

(5) 固定汇率与浮动汇率：选【固定汇率】即可录入各月的月初汇率，选【浮动汇率】即可录入所选月份的各日汇率。

(6) 记账汇率：在平时制单时，系统自动显示此汇率，如果用户使用固定汇率（月初汇率），则记账汇率必须输入，否则制单时汇率为 0。

(7) 调整汇率：即月末汇率。在期末计算汇兑损益时用，平时可不输入，等期末可输入期末时汇率，用于计算汇兑损益，本汇率不作其他用途。

3. 注意事项

(1) 外币被使用后，不能被删除。

(2) 此处仅供用户录入固定汇率与浮动汇率，并不决定在制单时使用固定汇率还是浮动汇率，在【账簿选项】中的【汇率方式】的设置决定制单使用固定汇率还是浮动汇率。

4. 案例

例 3-13 某企业采用固定汇率核算外币，外币只涉及美元一种，2009 年 1 月初汇率为 7.6。请设置外币。

操作步骤如下：

(1) 在外币设置主界面，单击【增加】按钮，输入币符"＄"、币名"美元"，其他内容为默认值。

(2) 按【确认】按钮，输入 2009 年 1 月初的记账汇率为 7.6，按【Enter】确认。

(3) 最后结果如图 3-60 所示。

图 3-60 "外币设置" 对话框设置结果

3.6 收付结算设置

3.6.1 收付结算设置概述

用友通标准版 10.3 收付结算设置包括结算方式、付款条件及开户银行等。

3.6.2 结算方式

该功能用来建立和管理用户在经营活动中所涉及到的结算方式。它与财务结算方式一致，如现金结算、支票结算等。结算方式最多可以分为 2 级。结算方式编码级次的设定在建账的编码部分中进行。

1. 操作界面

结算方式操作界面如图 3-61 所示。

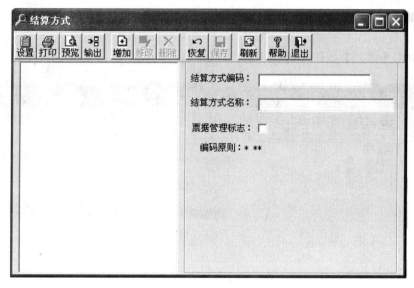

图 3-61 "结算方式"操作界面

2. 操作方法及栏目说明

1) 操作方法

(1) 单击【基础档案】→【收付结算】→【结算方式】，显示如图 3-61 所示。

(2) 单击功能键中的【增加】按钮，界面的右边部分，也即结算方式所包括的各项内容便被激活，用户可根据自己企业的实际情况，在相应栏目中输入适当内容。

(3) 在增加或修改操作中，功能键中的【保存】按钮自动激活，按下【保存】按钮便可将本次增加或修改的内容保存，并在左边部分的树型结构中添加和显示。

(4) 在左边部分用光标选择要修改的结算方式，然后单击功能键中的【修改】按钮，便可对右边部分显示的所选定的结算方式的内容进行修改。

(5) 在左边部分用光标选择要删除的结算方式，然后单击功能键中的【删除】按钮，便可对所选定的结算方式内容进行删除。

2) 栏目说明

(1) 结算方式编码：用以标识某结算方式。用户必须按照结算方式编码级次的先后顺序来进行录入，录入值必须唯一。结算方式编码可以数字 0～9 或字符 A～Z 表示，但编码中&"; - 以及空格禁止使用。

(2) 结算方式名称：用户根据企业的实际情况，必须录入所用结算方式的名称，录入值必须唯一。

(3) 票据管理标志：用户可根据实际情况，通过单击复选框来选择该结算方式下的票据是否要进行票据管理。

(4) 结算方式一旦被引用，便不能进行修改和删除的操作。

3. 案例

例 3-14　某企业结算方式包括现金结算、现金支票结算、转账支票结算及银行汇票结算。请设置结算方式。

操作步骤如下：

(1) 在结算方式主界面，单击【增加】按钮，根据所给资料，在相应栏目中输入适当内容。

(2) 单击【保存】按钮，最后结果如图 3-62 所示。

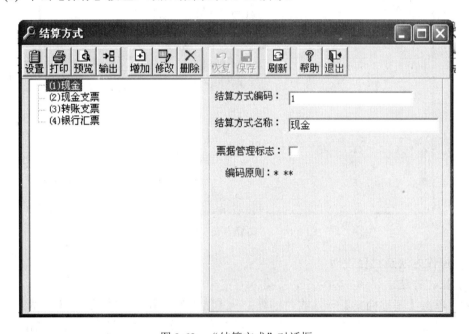

图 3-62　"结算方式"对话框

3.6.3　付款条件

付款条件也叫现金折扣，是指企业为了鼓励客户偿还贷款而允诺在一定期限内给予的规定的折扣优待。这种折扣条件通常可表示为 5/10、2/20、n/30，它的意思是客户在 10 天内偿还贷款，可得到 5% 的折扣，只付原价的 95% 的货款；在 20 天内偿还贷款，可得到 2% 的折扣，只要付原价的 98% 的货款；在 30 天内偿还贷款，则必须按照全额支付货款；在 30 天以后偿还贷款，则不仅要按全额支付贷款，还可能要支付延期付款利息或违约金。

付款条件将主要在采购订单、销售订单、采购结算、销售结算、客户目录、供应商目录中引用。系统最多同时支持 4 个时间段的折扣。

1. 操作界面

付款条件操作界面如图 3-63 所示。

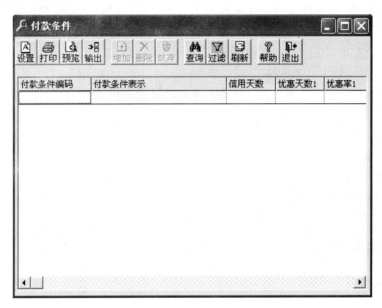

图 3-63　"付款条件"对话框

2. 操作方法及栏目说明

1) 操作方法

(1) 单击【基础档案】→【收付结算】→【付款条件】，显示如图 3-63 所示。

(2) 单击功能键中的【增加】按钮，屏幕上出现一空白行，用户可根据自己企业的实际情况，在相应栏目中输入适当内容。也可以在最后一栏空行中，双击鼠标，直接进入增加状态。

(3) 在要修改的栏目上双击鼠标，直接进入修改状态。

(4) 单击功能键中的【删除】按钮　，便可对已有的付款条件内容进行删除。

(5) 在增加或修改操作中，单击功能键中的【放弃】按钮，便可放弃本次增加或修改的操作前状态。

2) 栏目说明

(1) 付款条件编码：用以标识某付款条件。用户必须输入，且录入值唯一。付款条件编码可以用数字 0～9 或字符 A～Z 表示，但编码中&";-以及空格禁止使用。付款条件编码最多可输入 3 个字符。

(2) 付款条件表示：系统自动根据用户录入的信用天数、优惠天数、优惠率显示该付款条件的完整信息。

(3) 信用天数：指最大的信用天数，如超过此天数，则不仅要按全额支付贷款，还可能支付延期付款利息或违约金。用户必须输入，最大值为 999。

(4) 优惠天数 1：指享受折扣优待的第一个时间段的最大天数，它应小于信用天数。最大值为 999。

(5) 优惠率 1：指在优惠天数 1 范围内付款而享受的优惠率，按照百分比计算。

(6) 优惠天数 2：指享受折扣优待的第二个时间段的最大天数，它应大于优惠天数 1 而小于信用天数。最大值为 999。

(7) 优惠率 2：指在优惠天数 1 至优惠天数 2 范围内付款而享受的优惠率，按照百分比计算。优惠率 2 应该小于优惠率 1。

(8) 优惠天数 3：指享受折扣优待的第三个时间段的最大天数，它应大于优惠天数 2 而小于信用天数。最大值为 999。

(9) 优惠率 3：指在优惠天数 2 至优惠天数 3 范围内付款而享受的优惠率，按照百分比计算。优惠率 3 应该小于优惠率 2。

(10) 优惠天数 4：指享受折扣优待的第四个时间段的最大天数，它应大于优惠天数 3 而小于信用天数。最大值为 999。

(11) 优惠率 4：指在优惠天数 3 至优惠天数 4 范围内付款而享受的优惠率，按照百分比计算。优惠率 4 应该小于优惠率 3。

(12) 付款条件一旦被引用，便不能进行修改和删除的操作。

3.6.4 开户银行

本系统支持多个开户行及账号的情况。此功能用于维护及查询使用单位的开户银行信息。

1. 操作界面

开户银行操作界面如图 3-64 所示。

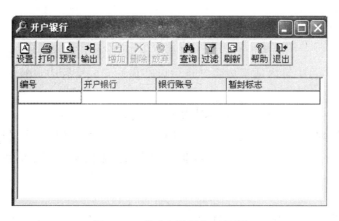

图 3-64 "开户银行"对话框

2. 操作方法及栏目说明

1) 操作方法

(1) 单击【基础档案】→【收付结算】→【开户银行】，显示如图 3-64 所示。

(2) 单击功能键中的【增加】按钮，屏幕上出现一空白行，用户可根据自己企业的实际情况，在相应栏目中输入适当内容。也可以在最后一栏空行中，双击鼠标，直接进入增加状态。

(3) 在要修改的栏目上双击鼠标，直接进入修改状态。

(4) 单击功能键中的【删除】按钮，便可对已有的开户银行内容进行删除。

(5) 在增加或修改操作中，单击功能键中的【放弃】按钮，便可放弃本次增加或修改的操作前状态。

2）栏目说明

(1) 编号：用来标识某开户银行及账号。用户可手工输入，也可以由系统自动给定。录入值必须唯一。编号可以数字 0～9 或字符 A～Z 表示，但编号中& "；-以及空格禁止使用。

(2) 开户银行：用来输入使用单位的开户银行名称。用户必须输入，名称可以重复。

(3) 银行账号：用来输入使用单位在开户银行中的账号名称。用户必须输入，且必须唯一。

(4) 暂封标志：用来标识账号的使用状态。如果这个账号临时不用时，可以用鼠标单击来设置暂封标志为有效。

(5) 开户银行一旦被引用，便不能进行修改和删除的操作。

3.7　购销存设置

3.7.1　购销存设置概述

用友通标准版 10.3 购销存设置包括仓库档案、收发类型、采购类型、销售类型等。

3.7.2　仓库档案设置

存货一般是用仓库来保管的，对存货进行核算管理，首先应对仓库进行管理，因此进行仓库设置是供销链管理系统的重要基础准备工作之一。第一次使用本系统时，应先将本单位使用的仓库，预先输入到系统之中，即进行"仓库档案设置"。

1. 操作界面

仓库档案操作界面如图 3-65 所示。

图 3-65　"仓库档案"对话框

2. 操作方法及栏目说明

(1) 单击【基础档案】→【购销存】→【仓库档案】，显示如图 3-65 所示。

(2) 用鼠标单击【增加】按钮，输入仓库编码、仓库名称、所属部门、仓库地址、电话、负责人、计价方式、是否货位管理、资金定额、备注后，单击【保存】按钮即可。

(3) 用鼠标双击所要修改的仓库记录，或把光标放在要修改的仓库记录上，用鼠标单击【修改】按钮，进入仓库卡片，即可对此仓库进行修改。

(4) 把光标放在要删除的仓库记录上，用鼠标单击【删除】按钮。

栏目说明如下：

① 仓库编码：10 位。必须输入，且必须唯一。

② 仓库名称：20 位。必须输入。

③ 所属部门：当存货核算系统选择"按部门核算"时，必须输入。

④ 仓库地址：可以为空。

⑤ 电话：可以为空。

⑥ 负责人：可以为空。

⑦ 计价方式：系统提供六种计价方式。工业有计划价法、全月平均法、移动平均法、先进先出法、后进先出法、个别计价法；商业有售价法、全月平均法、移动平均法、先进先出法、后进先出法、个别计价法。每个仓库必须选择一种计价方式。

⑧ 是否货位管理：可选可不选；不选默认为不进行货位管理。如果该仓库已使用，并想由货位管理改为非货位管理，系统将货位结存表中该仓库的所有信息删除；由非货位管理改为货位管理后，要在货位期初数中输入该仓库各存货各货位的结存情况。

⑨ 资金定额：可以为空。

⑩ 备注：可以为空。

(5) 仓库权限设置：操作员仓库权限是以后录入各种出入库单据时检查仓库合法性的基础，也是对操作员进行权限控制的依据。操作员录入出入库单时，只能录入其所管辖的仓库，不能录入其他仓库的单据。

① 在仓库档案界面，用鼠标单击【权限】按钮，进入仓库权限设置界面，如图 3-66 所示。

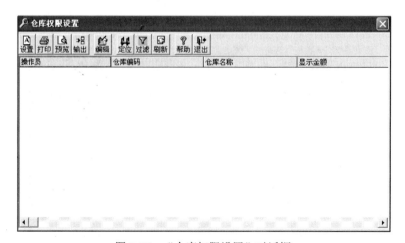

图 3-66　"仓库权限设置"对话框

② 单击【编辑】按钮，进入权限配置窗口，如图 3-67 所示。可以单击操作员，增加仓库代码，也可以点击仓库，增加操作员代码，仓库权限表中增加"是否显示金额"选项，如果设置操作员权限表中"是否显示金额"为是，则单据卡片及列表中显示出单价、金额，否则，不显示。

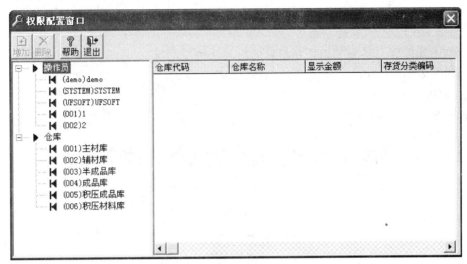

图 3-67 "权限配置窗口"对话框

③ 用户可以根据需要，输入库管员所对应的仓库、存货大类、存货，或输入仓库所对应的库管员、存货大类、存货。

④ 权限设置完成后，退出权限配置窗口，可单击【刷新】按钮，界面将显示最新仓库权限设置信息。

(6) 用户可根据需要，单击【定位】按钮，输入定位条件进行查找，系统将光标定位在满足用户条件的第一条记录上。

(7) 用户也可单击【过滤】按钮，输入过滤条件进行查找，用户输入后，系统将所有满足条件的数据显示在屏幕上。

(8) 查询各种账表时，将此操作员所管辖的仓库作为过滤条件，此操作员只能查询自己所管辖的仓库的单据。

3. 注意事项

(1) 仓库编码不能为空，必须唯一。

(2) 若仓库已经使用，则不可删除此仓库。

(3) 由于仓库记录在使用后，所属部门不可修改，因此用户应先输入部门档案后，方可输入仓库档案，以便所属部门的录入。

(4) 仓库权限设置中没有设置的操作员，系统认为该操作员具有所有仓库的权限，即可录入所有仓库的出入库单据。

(5) 仓库权限只包括库存单据和库存单据列表，账表的权限需要通过功能权限控制。

(6) 若仓库已经使用，只可修改以下几项：负责人、电话、资金定额、仓库地址、备注。

(7) 计价方式选择为"后进先出法"时弹出提示，新《企业会计准则》规定：企业应当采用先进先出法、加权平均法或者个别计价法确定发出存货的实际成本，请确认是否采用本计价方式选择框中提供用户选择"确认"、"取消"，如果确认时，计价方式返回为"后进先出法"；取消时，计价方式返回为本次选择前的计价方式；选择其他计价方式时则不弹出此提示。

3.7.3 收发类别设置

收发类别设置，是为了用户对材料的出入库情况进行分类汇总统计而设置的，表示材料的出入库类型，用户可根据各单位的实际需要自由灵活地进行设置。

1. 操作界面

收发类别操作界面如图 3-68 所示。

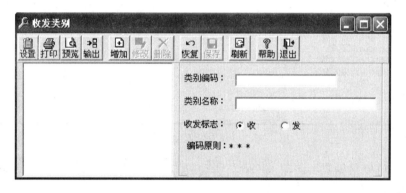

图 3-68　"收发类别"操作界面

2. 操作方法及栏目说明

1) 操作方法

(1) 单击【基础档案】→【购销存】→【收发类别】，显示如图 3-68 所示。

(2) 单击功能键中的【增加】按钮，屏幕上出现一空白行，用户可根据自己企业的实际情况，在相应栏目中输入适当内容。也可以在最后一栏空行中，双击鼠标，直接进入增加状态。

(3) 用鼠标双击所要修改的收发标志，或把光标放在要修改的收发标志上，用鼠标单击【修改】按钮，即可在右边输入框中对此收发类别名称进行修改，修改后单击【保存】按钮即修改完毕。

(4) 把光标放在要删除的收发类别记录上，用鼠标单击【删除】按钮，单击【是（Y）】即可删除此仓库。

2) 栏目说明

(1) 收发标志：系统规定收发类型只有两种，即：收和发。输入此项目时，系统显示一选择窗，让用户选择，而不能输入。

(2) 类别编码：用户必须输入。系统规定收发类别最多可分三级,最大位数 5 位。必须逐级定义，即定义下级编码之前必须先定义上级编码。

(3) 类别名称：最大位数为 12 位。用户必须输入。相同级次且上级级次相同的类别名称不可以相同。

3. 注意事项

(1) 如果输入各栏目后，不按【保存】按钮，即表示放弃此次修改。

(2) 修改时，只能修改收发类别名称，而不能修改收发类别编码。

(3) 若收发类别已经使用，则不可删除此收发类别。

(4) 输入内容禁用以下英文字符：* _ % ' | ? < > & ; [ ]。

4. 案例

例 3-15 某企业收发类别为采购入库和销售出库，请设置收发类别。

操作步骤如下：

(1) 在收发类别主界面，单击【增加】按钮，输入类别编码"1"、类别名称"采购入库"，单击【保存】按钮。

(2) 继续输入"销售出库"内容，最后结果如图 3-69 所示。

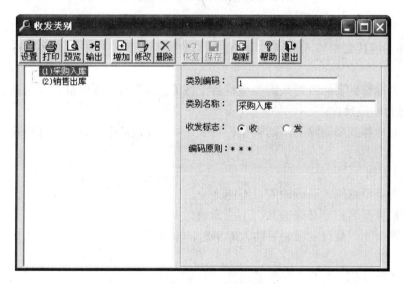

图 3-69 "收发类别"对话框

3.7.4 采购类型设置

采购类型是由用户根据企业需要自行设定的项目，用户在使用用友采购管理系统，填制采购入库单等单据时，会涉及到采购类型栏目。如果企业需要按采购类型进行统计，那就应该建立采购类型项目。

采购类型不分级次，企业可以根据实际需要进行设立。例如，从国外购进、国内纯购进、从省外购进、从本地购进；从生产厂家购进，从批发企业购进；为生产采购、为委托加工采购、为在建工程采购等。

1. 操作界面

采购类型操作界面如图 3-70 所示。

2. 操作方法及栏目说明

1) 操作方法

(1) 单击【基础档案】→【购销存】→【采购类型】，显示如图 3-70 所示。

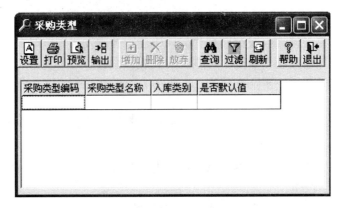

图 3-70 "采购类型"设置对话框

(2) 单击功能键中的【增加】按钮，屏幕上出现一空白行，用户可根据自己企业的实际情况，在相应栏目中输入适当内容。也可以在最后一栏空行中，双击鼠标，直接进入增加状态。

(3) 将光标移到要修改的采购类型栏目上按【空格】键，或用鼠标双击该要修改的栏目，即可进行修改操作。

(4) 将光标移到要删除的采购类型栏目上，单击【删除】按钮，即可删除当前采购类型。

2) 栏目说明

(1) 采购类型编码：必须输入，不能为空。

(2) 采购类型名称：必须输入，不能为空。

(3) 入库类别：是设定填制采购入库单时，输入采购类型后，默认的入库类别，以便加快录入速度。

(4) 是否默认值：是设定某个采购类型是填制单据默认的采购类型，对于最常发生的采购类型，可以设定该采购类型为默认的采购类型。

3. 注意事项

(1) 已经使用的采购类型不能修改。

(2) 采购类型编码只有 2 位字长、可以是数字或英文字母，编码必须输入，不允许重复，并要注意编码字母的大小写。

(3) 在输入入库类别时，用鼠标双击入库类别栏目，会出现该收发类别参照，只要输入下级编码即可。

(4) 禁用以下英文字符：* _ % ' | ? < > & ; [ ]

3.7.5 销售类型设置

本功能完成对销售类型的设置和管理，以便于按销售类型对销售业务数据进行统计和分析。用户可以根据业务的需要方便地增加、修改、删除、查询、打印销售类型。

1. 操作界面

销售类型操作界面如图 3-71 所示。

图 3-71 "销售类型"设置对话框

2. 操作方法及栏目说明

1) 操作方法

(1) 单击【基础档案】→【购销存】→【销售类型】，显示如图 3-71 所示。

(2) 单击功能键中的【增加】按钮，屏幕上出现一空白行，用户可根据自己企业的实际情况，在相应栏目中输入适当内容。也可以在最后一栏空行中，双击鼠标，直接进入增加状态。

(3) 用鼠标双击要修改的销售类型的栏目，然后直接修改即可。

(4) 用鼠标单击要删除的销售类型，然后单击【删除】，即可删除当前销售类型。

2) 栏目说明

(1) 销售类型编码：不能为空，且不能重复。

(2) 销售类型名称：不能为空，且不能重复。

(3) 出库类别：输入销售类型所对应的出库类别，以便销售业务数据传递到库存管理系统和存货核算系统时进行出库统计和财务制单处理。可以直接输入出库类别编号或名称，建议输类别编号。也可以用参照输入法，即用鼠标按参照键显示所有出库类别供选择，用户用鼠标双击选定行或当光标位于选定行时用鼠标单击确认按钮即可。注意：出库类别是收发类别中的收发标志为发的那部分，收发标志为发的收发类别是不能作为出库类别的。

(4) 是否默认值：标识销售类型在单据录入或修改被调用时是否作为调用单据的销售类型的默认取值。

3. 注意事项

(1) 最多有一种销售类型可以作为默认值。

(2) 输入完成后，如果鼠标不离开当前行就退出，则表示放弃增加。

(3) 修改完成后，如果鼠标不离开当前行就退出，则表示放弃修改。

(4) 已使用的销售类型不能删除。

(5) 禁用以下英文字符：* _ % ' | ? < > & ; [ ]。

思考与实务操作

一、选择题

1. 会计核算中，_____科目可以设置往来账管理。

A. 应付福利费　　　　　　　　B. 预付账款

C. 未交税款　　　　　　　　　D. 预提费用

2. 若凭证类别只设置一种，通常为_____。

    A. 现金凭证　　　　　　　　　B. 收款凭证

    C. 银行凭证　　　　　　　　　D. 记账凭证

3. 某工业企业的会计科目编码规则是3222，则代码为403030202的会计科目为_____。

    A. 成本类，三级　　　　　　　B. 损益类，四级

    C. 损益类，三级　　　　　　　D. 成本类，四级

4. 有关会计科目的修改和删除的陈述，正确的是_____。

    A. 会计科目可以随时修改和删除

    B. 会计科目编码可以修改，名称不能修改

    C. 会计科目正在使用时，不能删除

    D. 会计科目建立后，不能删除和修改

5. 会计科目建立的顺序是_____。

    A. 先建立下级科目，再建立上级科目

    B. 先建立明细科目，再建立一级科目

    C. 先建立上级科目，再建立下级科目

    D. 不分先后

6. 关于账簿设置和叙述，正确的是_____。

    A. 一个组织只能有一套账

    B. 会计软件只能管理一套账

    C. 会计软件可管理多套账

    D. 对账簿的设置设有限制

7. 以编码形式输入会计科目的，应该提示该编码所对应的_____。

    A. 经济业务摘要　　　　　　　B. 凭证编号

    C. 凭证日期　　　　　　　　　D. 会计科目名称

8. 在删除科目代码时，以下_____情况可以删除。

    A. 有余额的科目

    B. 有发生额的科目

    C. 既有余额又有发生额的科目

    D. 既无余额又无发生额的科目

二、简答题

1. 简述基础档案包括哪些内容？

2. 基础档案设置时其编码有什么限制？

3. 会计科目设置的内容有哪些？

4. 什么是辅助核算？它包括哪些内容？

5. 凭证类别设置为收、付、转凭证时会有哪些限制？

三、实务操作题

实训 1：基础设置

【实训资料】

1. 部门档案如表 3-10 所列。

表 3-10 部门档案资料

部 门 编 码	部 门 名 称
1	人事部
2	财务部
3	市场部
301	供应部
302	销售部
4	加工车间

2. 职员档案如表 3-11 所列。

表 3-11 职员档案资料

职 员 编 码	职 员 姓 名	所 属 部 门
1	杨华	人事部
2	王丽	人事部
3	天宝	财务部
4	张俊	财务部
5	王晓	供应部
6	赵红	销售部
7	刘伟	加工车间

3. 客户分类如表 3-12 所列。

表 3-12 客户分类资料

类 别 编 码	类 别 名 称
1	北京地区
2	上海地区
3	东北地区
4	华北地区
5	西北地区

4. 客户档案如表 3-13 所列。

表 3-13 客户档案资料

客 户 编 码	客 户 简 介	所 属 分 类
01	北京天意公司	1 北京地区
02	大地公司	1 北京地区
03	上海邦力公司	2 上海地区
04	明星公司	2 上海地区
05	鞍山钢铁厂	3 东北地区
06	伟达公司	4 华北地区
07	光华公司	5 西北地区

5. 供应商档案如表3-14所列。

表 3-14 供应商档案资料

供应商编码	供应商简称	所 属 分 类
01	北京无忧公司	00
02	大为公司	00
03	杰信公司	00

【实训要求】

1. 启用"总账"系统。
2. 设置部门档案。
3. 设置职员档案。
4. 设置客户分类。
5. 设置客户档案。
6. 设置供应商档案。

实训 2：财 务 设 置

【实训资料】

1. 会计科目。

(1) "1001 现金"为现金总账科目、"1002 银行存款"为银行总账科目。

(2) 增加会计科目如表 3-15 所列。

表 3-15 增加会计科目资料

科 目 名 称	辅助账类型	科 目 编 码
应收职工借款	个人往来	113301
办公费	部门核算	550201
差旅费	部门核算	550202
工资	部门核算	550203

2. 项目目录。

项目大类为"在建工程"，核算科目为"在建工程"及明细科目，科目内容为银南地区和银北地区，其中银南地区包括"职工宿舍"和"职工食堂"两项工程。

3. 凭证类别如表3-16所列。

表 3-16　凭证类别资料

类 别 名 称	限 制 类 型	限 制 科 目
收款凭证	借方必有	1001、1002
付款凭证	贷方必有	1001、1002
转账凭证	凭证必无	1001、1002

4. 结算方式。

结算方式包括现金结算、现金支票结算、转账支票结算及电汇结算。

【实训要求】

1. 指定现金银行科目。
2. 增加新的会计科目。
3. 设置项目目录。
4. 设置凭证类别。
5. 设置结算方式。

第4章 总账系统

知识向导

　　总账系统是用友通管理软件的核心子系统，它既可独立运行，也可同其他系统协同运行。总账系统完成的功能主要包括初始设置、凭证管理、账簿管理、辅助核算管理及月末处理。总账初始设置就是根据本单位的实际情况，把一个通用的总账系统设置成适合本单位核算要求的专用总账系统，它包括设置业务参数、会计科目、凭证类别、录入期初余额、设置操作员明细权限等；凭证管理主要完成填制凭证、出纳签字、审核凭证、查询凭证、打印凭证、记账、常用凭证定义等；账簿管理可提供总账、余额表、序时账、明细账、多栏账、日记账等各种账表的查询，并实现总账、明细账、凭证的联查，还可查询未记账凭证的数据；辅助核算管理主要完成个人往来核算、部门核算、往来管理、现金管理和项目管理等工作；月末处理通过自定义转账功能，自动完成月末分摊、计提、对应转账、销售成本、汇兑损益、期间损益结转等业务，进行试算平衡、对账、结账、生成月末工作报告。

学习目标

　　(1) 了解总账系统基本功能，熟悉总账系统工作界面。

　　(2) 掌握总账初始设置的操作方法。

　　(3) 掌握凭证的录入、修改、删除等操作方法。

　　(4) 掌握凭证的审核、记账、查询等操作方法。

　　(5) 掌握总账、明细账、多栏账、日记账及日报表的查询方法。

　　(6) 掌握往来账、部门账、项目管理等辅助核算的操作方法。

　　(7) 掌握月末转账、试算平衡、对账、结账等月末处理操作方法。

实务操作重点

　　(1) 掌握总账初始设置的操作方法。

　　(2) 凭证录入、审核、记账、查询的操作方法。

　　(3) 各种账簿查询方法。

　　(4) 总账月末处理方法。

4.1　总账系统概述

4.1.1　总账系统的功能

　　总账系统的功能主要包括初始设置、凭证管理、账簿管理、辅助核算管理和期末处理等。

1. 初始设置

总账系统初始设置就是结合本单位的实际情况，把会计核算要求、基础数据录入系统，将一个通用系统变成适合本单位实际需要的专用系统。其主要工作包括设置各项业务参数、设置基础档案、明细权限的设定和期初余额的录入等。

2. 凭证管理

通过输入准确无误的凭证，来加强对所发生业务的及时管理和控制。主要完成凭证的录入、审核、记账、查询、打印，以及出纳签字、常用凭证定义等。

3. 账簿管理

主要实现总账、明细账、凭证联查，并可查询包含未记账凭证的最新数据；可随时提供总账、余额表、明细账、日记账等标准账表的查询。

4. 辅助核算管理

主要完成个人往来、单位往来、部门核算、项目核算等辅助性核算工作。

5. 期末处理

自动完成月末分摊、计提、对应转账、销售成本、汇兑损益、期间损益结转等业务。进行试算平衡、对账、结账、生成月末工作报告。

4.1.2 总账系统操作流程

第一次使用总账时，操作流程如图 4-1 所示。

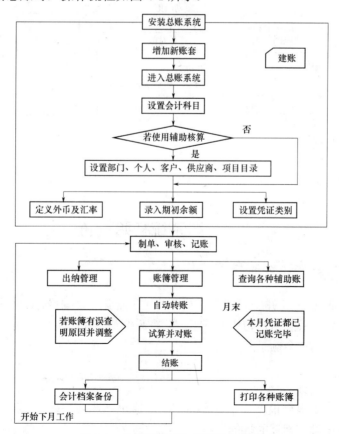

图 4-1 总账系统初次使用操作流程

第二年使用总账时，操作流程如图 4-2 所示。

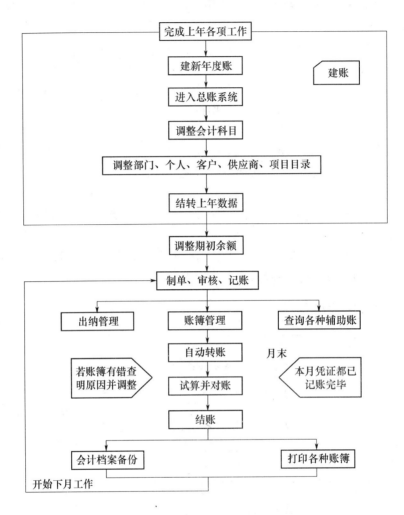

图 4-2　总账系统跨年使用操作流程

4.2　总账系统初始设置

4.2.1　总账系统初始设置概述

　　用友通标准版 10.3 软件安装完毕，并经过建立账套、设置操作员及其权限等步骤以后，就可以进行总账系统的初始化设置了。总账系统初始化设置包括系统"选项"设置、明细账权限设置和期初余额录入等。

4.2.2　选项设置

　　系统启用后，用户会根据本单位实际情况，通过"选项"功能，选择合适的参数，以达到会计核算和财务管理的目的。

1. 操作界面

"选项"功能如图 4-3 所示。它包含"凭证"、"账簿"、"会计日历"、"其他"四张标签页。

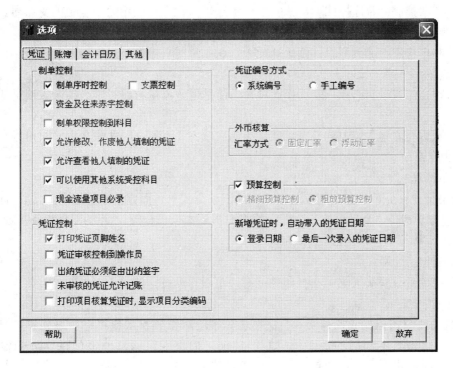

图 4-3　"选项——凭证页"对话框

2. 操作方法及栏目说明

1) 操作方法

① 单击【总账】→【设置】→【选项】，显示如图 4-3 所示。

② 设置系统参数，可根据自己企业的实际情况，如果默认账套参数与实际需要不符，可以直接进行调整。在相应栏目中输入适当内容。最后确定即可。

2) 栏目说明

(1) 凭证：选择"凭证"页签，可查看及修改有关凭证的选项，如图 4-3 所示。

制单控制：

主要设置在填制凭证时，系统应对哪些操作进行控制。

① 制单序时控制：系统规定制单的凭证编号应按时间顺序排列，即制单序时，如有特殊需要可将其改为不按序时制单，若选择了此项，则在制单时凭证号必须按日期顺序排列。

② 资金及往来赤字控制：若选择了此项，则在制单时，当现金、银行科目的最新余额出现负数时，系统将予以提示。

③ 可以使用其他系统受控科目：若某科目为其他系统的受控科目（例如，客户往来科目为应收、应付系统的受控科目），一般说来，为了防止重复制单，应只允许其受控系统来使用该科目进行制单，总账系统是不能使用此科目进行制单的，但如果希望在总账

113

系统中也能使用这些科目填制凭证，则应选择此项。

④ 允许修改、作废他人填制的凭证：若选择了此项，在制单时可修改、作废别人填制的凭证，否则不能修改、作废。

⑤ 支票控制：若选择此项，在制单时录入了未在支票登记簿中登记的支票号，系统将提供登记支票登记簿的功能。

⑥ 制单权限控制到科目：若选择此项，在制单时，操作员只能用具有相应制单权限的科目制单。

⑦ 现金流量项目必录：若选择此项，当前是现金流量科目时则必须录入现金流量项目。

⑧ 允许查看他人填制的凭证：默认为勾选状态。不勾选时非账套主管只可以查看到本人填制的凭证。

外币核算：

如果企业有外币业务，则应选择相应的汇率方式——固定汇率、浮动汇率。"固定汇率"即在制单时，一个月只按一个固定的汇率折算本位币金额。"浮动汇率"即在制单时，按当日汇率折算本位币金额。

凭证控制：

① 打印凭证页脚姓名：在打印凭证时，是否自动打印制单人、出纳、审核人、记账人的姓名。

② 凭证审核控制到操作员：有些时候，希望对审核权限作进一步细化，如只允许某操作员审核其本部门的操作员填制的凭证，而不能审核其他部门操作员填制的凭证，则应选择此选项。可通过系统菜单【设置】下的【明细权限】中去设置操作员审核权限。

③ 出纳凭证必须经由出纳签字：若选择了此项，则含有现金、银行科目的凭证必须由出纳人员通过【出纳签字】功能对其核对签字后才能记账。

④ 未审核的凭证允许记账：若选择了此项，则未经过审核的凭证可以进行记账。

⑤ 打印项目核算凭证时，显示项目分类编码：若选择了此项，则打印时可显示项目分类编码。

凭证编号方式：

系统在"填制凭证"功能中一般按照凭证类别按月自动编制凭证编号，即"系统编号"，但有的企业需要系统允许在制单时手工录入凭证编号，即"手工编号"。

(2) 账簿：选择"账簿"页签，可查看及修改有关账簿的选项。如果默认账套参数与实际需要不符，可以直接进行调整，如图 4-4 所示。

打印位数宽度：

定义正式账簿打印时各栏目的宽度，包括摘要、金额、外币、数量、汇率、单价。

明细账（日记账、多栏账）打印输出方式：

打印正式明细账、日记账或多栏账时，按年排页还是按月排页。

① 按月排页：即打印时从所选月份范围的起始月份开始将明细账顺序排页，再从第一页开始将其打印输出，打印起始页号为"1 页"。这样，若所选月份范围不是第一个月，则打印结果的页号必然从"1 页"开始排。

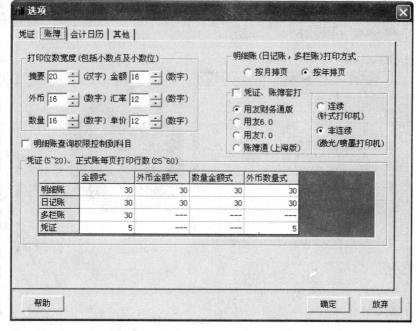

图 4-4　"选项——账簿页"对话框

② 按年排页:即打印时从本会计年度的第一个会计月开始将明细账顺序排页,再将打印月份范围所在的页打印输出,打印起始页号为所打月份在全年总排页中的页号。这样,若所选月份范围不是第一个月,则打印结果的页号有可能不是从"1 页"开始排。

正式账每页打印行数:

可对明细账、日记账、多栏账的每页打印行数进行设置。双击表格或按空格对行数直接修改即可。

凭证打印行数:

可对凭证每页的行数进行设置。

凭证、账簿套打:

打印凭证、正式账簿时是否使用套打纸进行打印。套打纸是指用友公司为账务专门印制的各种凭证、账簿的标准表格线,选择套打打印时,系统只将凭证、账簿的数据内容打印到相应的套打纸上,而不打印各种表格线。用套打纸打印凭证速度快,且美观。系统提供三种套打纸型选择(用友 6.0 版、用友 7.0 版、上海版)。

明细账查询权限控制到科目:

有些时候,希望对查询和打印权限作进一步细化,如只允许某操作员查询或打印某科目明细账,而不能查询或打印其他科目的明细。这种情况下,则应选择此选项,然后再到系统菜单【设置】下的【明细权限】中去设置明细账科目查询权限。

(3) 会计日历:用鼠标单击"会计日历"页签,可查看各会计期间的起始日期与结束日期,以及启用会计年度和启用日期。此处仅能查看会计日历的信息,如需修改请到系统管理中进行,如图 4-5 所示。

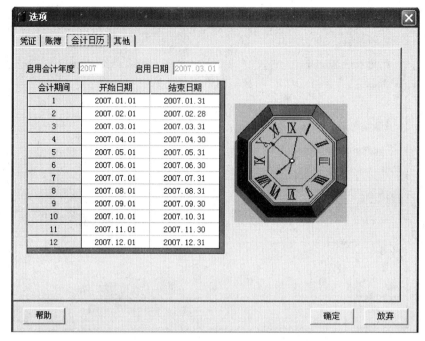

图 4-5　"选项——会计日历页" 对话框

① 总账系统的启用日期不能在系统的启用日期之前。

② 已录入汇率后不能修改总账启用日期。

③ 总账中已录入期初余额(包括辅助期初)则不能修改总账启用日期。

④ 总账中已制单的月份不能修改总账的启用日期,其他系统中已制单的月份不能修改总账的启用日期。

⑤ 第二年进入系统,不能修改总账的启用日期。

(4) 其他:对系统的其他选项进行设置,如图 4-6 所示。

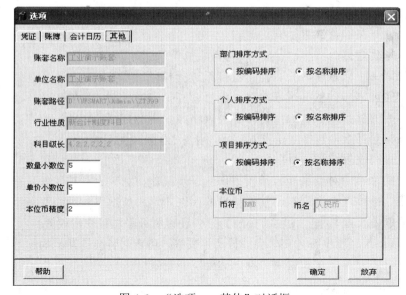

图 4-6　"选项——其他"对话框

① 数量小数位:在制单与查账时,按此处定义的小数位输出小数,不足位数将用"0"补齐。例如,定义为 5 位,而数量为 10.25 米,则系统将按 10.25000 显示输出。系统允许设置的数量小数位范围为 2 到 6 位。

② 单价小数位:在制单与查账时,按此处定义的小数位输出小数,不足位数将用"0"补齐。例如,定义为 5 位,而单价为 3 元,则系统将按 3.00000 显示输出。系统允许设置的单价小数位范围为 2 到 8 位。

③ 本位币精度:若数据精确到整数(无小数位),则在制单中由汇率、外币计算本位币时,系统自动四舍五入为整数。

④ 部门排序方式:在查询部门账或参照部门目录时,是按部门编码排序还是按部门名称排序,可根据需要在这里设置。

⑤ 个人排序方式:在查询个人账或参照个人目录时,是按个人编码排序还是按个人名称排序,可根据需要在这里设置。

⑥ 项目排序方式:在查询项目账或参照项目目录时,是按项目编码排序还是按项目名称排序,可根据需要在这里设置。

⑦ 账套名称、单位名称、行业性质、会计主管等账套信息只在这里显示,若要修改,可到系统管理中去修改。

3. 案例

例 4-1 某企业总账系统参数为:不允许修改、作废他人填制的凭证,凭证审核控制到操作员。请在系统中进行设置。

操作步骤如下:

(1) 单击【总账】→【设置】→【选项】,显示如图 4-3 所示。

(2) 单击"凭证"标签页,选中"凭证审核控制到操作员",去掉"允许修改、作废他人填制的凭证"前的对勾,结果如图 4-7 所示。

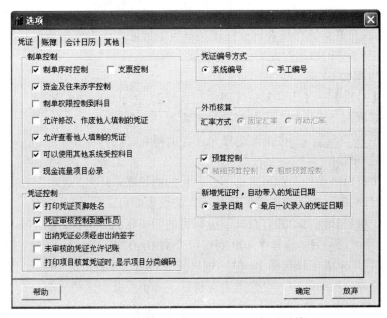

图 4-7 "选项——总账参数"对话框设置结果

4.2.3 明细账权限

1. 操作界面

明细账权限设置主要是明细账科目查询权限、凭证审核权限和制单科目使用权限的设置。其操作界面如图4-8所示。

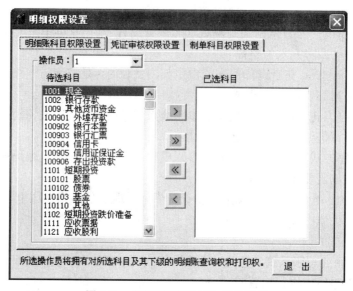

图4-8 "明细权限设置"操作界面

2. 操作方法及栏目说明

1) 明细账查询科目权限设置

本功能是查询和打印明细账权限的一个补充。一般说来，凡是拥有查询明细账权限的操作员都可以查询所有科目的明细账，但是有些时候，希望对查询和打印权限作进一步细化，如果只允许某操作员查询或打印某科目明细账，而不能查询或打印其他科目的明细。这种情况下，可以通过此功能进行设置。

(1) 操作步骤如下：

① 单击【总账】→【设置】→【明细账权限】，显示如图4-8所示。

② 用鼠标单击"操作员"下拉框选择要设置的操作员。

③ 按 》、 >、 《、 《 按钮可选择允许查询明细账的科目。

(2) 栏目说明如下：

① 如果希望每个操作员都可查询所有科目的明细账，可在"选项"功能中的"账簿"页签里，取消"明细账查询权限控制到科目"的设置即可。

② 选择一级科目则自动拥有对其下级科目的明细账的查询权。如109科目有10901和10902两个明细级科目，选择了109则也可查询10901和10902。当然，也可以将科目的查询权限设置到末级，只选择10901，则只能查询10901科目的明细账。

③ 在月份综合明细账中，可查询所有科目，并不受此权限的限制。

2) 凭证审核权限设置

本功能是凭证审核权限的一个补充。一般说来，凡是拥有凭证审核权限的操作员都可以审核其他所有操作员填制的凭证，但是有些时候，希望审核权限作进一步细化，如只允许某操作员审核其本部门的操作员填制的凭证，而不能审核其他部门操作员填制的凭证。这种情况下，可以通过此功能进行设置。

(1) 操作步骤如下：

① 进入【明细权限设置】功能后，用鼠标单击"凭证审核权限设置"页签，显示如图 4-9 所示。

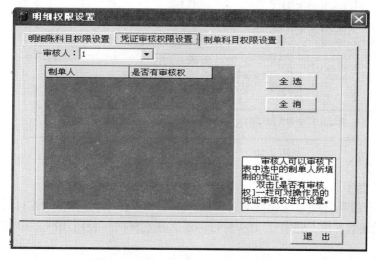

图 4-9　"凭证审核权限设置"对话框

② 用鼠标单击"审核人"下拉框选择要设置的审核人。

③ 如果认为审核人可以审核表格中所选制单人填制的凭证，可用鼠标双击"是否有审核权"一栏。

(2) 栏目说明如下：

① 如果希望凡是拥有凭证审核权限的操作员都可以审核其他所有操作员填制的凭证，可在"选项"功能中的"凭证控制"里，取消"凭证审核控制到操作员"的设置即可。

② 只有在"选项"功能中的"凭证控制"里，选择了"凭证审核控制到操作员"此处的设置才能起作用。

3) 制单科目权限设置

本功能是制单权限的一个补充。一般说来，凡是拥有制单权限的操作员都可以使用所有科目填制凭证，但是有些时候，希望对制单权限作进一步细化，如只允许某操作员使用某些科目填制凭证。这种情况下，可以通过此功能进行设置。

(1) 操作步骤如下：

① 进入【明细权限设置】功能后，用鼠标单击"制单科目权限设置"页签，显示如图 4-10 所示。

② 用鼠标单击"操作员"下拉框选择要设置的操作员。

③ 按 》｜ 》｜ 《｜ 《 按钮可选择允许该操作员在制单时使用的科目。

(2) 栏目说明如下：

① 如果希望每个操作员都可使用所有科目制单，可在"选项"功能中的"凭证"页

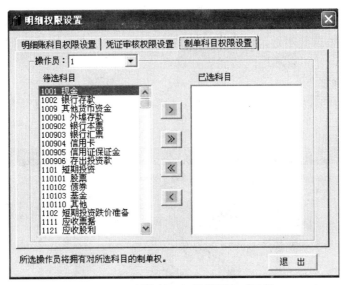

图 4-10 "制单科目权限设置"对话框

签里,取消"制单权限控制到科目"的设置即可。

② 选择一级科目则自动拥有对其下级科目的制单使用权。如 109 科目有 10901 和 10902 两个明细级科目,选择了 109 科目,那么在制单时可使用 10901 和 10902。

3. 案例

例 4-2 设置操作员李婷具有审核其他操作员所填制的所有凭证权限。

操作步骤如下:

(1) 单击【总账】→【设置】→【明细账权限】,用鼠标单击"凭证审核权限设置"页签页。

(2) 用鼠标单击"审核人"下拉框,选择操作员"李婷",单击"全选"或双击"是否有审核权"一栏,如图 4-11 所示。

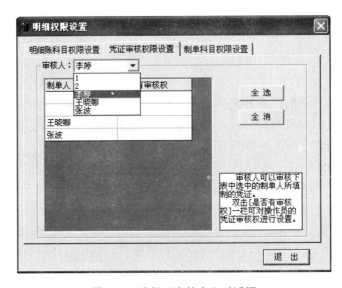

图 4-11 选择"审核人"对话框

(3) 最后结果图 4-12 所示。

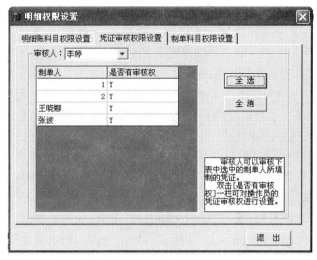

图 4-12 "显示审核人的权限"对话框

4.2.4 期初余额

为了保证会计数据的连续性与完整性，初次使用总账系统时，需将整理好的各科目余额数据录入计算机。这些数据包括各明细科目的年初余额、系统启用前各月的发生额、有辅助核算的科目余额。如果是第一次使用账务处理系统，必须使用此功能输入科目余额。如果系统中已有上年的数据，在使用"结转上年余额"后，上年各账户余额将自动结转到本年。同时，为了保证数据的正确性，还要进行期初对账及试算平衡。

1. 操作界面

期初余额操作界面如图 4-13 所示。

科目名称	方向	币别/计量	年初余额	累计借方	累计贷方	期初余额
现金	借		29,863.55			29,863.55
银行存款	借		4,638,903.30			4,638,903.30
其他货币资金	借					
外埠存款	借					
银行本票	借					
银行汇票	借					
信用卡	借					
信用证保证金	借					
存出投资款	借					
短期投资	借					
股票	借					
债券	借					
基金	借					
其他	借					
短期投资跌价准备	贷					
应收票据	借					
应收股利	借					

提示："科目余额录入从明细科目录入，如遇有辅助科目核算，则先完成辅助科目余额的初始"完成期初余额录入后，应进行"对账"和"试算"两个功能操作。在系统已经记账后，不能进行期初余额的修改操作。

期初：2007年03月

图 4-13 "期初余额录入"对话框

2. 操作方法及栏目说明

1) 操作方法

(1) 单击【总账】→【设置】→【期初余额】，显示如图 4-13 所示。

(2) 基本科目期初余额的录入：如果是年初建账，可以直接录入年初余额。如果是年中建账，比如是 8 月开始使用账务系统，建账月份为 8 月，可以录入 8 月初的期初余额以及 1 月~8 月的借、贷方累计发生额，系统自动计算年初余额。录入时只要求录入最末级科目的余额和累计发生数，上级科目的余额和累计发生数由系统自动计算。若年中启用，则只要录入末级科目的期初余额及累借、累贷，年初余额将自动计算出来。

(3) 有辅助核算科目余额的录入：辅助核算科目必须按辅助项录入期初余额，往来科目（即含个人往来、客户往来、供应商往来账类的科目）应录入期初未达项，用鼠标双击辅助核算科目的期初余额(年中启用)或年初余额(年初启用)，屏幕显示辅助核算科目期初余额录入窗口。在录入辅助核算期初余额之前，必须先设置各辅助核算目录。如果某科目为数量、外币核算，可以录入期初数量、外币余额。但必须先录入本币余额，再录入外币余额。

(4) 调整余额方向：按【方向】按钮可修改科目的余额方向（即科目性质）。每个科目的余额方向由科目性质确定，占用类科目余额方向为借，来源类科目余额方向为贷。只能调整一级科目的余额方向，且该科目及其下级科目尚未录入期初余额。当一级科目方向调整后，其下级科目也随一级科目相应调整方向。

2) 栏目说明

(1) 试算平衡：录完所有余额后，用鼠标单击【试算】按钮，可查看期初余额试算平衡表，检查余额是否平衡。

(2) 对账：单击【对账】按钮，可对当前期初余额进行对账，检查总账、明细账、辅助账的期初余额是否一致。可以及时做到账账核对，并可尽快修正错误的账务数据。

3. 案例

例 4-3 某企业 2009 年 1 月各科目期初余额资料如表 4-1 所列。录入各科目期初余额资料。

表 4-1　各科目期初余额资料

科目名称	借贷方向	余额（元）	辅助核算
现金	借	800	日记账
银行存款	借	90000	日记账、银行账
应收账款	借	35000	客户往来
材料采购	借	20000	
原材料	借	3000	
库存商品	借	10000	
应付账款	贷	40000	
长期借款	贷	100000	

科 目 名 称	借 贷 方 向	余额（元）	辅 助 核 算
实收资本	贷	10720	
本年利润	贷	9080	
生产成本	借	1000	

例 4-4 录入"现金"等末级科目的期初余额。

操作步骤如下：

(1) 在"期初余额录入"主界面，"期初余额"栏有三种颜色显示：白色为末级科目，黄色为非末级科目，蓝色为辅助核算科目。

(2) 单击白色栏目如"现金"科目期初余额栏，输入 800，按【Enter】键，数字自动录入。

(3) 其他白色栏科目的余额也按此方法直接输入即可。

例 4-5 录入"银行存款"等非末级科目的期初余额。

操作步骤如下：

黄色栏的科目余额不用输入，将"工行存款"末级科目余额 90000 元输入后该科目余额自动汇总生成。

例 4-6 录入"应收账款"等辅助核算科目的期初余额。"应收账款"科目期初余额信息资料为：2008 年 11 月 1 日北京东东公司购买计算机欠货款 35000 元。

操作步骤如下：

(1) 在"期初余额录入"主界面，双击蓝色栏的"应收账款"余额栏，打开"客户往来期初"窗口，如图 4-14 所示。

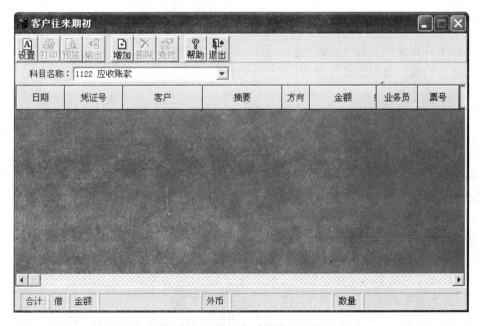

图 4-14 "客户往来期初"界面

(2) 单击【增加】按钮，修改日期为 2008－11－1；凭证号为"转账凭证"；客户为"北京东东公司"，摘要输入"欠电脑货款"；方向为默认的"借"；输入金额 35000 元即可。

(3) 最后结果如图 4-15 所示。

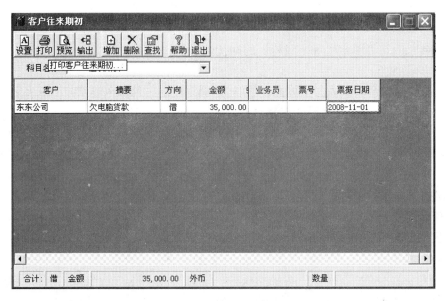

图 4-15 "客户往来期初"录入结果

4.3 凭 证 处 理

4.3.1 凭证处理概述

进行了总账系统初始化设置之后，用户就可填制记账凭证，并对记账凭证进行审核、出纳签字、记账、查询凭证等操作。

4.3.2 填制记账凭证

记账凭证是登记账簿的依据，在实行计算机处理账务后，电子账簿的准确与完整完全依赖于记账凭证，因而使用者要确保记账凭证输入的准确完整。记账凭证的内容一般包括两部分：一是凭证表头部分，包括凭证类别、凭证编号、凭证日期和附单据数等;二是凭证正文部分，包括摘要、科目名称、借贷方金额等。

1. 操作界面

填制的记账凭证如图 4-16 所示。

2. 操作方法及栏目说明

(1) 单击【总账】→【凭证】→【填制凭证】，显示如图 4-16 所示。

(2) 输入表头内容：

① 凭证类别：输入凭证类别字，也可以用鼠标单击或按【F2】键，参照选择一个凭证类别，确定后按【Enter】键，系统将自动生成凭证编号，并将光标定位在制单日期上。

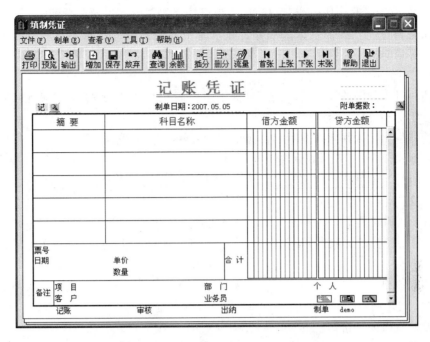

图 4-16 "填制凭证"操作界面

② 凭证编号：一般情况下，由系统分类按月自动编制，即每类凭证每月都从 0001 号开始，系统规定每页凭证有五笔分录，当某号凭证不只一页，系统自动将在凭证号后标上几分之一，例如，收－0001 号 0002/0003 表示为收款凭证第 0001 号凭证共有三张分单，当前光标所在分录在第二张分单上。如果在启用账套时或在"账簿选项"中，设置凭证编号方式为"手工编号"，则用户可在此处手工录入凭证编号。

③ 制单日期：系统自动取进入账务前输入的业务日期为记账凭证填制的日期，如果日期不对，可进行修改或按参照输入。

④ 附单据数：在"附单据数"处输入原始单据张数，输完后按【Enter】键。

(3) 输入凭证正文内容：

① 摘要：输入本笔分录的业务说明，摘要要求简洁明了。

② 科目：科目必须输入末级科目。科目可以输入科目编码、中文科目名称、英文科目名称或助记码。如果输入的科目名称有重名现象时，系统会自动提示重名科目供选择。输入科目时可在科目区中用鼠标单击或按【F2】键参照录入。

③ 辅助信息：根据科目属性输入相应的辅助信息，如部门、个人、项目、客户、供应商、数量、自定义项等。在这里录入的辅助信息将在凭证下方的备注中显示。当需要对所录入的辅助项进行修改时，可用鼠标双击所要修改的项，系统显示辅助信息录入窗，可进行修改。

④ 金额：即该笔分录的借方或贷方本币发生额，金额不能为零，但可以是红字，红字金额以负数形式输入。如果方向不符，可按【空格】键调整金额方向。按下快捷键【Ctrl+L】可显示/隐藏数据位线（除千分线外）。

a. 如果科目有客户往来的属性，则屏幕提示用户输入"客户"、"业务员"及"票号"

等信息。"客户"可输入代码或客户简称，也可按【F2】键通过参照功能输入。

b. 如果科目有供应商往来的属性，则屏幕提示用户输入"供应商"、"业务员"及"票号"等信息。"供应商"可输入代码或供应商简称，也可按【F2】键通过参照功能输入。

c. 若科目为部门核算科目，则屏幕提示用户输入"部门"信息，可输入代码或部门名称，也可按【F2】键参照输入。

d. 若科目为个人往来核算科目，则屏幕提示用户输入"部门"、"个人"等信息，可输入代码或名称，也可按【F2】键参照输入。

e. 若科目为项目核算科目，则屏幕提示用户输入"项目"信息，可输入代码或名称，也可按【F2】键参照输入。

f. 如果该科目要进行数量核算，则屏幕提示用户输入"数量"、"单价"。系统根据数量×单价自动计算出金额，并将金额先放在借方，如果方向不符，可按【空格】键调整金额方向。

g. 如果该科目要进行外币核算，系统自动将凭证格式改为外币式，如果系统有其他辅助核算，则先输入其他辅助核算后，再输入外币信息。

h. 若科目为银行科目，那么屏幕提示用户输入"结算方式"、"票号"及"发生日期"。其中，"结算方式"输入银行往来结算方式，"票号"应输入结算号或支票号，"票据日期"应输入该笔业务发生的日期，"票据日期"主要用于银行对账。

j. 对于要使用"支票登记簿"功能的用户，若希望在制单时也可进行支票登记，则应在"账簿选项"中设置"支票控制"选项，那么在制单时，如果所输入的结算方式应使用支票登记簿，在输入支票号后，系统则会自动勾销支票登记簿中未报销的支票，并将报销日期填上制单日期，所以在支票领用时，最好在支票登记簿中予以登记，以便系统能自动勾销未报的支票。若支票登记簿中未登记该支票，系统将显示支票录入窗供用户将该支票内容登记到支票登记簿中，同时填上报销日期。

(4) 当凭证全部录入完毕后，按【保存】按钮或【F6】键保存这张凭证，按【放弃】按钮放弃当前增加的凭证。也可用鼠标单击【增加】则可继续填制下一张凭证。

(5) 若想放弃当前未完成的分录的输入，可按【删行】按钮或【Ctrl+D】键删除当前分录即可

(6) 对于未指定为现金流量的科目，如果需指定现金流量项目，可在录入一条分录的金额后，单击【流量】按钮，则会弹出现金流量项目指定的窗口，要求输入此条件分录对应的现金流量项目。

(7) 当一批凭证填完后，用鼠标单击【退出】或通过菜单【文件】下的【退出】制单功能。

3. 注意事项

(1) 凭证一旦保存，其凭证类别、凭证编号将不能再修改。

(2) 本系统默认应按时间顺序填制凭证，即每月内的凭证日期不能倒流，例如，6月20日某类凭证已填到第200号凭证，则填制该类200号以后的凭证时，日期不能为6月1日至6月19日的日期，而只能是6月20日至月底的日期。但用户也可解除这种限制，即在【账簿选项】中，将其中的账套参数"制单序时"取消。

（3）在填制凭证中只能输入末级部门。

（4）如果在【选项】中，设置了"制单权限控制到科目"选项，那么在制单时不能使用无权限的科目进行制单。制单科目权限可在【明细权限设置】中进行设置。

（5）项目核算的科目必须先在项目定义中设置相应的项目大类，才能在制单中使用。

（6）若科目既核算外币又核算数量，则单价为外币单价，外币=数量×单价。

（7）对于一些常用的摘要，如"提现金"、"报差旅费"等，可在主菜单【凭证】中的【常用摘要】里预先定义好这些常用摘要，再在【填制凭证】中的摘要处调用，以便加快录入速度。

（8）在录入个人信息时，若不输入"部门"只输入"个人"，系统将根据所输入个人信息，自动输入其所属的部门。

（9）在金额处按【=】，系统将根据借贷方差额自动计算此笔分录的金额。例如，填制某张凭证时，前两笔分为借 100，借 200，在录入第三笔分录的金额时，将光标移到贷方，按下【=】键，系统自动填写 300。

（10）若用户不希望在凭证金额栏中显示数据位线（除千分位线外），可按【Ctrl＋L】键取消显示，若希望显示，也可按【Ctrl＋L】键恢复显示。

（11）科目、往来客户、供应商、往来个人、部门、项目可在制单时随时通过参照界面中的【编辑】按钮进行增加及修改。

4. 案例

例 4-7 填制凭证资料为：1 月 1 日收到销售产品的货款 35100 元，其中销项税 5100元；1 月 8 日王明报销差旅费 3000 元；1 月 20 日现金支票支付办公费 5000 元。

操作步骤如下：

（1）单击【总账】→【凭证】→【填制凭证】，进入"填制凭证"窗口。

（2）单击【增加】按钮，系统自动增加一张空白凭证。

（3）输入凭证头部分：单击凭证左上角"收"字处 收 按钮，参照输入"收款凭证"，输入制单日期"2009.01.01"，输入附单据数"1"。

（4）输入凭证正文部分：输入摘要"收到货款"，输入"银行存款－工行银行"科目名称的方法是直接输入科目编码"100201"或参照输入，之后系统自动弹出"辅助项"对话框，通过参照选择"转账支票"方式，票号 XJ101，发生日期默认为制单日期，如图 4-17 所示。然后【确认】返回。

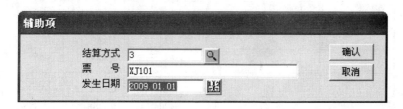

图 4-17　设置"银行存款科目辅助项内容"对话框

（5）输入"借方金额"35100，按【Enter】键，摘要自动带到下一行。

（6）继续输入"主营业务收入"科目编码"6001"，输入"贷方金额"30000，按【Enter】键。

(7) 再输入"应交税费——应交增值税——销项税"科目编码"22210102",输入"贷方金额"5100,然后单击【保存】按钮。填好后的凭证如图4-18所示。

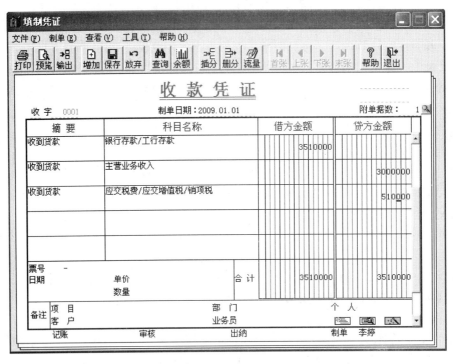

图 4-18　填制凭证"收"字 0001 结果

(8) 其他两笔业务按上述步骤填制凭证如图 4-19、图 4-20 所示。

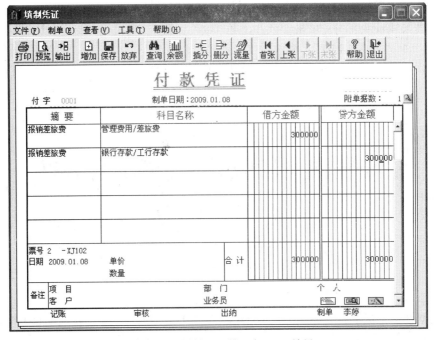

图 4-19　填制凭证"付"字 0001 结果

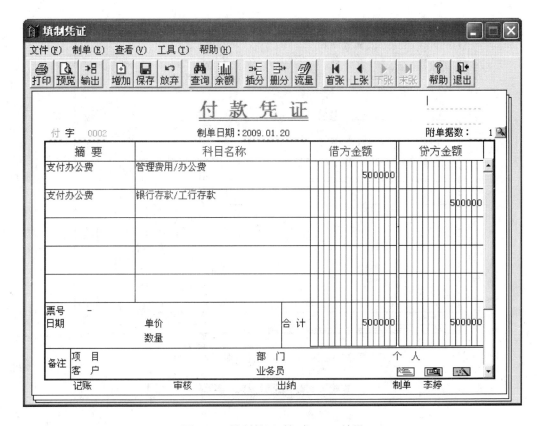

图 4-20　填制凭证"付"字 0002 结果

例 4-8　修改报销差旅费凭证金额 3000 元为 3600 元。

操作步骤如下：

(1) 单击【总账】→【凭证】→【填制凭证】，进入"填制凭证"窗口。

(2) 在"填制凭证"窗口，单击 按钮，找到要修改的凭证"付－0001"，直接修改借贷金额为 3600，然后保存即可。

例 4-9　删除支付办公费所填凭证。

操作步骤如下：

(1) 在"填制凭证"窗口，单击 按钮，找到要修改的凭证"付－0002"。

(2) 单击【制单】→【作废/恢复】命令，凭证左上角显示"作废"，表示该凭证已经作废，如图 4-21 所示。

(3) 在"填制凭证"窗口，单击【制单】→【整理凭证】命令，打开"选择凭证期间"对话框，选择"2009.01"，如图 4-22 所示。

(4) 单击【确定】按钮，打开"作废凭证表"对话框，在要删除的凭证"删除"一栏双击，如图 4-23 所示。

(5) 单击【确定】按钮后，系统显示"是否还需整理凭证断号？"，单击【是】按钮，系统将该张凭证删除，并重新进行凭证编号处理。

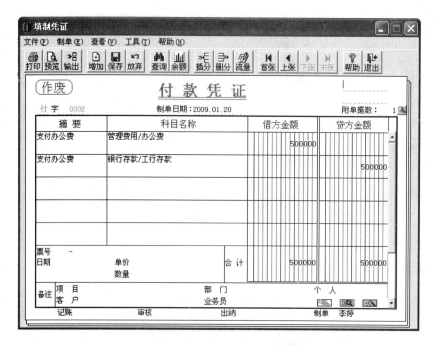

图 4-21   "作废凭证"对话框

图 4-22   "选择凭证期间"对话框

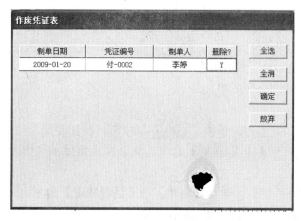

图 4-23   "删除凭证"对话框

4.3.3 常用摘要

在日常填制凭证的过程中，因为业务的重复性发生，经常会有许多摘要完全相同或大部分相同,如果将这些常用摘要存储起来,在填制会计凭证时可随时调用,必将大大提高业务处理效率。调用常用摘要,可以在输入摘要时直接输摘要代码或按【F2】键或用鼠标单击【参照】按钮输入。

1. 操作界面

常用摘要操作界面如图 4-24 所示。

图 4-24 "常用摘要"设置窗口

2. 操作方法及栏目说明

1) 操作方法

(1) 单击【总账】→【凭证】→【常用摘要】,显示如图 4-24 所示。

(2) 单击【增加】,输入编号、摘要内容、相关科目的内容。

(3) 要删除某项常用摘要,选中它,单击【删除】按钮即可。

2) 栏目说明

(1) "常用摘要"录入的编号、摘要内容、相关科目,这些信息(数据)可任意设定并在调用后可以修改补充。

(2) 常用摘要的编码是调用常用摘要的依据,因此,不能重复输入,也不能为空。

(3) 如果某条常用摘要对应某科目,则可在"相关科目"处输入,那么,在填制凭证时,在调用常用摘要的同时,也被调入,提高凭证录入效率。

3. 案例

例 4-10 设置常用摘要"报销办公费"。

操作步骤如下:

(1) 单击【总账】→【凭证】→【常用摘要】窗口。

(2) 单击【增加】按钮,出现一行空白行,输入摘要编码"01",摘要内容为"报销办公费",相关科目为"660202 管理费用—办公费"。按【Enter】键即可,如图 4-25 所示。

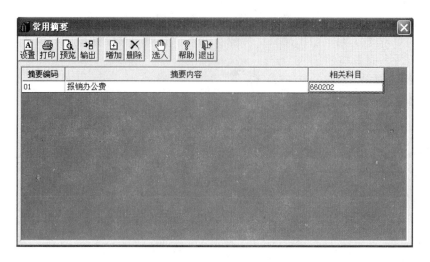

图 4-25 "常用摘要"对话框

4.3.4 常用凭证

在日常填制凭证的过程中，因为业务的重复性发生，经常会有许多凭证完全相同或大部分相同，如果将这些常用凭证存储起来，在填制会计凭证时可随时调用，必将大大提高业务处理效率。

1. 操作界面

常用凭证操作界面如图 4-26 所示。

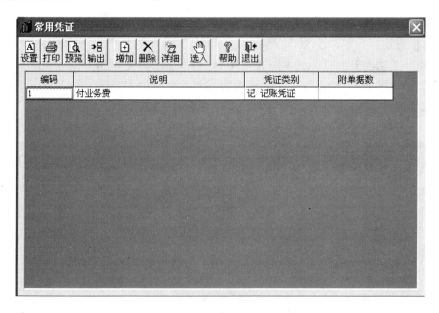

图 4-26 "常用凭证"对话框

2. 操作方法

(1) 单击【总账】→【凭证】→【常用凭证】，显示如图 4-26 所示。

(2) 单击【增加】，输入编码、说明、凭证类别、附单据数等内容。

(3) 要删除某项常用凭证，选中它，单击【删除】按钮即可。

(4) 单击【详细】按钮，显示如图 4-27 所示。

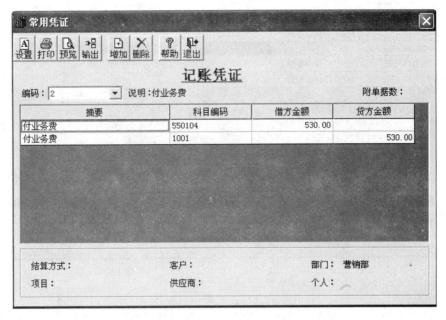

图 4-27　"常用凭证"信息录入界面

(5) 通过菜单【制单】下的【生成常用凭证】制作常用凭证。

当某张凭证可作为常用凭证保存时，单击【填制凭证】界面中的菜单【制单】下的【生成常用凭证】，然后按屏幕提示输入该张凭证的代号和说明。该张凭证即被存入常用凭证库中，以后可按所存代号调用这张常用凭证。

3. 调用常用凭证

如果在"常用凭证"中已定义了与目前将要填制的凭证相类似或完全相同的凭证，调用此常用凭证会加快凭证的录入速度。调用方法为：

(1) 在制单时通过菜单【编辑】下的【调用常用凭证】。

(2) 按屏幕提示输入常用凭证代号，并用鼠标单击【确定】按钮。

(3) 其他操作同修改或填制凭证。

4.3.5　审核凭证

审核凭证是审核员按照财会制度，对制单员填制的记账凭证进行检查核对，主要审核记账凭证是否与原始凭证相符、会计分录是否正确等，审查认为错误或有异议的凭证，应交与填制人员修改后，再审核。

1. 操作界面

凭证审核操作界面如图 4-28 所示。

2. 操作方法

(1) 以具有审核权限的操作员身份注册进入"总账系统"。

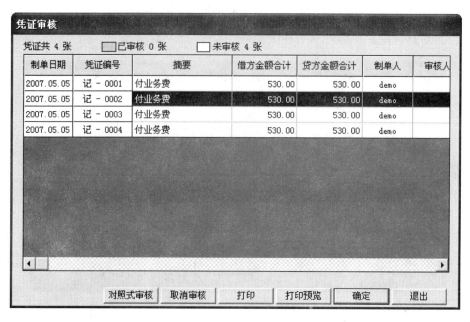

图 4-28　"凭证审核"对话框

(2) 单击【总账】→【凭证】→【审核凭证】，显示审核凭证条件窗口，如图 4-29 所示。

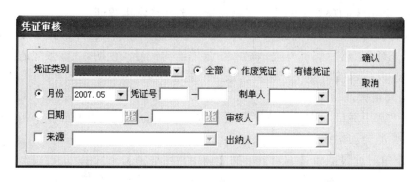

图 4-29　"凭证审核条件"窗口

(3) 输入审核凭证的条件后，屏幕显示"凭证审核"对话框，如图 4-28 所示。在凭证审核一览表中用鼠标双击某张凭证，则屏幕显示此张凭证，如果此凭证不是要审核的凭证，可用鼠标单击【首页、上页、下页、末页】按钮翻页查找或按【查询】按钮查找输入条件查找。

(4) 当屏幕显示待审核凭证时，可进行审核，通过菜单【查看】下的【科目转换】可切换显示科目编码和科目名称，用【↑】或【↓】键在分录中移动时，凭证下将显示当前分录的辅助信息。

(5) 审核人员在确认该张凭证正确后，用鼠标单击【审核】按钮将在审核处自动签上审核人名，即该张凭证审核完毕，系统自动显示下一张待审核凭证。

(6) 若审核人员发现该凭证有错误，可按【标错】按钮，对凭证进行标错，以便制单人可以对其进行修改。

(7) 若想对已审核的凭证取消审核，可用鼠标单击【取消】取消审核。

3．注意事项

(1) 审核人和制单人不能是同一个人。

(2) 凭证一经审核，就不能被修改、删除，只有被取消审核签字后才可以进行修改或删除。

(3) 取消审核签字只能由审核人自己进行。

(4) 作废凭证不能被审核，也不能被标错。

(5) 已标错的凭证不能被审核，若想审核，需先按【取消】按钮取消标错后才能审核。

(6) 审核人除了要具有审核权外，还需要有对待审核凭证制单人所制凭证的审核权，这个权限可在"明细权限"中设置。

4．案例

例 4-11 由会计"004 张波"对 2009 年 1 月份填制的凭证进行审核。

操作步骤如下：

(1) 在用友通主界面，单击【文件】→【重新注册】，打开"注册【控制台】"，以"004 张波"的身份重新注册进入系统。

(2) 单击【总账】→【凭证】→【审核凭证】，打开查询凭证条件窗口。

(3) 输入查询条件，单击【确认】按钮，进入"凭证审核"界面，如图 4-30 所示。

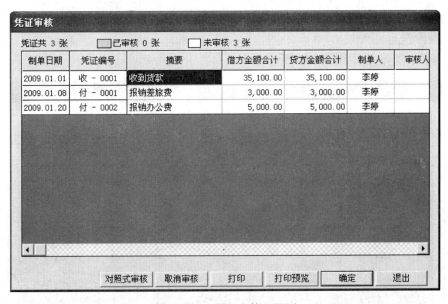

图 4-30 "凭证审核"界面

(4) 双击要审核的凭证或单击【确认】按钮，进入"审核凭证"的界面。

(5) 检查要审核的凭证，无误后，单击【审核】按钮，凭证底部的"审核"处自动签上审核人的姓名，如图 4-31 所示，并自动显示下一张凭证。

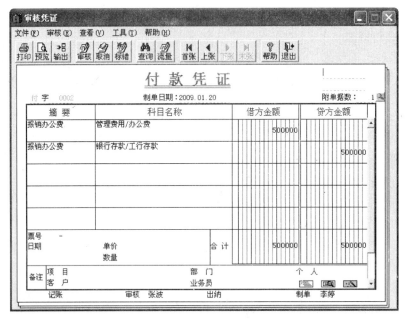

图 4-31 "审核凭证签字"窗口

4.3.6 出纳签字

为加强企业现金的收入与支出的管理。出纳人员可通过出纳签字功能对制单员填制的带有现金银行科目的凭证进行检查核对，主要核对出纳凭证的出纳科目的金额是否正确，审查认为错误或有异议的凭证，应交与填制人员修改后再核对。

1. 操作界面

出纳签字操作界面如图 4-32 所示。

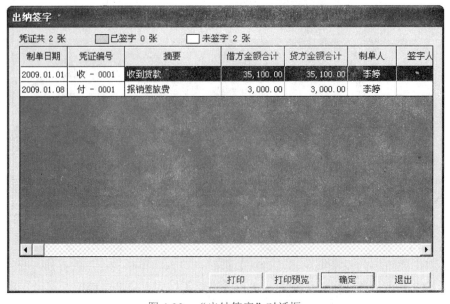

图 4-32 "出纳签字"对话框

2. 操作方法

(1) 单击【总账】→【凭证】→【出纳签字】，显示出纳签字条件窗口，如图 4-33 所示。

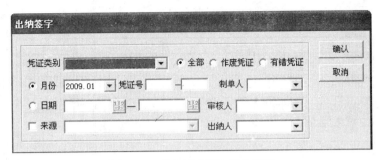

图 4-33　"出纳签字"条件窗口

(2) 输入出纳签字的条件后，屏幕显示出纳签字一览表，如图 4-32 所示。

(3) 在出纳签字一览表中用鼠标双击某张凭证，则屏幕显示此张凭证，如果此凭证不是要签字的凭证，可用鼠标单击【首页、上页、下页、末页】按钮翻页查找或按【查询】按钮查找输入条件查找。

(4) 当屏幕显示待签字凭证时，可进行签字，通过菜单【查看】下的【科目转换】可切换显示科目编码和科目名称，用【↑】或【↓】键在分录中移动时，凭证下将显示当前分录的辅助信息。

(5) 出纳人员在确认该张凭证正确后，用鼠标单击【签字】按钮将在出纳处自动签上出纳人名。

(6) 若想对已签字的凭证取消签字，可用鼠标单击【取消】取消签字。

3. 注意事项

(1) 企业可根据实际需要决定是否要对出纳凭证进行出纳签字管理，若不需此功能，可在"选项"中取消"出纳凭证必须经由出纳签字"的设置。

(2) 凭证一经签字，就不能被修改、删除，只有被取消签字后才可以进行修改或删除。

(3) 取消签字只能由出纳人自己进行。

4. 案例

例 4-12　由出纳 005 王晓娜对 2009 年 1 月填制的凭证进行出纳签字。

操作步骤如下：

(1) 在用友通主界面，单击【文件】→【重新注册】，打开"注册【控制台】对话框，以操作员"005 王晓娜"的身份重新注册用友通。

(2) 单击【总账】→【凭证】→【出纳签字】，打开"出纳签字"查询条件对话框，如图 4-33 所示。

(3) 输入月份"2009.01"后，单击【确定】按钮，进入"出纳签字"的凭证列表窗口，如图 4-32 所示。

(4) 双击某一要签字的凭证或单击【确定】按钮，进入出纳签字的签字窗口，如图 4-34 所示。

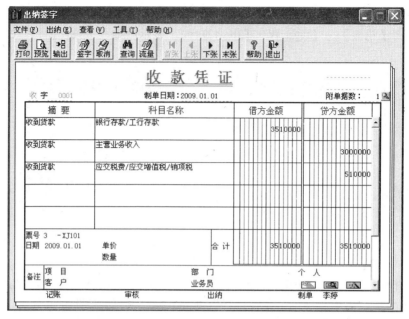

图 4-34 "出纳签字"窗口

(5) 单击【签字】按钮,凭证底部"出纳"处会自动签上出纳人的姓名。

(6) 单击【下张】按钮,可对其他凭证签字,最后按【退出】。

4.3.7 查询凭证

在制单过程中,可以通过"查询"功能对凭证进行查看,以便随时了解经济业务发生的情况,保证填制凭证的正确性。

1. 操作界面

查询凭证操作界面如图 4-35 所示。

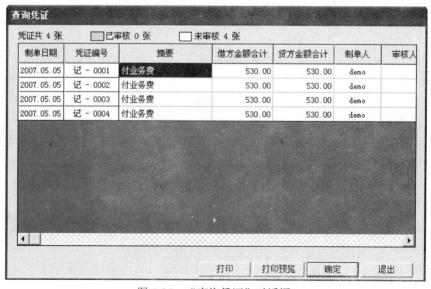

图 4-35 "查询凭证"对话框

2. 操作方法

(1) 单击【总账】→【凭证】→【查询凭证】，显示查询凭证条件窗口，如图 4-36 所示。

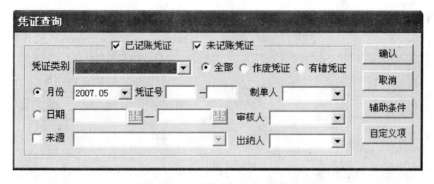

图 4-36 "凭证查询"对话框

(2) 输入凭证查询的条件后，屏幕显示"查询凭证"对话框，如图 4-35 所示。

(3) 在查询凭证一览表中用鼠标双击某张凭证，则屏幕显示此张凭证，如果此凭证不是要查询的凭证，可用鼠标单击【首页、上页、下页、末页】按钮翻页查找或按【查询】按钮查找输入条件查找。

(4) 可通过菜单【查看】下的【科目转换】可切换显示科目编码和科目名称，用【↑】或【↓】键在分录中移动时，凭证下将显示当前分录的辅助信息。

(5) 选中所要查询的凭证分录，单击菜单【查看】下的【查往来明细】，弹出当前分录的辅助往来核算的明细表，表头列示科目及辅助核算项目，数据行列示从本年度账套开始到本凭证录入日期止所有符合条件的明细账；方向为"借"或"贷"，相等为"平"；余额根据借方合计—贷方合计取绝对值，平则为空；如两清则在两清标志列以"V"表示，汇总时间超过 3s，则有进度提示。查询凭证出来的凭证列表，可以按【打印】按钮，将当前凭证列表的内容进行打印。

3. 案例

例 4-13 查询 2009 年 1 月 "收字 0001 号" 凭证。

操作步骤如下：

(1) 单击【总账】→【凭证】→【查询凭证】，在凭证查询条件窗口中，输入查询条件，如图 4-37 所示。

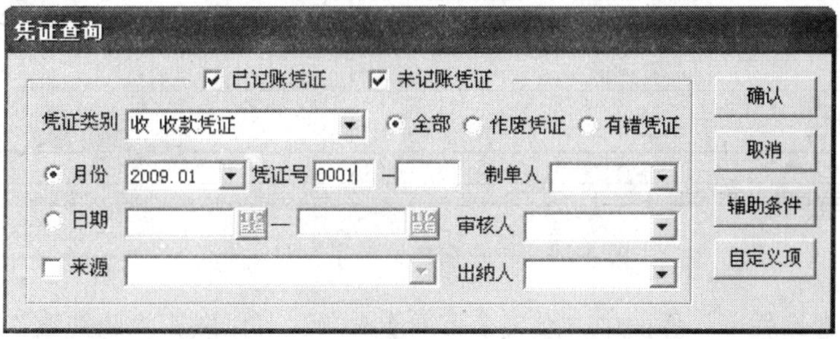

图 4-37 "凭证查询条件"列表窗口

(2) 单击【确认】按钮，打开"查询凭证"列表，如图 4-38 所示。

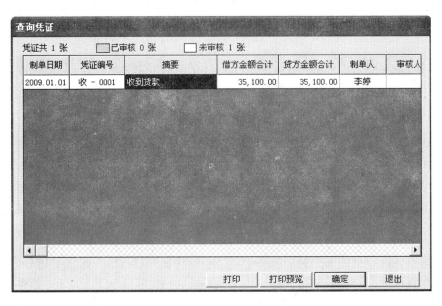

图 4-38 "查询凭证列表"窗口

(3) 单击【确定】按钮，即可打开查询的凭证，如图 4-39 所示。

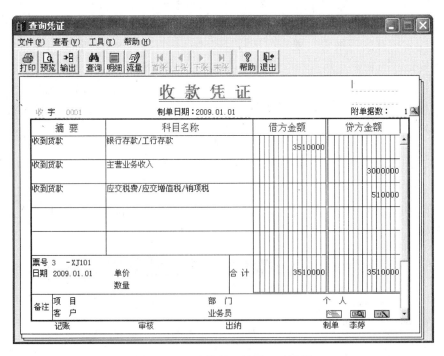

图 4-39 "查询凭证结果"对话框

(4) 在"查询凭证"界面中，通过【查看】菜单，可以联查"明细账"、"原始单据"、"辅助明细"等。

140

4.3.8 记账

记账凭证经审核签字后，即可用来登记总账和明细账、日记账、部门账、往来账、项目账以及备查账等。本系统记账采用向导方式，使记账过程更加明确。

1. 操作界面

记账操作界面如图 4-40 所示。

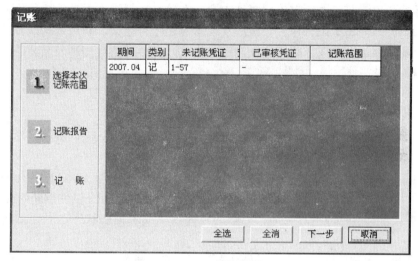

图 4-40 "记账" 操作界面

2. 操作方法

(1) 以具有记账权限的操作员身份注册进入"总账系统"。

(2) 单击【总账】→【凭证】→【记账】，进入记账操作界面。

(3) 屏幕上列出各期间的未记账凭证范围清单，并同时列出其中的空号与已审核凭证范围，若编号不连续，则用逗号分割，若显示宽度不够，可用鼠标拖动表头调整列宽查看。

(4) 输入记账范围（如未输入表示全部范围），单击【下一步】按钮，系统先对凭证进行合法性检查，如果发现不合法凭证，系统将提示错误，如果未发现不合法凭证，屏幕显示所选凭证的汇总表及凭证的总数，以便进行核对。如果需要打印汇总表，可用鼠标单击【打印】按钮即可。

(5) 核对无误后，用鼠标单击【下一步】，进入记账界面。

(6) 当以上工作都确认无误后，可以用鼠标单击【记账】按钮，系统开始登录有关的总账和明细账，包括正式总账与明细账、数量总账与明细账、外币总账与明细账、项目总账与明细账、部门总账与明细账、个人往来总账与明细账、银行往来账等有关账簿。

3. 注意事项

(1) 如果发现某一步设置错误，可通过鼠标单击【上一步】返回后进行修改。如果在设置过程中不想再继续记账，可通过鼠标单击【取消】，取消本次记账工作。

(2) 在记账过程中，不得中断退出。

(3) 在第一次记账时，若期初余额试算不平衡，系统将不允许记账。

(4) 所选范围内的凭证如有不平衡凭证，系统将列出错误凭证，并重选记账范围。

(5) 所选范围内的凭证如有未审核凭证时，系统提示是否只记已审核凭证或重选记账范围。

(6) 记账过程一旦断电或其他原因造成中断后，系统将自动调用"恢复记账前状态"恢复数据，然后再重新记账。

4. 恢复记账前状态

当系统在记账时，万一发生记账被中断，系统将自动进入本功能恢复中断状态，然后重新记账。另外由于某种原因，事后发现本月记账有错误，利用本功能则可将本月已记账的凭证全部重新变成未记账凭证，进行修改，然后再记账。进入系统时，本功能并没有显示，如果要使用该功能，必须在"对账"功能界面按下快捷键【Ctrl+H】激活"恢复记账前状态"功能，退出"对账"功能，在系统主菜单"凭证"下显示该功能。

操作步骤如下：

(1) 用鼠标单击系统主菜单"凭证"下的"恢复记账前状态"，屏幕显示恢复记账前状态窗口。

(2) 进入本功能后，根据需要选择是恢复最近一次还是恢复到本月月初状态。

① 最近一次：即将最近一次记账的凭证恢复成未记账凭证，以便重新修改，再记账。

② 本月月初：即将本月全部已记账的凭证恢复成未记账状态，以便重新修改，再记账。

(3) 选择完成后，用鼠标点击【确认】按钮，系统开始进行恢复工作。

① 已结账的月份，不能恢复记账前状态。

② 只有财务主管才能恢复到月初的记账前状态。

5. 案例

例 4-14 将 2009 年 1 月份已审核凭证记账。

操作步骤如下：

(1) 单击【总账】→【凭证】→【记账】，进入"记账"对话框，如图 4-41 所示。

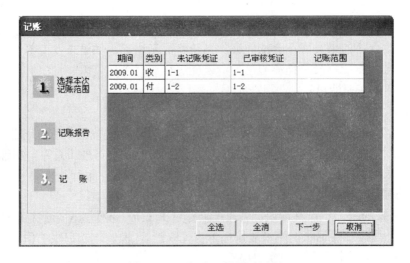

图 4-41 "记账"设置对话框

(2) 选择要记账的凭证范围，可以选择 1 张，也可以选择多张，还可以选择全部，本例"全选"，选择所有凭证。

(3) 单击【下一步】按钮，显示记账报告，如图 4-42 所示。

图 4-42 "记账"报告窗口

(4) 单击【下一步】按钮，如图 4-43 所示，单击【记账】按钮，打开"期初试算平衡表"对话框，如图 4-44 所示。

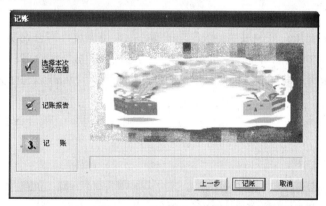

图 4-43 "记账"对话框

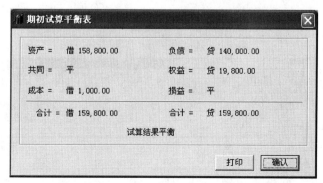

图 4-44 "期初试算平衡表"窗口

143

(5) 单击【确认】按钮，系统开始登记有关总账、明细账、辅助账等。最后弹出"记账完毕"信息提示框，如图4-45所示。单击【确定】按钮，记账完毕。

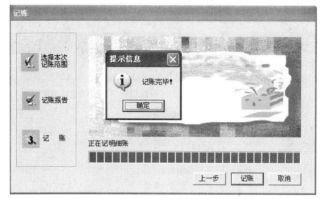

图4-45 "记账完毕"窗口

4.4 账表管理

4.4.1 账表管理概述

在用友通标准版10.3系统中，账表管理包括账簿查询、辅助账查询和账表清理等。

4.4.2 账簿查询

将审核无误的记账凭证经过"记账"功能操作后，可通过账簿查询功能，查询有关账簿的信息。在此可查询总账、余额表、明细账、序时账、多栏账、综合多栏账、日记账、日报表等账簿。各种账簿查询其操作界面、操作方法大同小异，下面就以总账为例进行介绍。

1. 操作界面

总账查询不但可以查询各总账科目的年初余额、各月发生额合计和月末余额，而且还可查询所有二至六级明细科目的年初余额、各月发生额合计和月末余额。总账查询操作界面如图4-46所示。

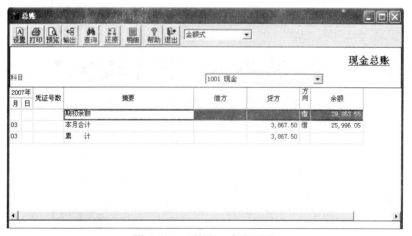

图4-46 "总账"查询界面

2. 操作方法及栏目说明

1) 操作方法

(1) 单击【总账】→【账簿查询】→【总账】，屏幕显示总账查询条件窗口，如图 4-47 所示。

图 4-47 "总账查询条件"窗口

(2) 输入查询条件后，按【确认】按钮进入总账查询窗口，如图 4-46 所示。

(3) 在查询过程中，可以用鼠标点取科目下拉框，选择需要查看的科目。

(4) 用鼠标单击屏幕右上方账页格式下拉框，显示所选科目的数量、外币总账。

(5) 联查明细账：用鼠标单击工具栏中的【明细】按钮，即可联查到当前科目当前月份的明细账。当期初余额或上年结转所在行为当前行时，不能联查明细账。

2) 栏目说明

(1) 科目范围：可输入起止科目范围，为空时，系统认为是所有科目。

(2) 科目级次：在确定科目范围后，可以按该范围内的某级科目，如将科目级次输入为 1——1，则只查一级科目，如将科目级次输为 1——3，则只查一至三级科目。如果需要查所有末级科目，则用鼠标选择"末级科目"即可。

(3) 若想查询包含未记账凭证的总账，用鼠标选择"包含未记账凭证"即可。

(4) 在窗口中用户可根据需要输入查询条件，也可将查询条件保存为"我的账簿"，或直接调用"我的账簿"即可。"我的账簿"是为了方便用户录入查询条件而提供的查账工具，它可将用户常用的查询条件加以保存，以便在下次查询时可直接调用查询。

3. 案例

例 4-15 查询"管理费用"总账。

操作步骤如下：

(1) 在总账查询条件窗口，输入查询的条件，如图 4-48 所示。

图 4-48 输入查询条件

145

(2) 单击【确定】按钮后，显示"管理费用总账"界面，如图4-49所示，可以查询。

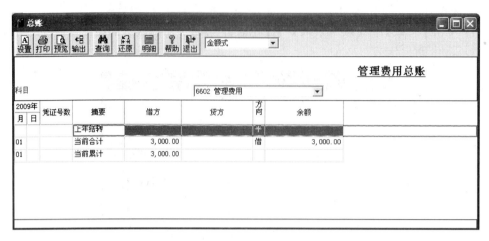

图4-49　查看管理费用总账

4.4.3　辅助查询

在用友通标准版 10.3 系统中，辅助查询包括个人往来账和部门账查询。以部门账查询为例进行介绍。

1. 操作界面

部门科目总账查询操作界面如图 4-50 所示。

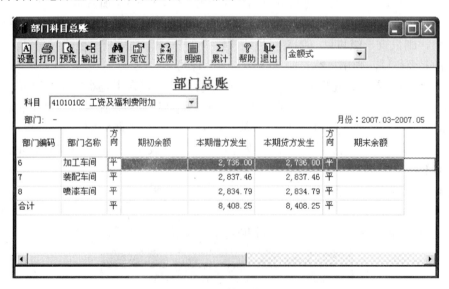

图4-50　"部门科目总账"界面

2. 操作方法

(1) 单击【总账】→【辅助查询】→【部门总账】→【部门科目总账】，屏幕显示部门科目总账查询条件窗口，如图4-51所示。也可将查询条件保存为"我的账簿"，或直接调用"我的账簿"即可。

146

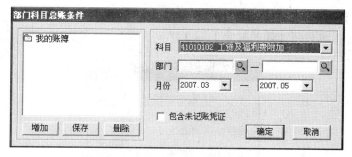

图 4-51　"部门科目总账条件"窗口

（2）在窗口中选择或输入要查询的科目、起止月份、部门范围等查询条件。如果需要查看包含未记账凭证的部门科目总账，用鼠标单击"包含未记账凭证"选项框即可。条件输入后，用鼠标单击【确定】按钮。屏幕显示部门科目总账的查询结果，如图 4-50 所示。

（3）在查询过程中，可以用鼠标单击科目下拉框选择需要查看的科目。

（4）用鼠标选择屏幕右上方的账页格式下拉框，显示科目的数量、外币账。

（5）用鼠标单击工具栏中的【明细】按钮，即可联查到当前科目当前月份各部门的科目明细账。

（6）用鼠标单击工具栏中的【定位】按钮，可按所输条件定位查询辅助账。

（7）用鼠标单击工具栏中的【累计】按钮，可查看累计发生额。

4.4.4　账表清理

当年初建完账后，发现账建得太乱或错误太多，可能希望将该账冲掉，然后重新建账，本功能则是满足这种要求。执行本功能后系统将已建好的账全部冲掉，然后重新开始建账。账簿清理将冲掉本年各账户的余额和明细账，并将上年的会计科目、部门目录、个人目录、客户分类、客户目录、供应商分类、供应商目录、项目目录、凭证类别、常用摘要、常用凭证转入本年。若本年不是账套启用年，则冲掉本年各账户的余额和明细账、只保留会计科目、部门目录、客户目录、供应商目录、项目目录、个人目录、凭证类别、常用摘要、常用凭证。执行账簿清理后，需要重新调整科目和余额。

1．操作界面

账簿清理操作界面如图 4-52 所示。

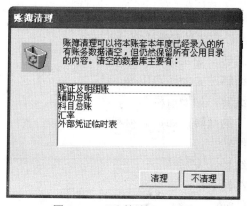

图 4-52　"账簿清理"界面

2. 操作方法

(1) 单击【总账】→【我的账表】→【账表清理】，显示如图 4-53 所示。

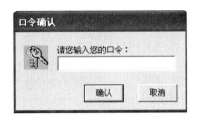

图 4-53 "口令确认"窗口

(2) 输入口令之后，单击【确认】按钮，显示如图 4-52 所示。

(3) 用鼠标单击【清理】按钮，录入会计主管口令，再次确认后系统将冲掉本年各账户的余额和明细账。

(4) 用鼠标单击【不清理】按钮可不进行账簿清理并退出【账簿清理】。

3. 注意事项

(1) 执行本功能将冲掉本年录入的所有余额和发生数据，所以执行本功能一定要慎重，最好在执行前先进行数据备份工作。

(2) 只有财务主管才能使用本功能。

4.5　期 末 处 理

4.5.1　期末处理概述

期末处理主要是指在本月所发生的经济业务，全部填制成记账凭证，并经审核记账后所要进行的期末账务处理工作，主要包括定义转账分录、生成转账分录、对账、结账等工作，其中对账和结账工作是必要的，其他两项可以由手工进行转账。

4.5.2　转账定义

转账定义是指对企业的各项转账分录进行预设，以便日后能自动生成转账分录，主要包括自定义转账设置、对应结转设置、销售成本结转设置、售价（计划价）销售成本结转设置、汇兑损益结转设置和期间损益结转设置等。下面以自定义转账设置为例进行介绍。自定义转账功能可以完成的转账业务主要有：

(1) "费用分配"的结转，如工资分配等

(2) "费用分摊"的结转，如制造费用等。

(3) "税金计算"的结转，如增值税等。

(4) "提取各项费用"的结转，如提取福利费等。

(5) "部门核算"的结转。

(6) "项目核算"的结转。

(7) "个人核算"的结转。

(8) "客户核算"的结转。

(9) "供应商核算"的结转。

1. 操作界面

自动转账设置操作界面如图 4-54 所示。

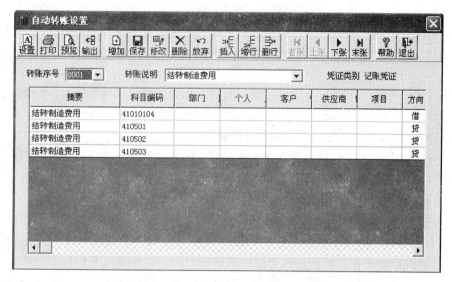

图 4-54　"自动转账设置"对话框

2. 操作方法及栏目说明

1) 操作方法

(1) 单击【总账】→【期末】→【转账定义】→【自定义转账】，显示如图 4-54 所示。

(2) 用鼠标单击【增加】按钮，可定义一张转账凭证，屏幕弹出凭证主要信息录入窗口，如图 4-55 所示。

图 4-55　"转账目录"对话框

(3) 输入"转账序号"、"转账说明"、"凭证类别"后，按【确定】按钮，返回如图 4-54 所示。

(4) 在"自动转账设置"界面，将摘要、科目编码、部门、个人、客户、供应商、项目、方向、公式等内容录入完毕后，按【Enter】键，可继续编辑下一条转账分录。

(5) 单击【插入】按钮，可从中间插入一行。

2) 栏目说明

(1) 转账序号：是该张转账凭证的代号，转账编号不是凭证号，转账凭证的凭证号在每月转账时自动产生。一张转账凭证对应一个转账编号，转账编号可任意定义，但只能输入数字 1～9，不能重号。

(2) 转账摘要：可单击或按【F2】键参照常用摘要录入，亦可手工输入。

(3) 凭证类别：定义该张转账凭证的凭证类别。

(4) 摘要：录入每笔转账凭证分录的摘要，可单击参照输入。

(5) 科目编码：录入每笔转账凭证分录的科目，可单击参照输入科目编码。

(6) 部门：当输入的科目为部门核算科目时，如果要按某部门进行结转时，则需在此指定部门，若此处不输入，即表示按所有部门进行结转，对于非部门核算科目，此处不必输入。

(7) 项目：当输入的科目为项目核算科目时，如果要按某项目结转时，则需在此指定项目，若此处不输入，即表示按所有项目进行结转，若此处输入为项目分类，则表示此项目分类所有项目进行结转，对于非项目核算科目，此处不必输入。

(8) 个人：当输入的科目为个人往来科目时，如果要按某个人结转时，则需在此指定个人，若此处不输入，即表示按所有个人结转，若只输入部门不输入个人，则表示按该部门下所有个人结转，对于非个人往来科目，此处不必输入。

(9) 客户：当输入的科目为客户往来科目时，如果要按某客户结转时，则需在此指定客户，若此处不输入，即表示按所有客户进行结转，对于非客户往来科目，此处不必输入。

(10) 供应商：当输入的科目为供应商往来科目时，如果要按某供应商结转时，则需在此指定供应商，若此处不输入，即表示按所有供应商进行结转，对于非供应商往来科目，此处不必输入。

(11) 方向：输入转账数据发生的借贷方向。

(12) 公式：单击可参照录入计算公式，也可直接输入转账函数公式。

(13) 转账科目、部门只能录入明细级科目、部门。

3. 公式说明

公式说明具体如表4-2所列。

表4-2　公式说明

函数名	公式名称	说明
QM( )/WQM( )/SQM( )	期末余额	取某科目的期末余额
QC( )/WQC( )/SQM( )	期初余额	取某科目的期初余额
JE( )/WJE( )/SJE( )	年净发生额	取某科目的年净发生额(净发生额是指借贷相抵后的差额)
JE( )/WJE( )/SJE( )	月净发生额	取某科目的月净发生额
FS( )/WFS( )/SFS( )	借方发生额	取某科目结转月份的借方发生额
FS( )/WFS( )/SFS( )	贷方发生额	取某科目结转月份的贷方发生额
LFS( )/WLFS( )/SLFS( )	累计借方发生额	取某科目截止到结转月份的累计借方发生额
LFS( )/WLFS( )/SLFS( )	累计贷方发生额	取某科目截止到结转月份的累计贷方发生额
JG( )/WJG( )/SJG( )	取对方科目计算结果	取对方某个科目或所有对方科目的数据之和
CE( )/WCE( )/SCE( )	借贷平衡差额	取凭证的借贷方差额数
TY( )	通用转账公式	取 SQL 数据库中的数据
常　数		取某个指定的数字
UFO( )	UFO 报表取数	取 UFO 报表中某单元的数据

4.5.3 转账生成

在定义完转账凭证后,每月月末只需执行本功能即可快速生成转账凭证,在此生成的转账凭证将自动追加到未记账凭证中。

1. 操作界面

转账生成操作界面如图 4-56 所示。

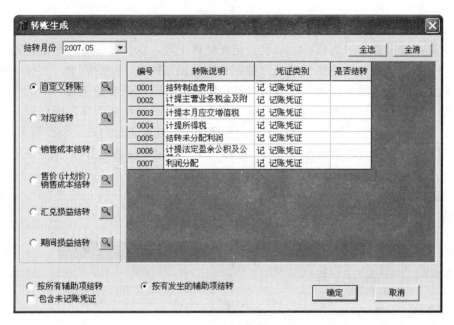

图 4-56 "转账生成"对话框

2. 操作方法

(1) 单击【总账】→【期末】→【转账生成】,显示如图 4-56 所示。

(2) 选择要进行的转账工作(如自定义转账、对应结转等)、要进行结转的月份和要结转的凭证。

(3) 用鼠标单击"自定义转账",则屏幕显示自定义转账凭证信息。

(4) 选择需要结转的转账凭证,在"是否结转"处双击鼠标打上对勾,表示该转账凭证将执行结转。也可按【全选】、【全消】按钮,全部选择、全部取消选择要结转的凭证。

(5) 若转账科目有辅助核算,但未定义具体的转账辅助项,则应选择按所有辅助项结转还是按所有发生的辅助项结转。

① 按所有辅助项结转:转账科目的每一个辅助项生成一笔分录,如果有 10 个部门,则生成 10 笔分录,每个部门生成一笔转账分录。

② 按有发生的辅助项结转:按转账科目下每一个有发生的辅助项生成一笔分录,如果有 10 个部门,其中转账科目下有 5 个部门有余额,则生成 5 笔分录,每个有余额的部门生成一笔转账分录。

a. 选择完毕后,按【确定】按钮,系统开始进行结转计算。

b. 选择完毕后，按【确定】按钮，屏幕显示将要生成的转账凭证。

c. 按【首页】、【上页】、【下页】、【末页】可翻页查看将要生成的转账凭证。

d. 若凭证类别、制单日期和附单据数与实际情况略有出入，可直接在当前凭证上进行修改即可。

e. 当确定系统显示的凭证是希望生成的转账凭证时，按【保存】按钮将当前凭证追加到未记账凭证中。

4.5.4 对账

对账是对账簿数据进行核对，以检查记账是否正确，以及账簿是否平衡。它主要是通过核对总账与明细账、总账与辅助账数据来完成账账核对。一般说来，实行计算机记账后，只要记账凭证录入正确，计算机自动记账后各种账簿都应是正确、平衡的，但由于非法操作或计算机病毒等其他原因有时可能会造成某些数据被破坏，因而引起账账不符，为了保证账证相符、账账相符，用户应经常使用本功能进行对账，至少一个月一次，一般可在月末结账前进行。进入系统时，隐藏了【恢复记账前功能】，如果要使用必须进入【对账】功能按【Ctrl+H】激活【恢复记账前功能】。

1. 操作界面

对账操作界面如图 4-57 所示。

图 4-57 "对账"对话框

2. 操作方法

(1) 单击【总账】→【期末】→【对账】，屏幕显示待对账的会计期间，如图 4-57 所示。

(2) 用鼠标双击要进行对账月份的是否对账栏，或将光标移到要进行对账的月份，用鼠标单击【选择】，选择对账月份。

(3) 选择总账与哪些辅助账进行核对。如若只想核对总账与部门账，则用鼠标单击"核对总账与部门账"即可。

(4) 用鼠标单击【对账】按钮，系统开始自动对账。在对账过程中，按【对账】按钮可停止对账。

(5) 若对账结果为账账相符，则对账月份的对账结果处显示"正确"，若对账结果为账账不符，则对账月份的对账结果处显示"错误"，按【错误】可查看引起账账不符的原因。

(6) 按【试算】按钮，可以对各科目类别余额进行试算平衡。按【打印】按钮，可打印试算平衡表。

(7) 在对账功能中，按下【Ctrl+H】键，在重新登录系统，可看到"恢复记账前状态"菜单条被显示/隐藏了。

4.5.5 结账

在手工会计处理中，都有结账的过程，在计算机会计处理中也应有这一过程，以符合会计制度的要求，因此本系统特别提供了【结账】功能。结账只能每月进行一次。

1. 操作界面

结账操作界面如图 4-58 所示。

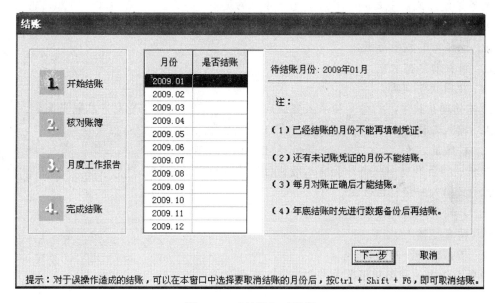

图 4-58 "结账"对话框

2. 操作方法

(1) 单击【总账】→【期末】→【结账】，屏幕显示结账向导一——选择结账月份，如图 4-58 所示。

(2) 选择结账月份后用鼠标单击【下一步】，屏幕显示结账向导二——核对账簿。

(3) 按【对账】按钮，系统对要结账的月份进行账账核对，在对账过程中，可按【停止】按钮中止对账，对账完成后，单击【下一步】，屏幕显示结账向导三——月度工作报告。若需打印，则单击【打印月度工作报告】即可打印。

(4) 查看工作报告后，用鼠标单击【下一步】，屏幕显示结账向导四——完成结账。按【结账】按钮，若符合结账要求，系统将进行结账，否则不予结账。

3. 注意事项

(1) 上月未结账，则本月不能结账。

(2) 上月未结账，则本月不能记账，但可以填制、复核凭证。

(3) 本月还有未记账凭证时，则本月不能结账。

(4) 已结账月份不能再填制凭证。

(5) 结账只能由有结账权的人进行。

(6) 若总账与明细账对账不符，则不能结账。

(7) 在结账向导一中，用鼠标选择要取消结账的月份上，按【Ctrl+Shift+F6】键即可进行反结账。

思考与实务操作

一、选择题

1. 账务系统正式启用之后，下列不允许修改的是_____。
   - A. 会计科目
   - B. 操作员的权限与密码
   - C. 科目的年初余额
   - D. 常用摘要词组

2. 账务处理系统中，初始余额录入完成后，应由_____校验借贷双方总额平衡。
   - A. 输入人员
   - B. 计算机
   - C. 程序员
   - D. 账务主管

3. 若某一科目既有一级科目又有二级科目，输入科目余额时应_____。
   - A. 只输入一级科目余额
   - B. 只输入二级科目余额
   - C. 两者都输入
   - D. 输入哪一个都可以

4. 账务系统中，同类凭证要求按月_____编号。
   - A. 连续
   - B. 任意
   - C. 不连续
   - D. 自定

5. 通常含有_____科目的凭证需由出纳签字。
   - A. 现金、银行存款
   - B. 应收、应付
   - C. 负债类
   - D. 资产类

6. 只能由_____取消该凭证审核的签字。
   - A. 制单人
   - B. 数据分析员
   - C. 系统管理员
   - D. 该凭证的审核人

7. 只能对_____的凭证进行记账。
   - A. 已保存
   - B. 没有错误
   - C. 已修改
   - D. 已审核

8. _____不是记账凭证输入的项目。
   - A. 摘要
   - B. 会计科目及编号

C. 金额　　　　　　　　　　　　D. 审核人

9. 下列_____凭证能修改。
   A. 已输入未审核　　　　　　　B. 自动转账的
   C. 已审核通过并记账的　　　　D. 结账后的

10. 正在输入的收款凭证借方科目不是_____科目，应提示并拒绝执行。
    A. 往来　　　　　　　　　　　B. 现金或银行存款
    C. 营业收入　　　　　　　　　D. 所有者权益

11. "红字"金额的输入方法是_____。
    A. 用红字输入　　　　　　　　B. 加方框进行输入
    C. 用负数形式输入　　　　　　D. 加下划线进行输入

12. 记账次数的要求是_____。
    A. 每月只能记一次　　　　　　B. 每月的记账次数是一定的
    C. 每月的记账次数是限定三次　D. 一月可以记多次账

13. 填制凭证后，计算机自动检查借贷双方是否平衡，不平衡的凭证_____。
    A. 不能保存　　　　　　　　　B. 可强行保存
    C. 不能退出　　　　　　　　　D. 不能放弃

14. _____工作不属于账务处理内容
    A. 设置账户　　　　　　　　　B. 填制凭证
    C. 财产清查　　　　　　　　　D. 登记账簿

15. 账务处理系统中，结账前操作员应进行_____。
    A. 整理账簿　　　　　　　　　B. 计算余额
    C. 数据备份　　　　　　　　　D. 打印凭证

16. 自定义转账所生成的记账凭证一般为_____。
    A. 收款凭证　　　　　　　　　B. 付款凭证
    C. 收付款凭证　　　　　　　　D. 转账凭证

17. 关于凭证审核的正确叙述是_____。
    A. 审核方法是将凭证打印出来进行检查
    B. 凭证审核是指按照会计制度规定，对制单人所制的记账凭证进行检查
    C. 审核人发现凭证错误可以直接修改
    D. 制单人可以取消审核进行凭证修改

18. 会计电算化对账簿记录错误的更正，其不正确的更正方法为_____。
    A. 输入"更正凭证"法　　　　　B. 补充凭证法
    C. 红字冲销法　　　　　　　　D. 划线更正法

19. 下列关于电算化账务处理系统结账的描述正确的是_____。
    A. 上月未结账时，本月不能记账，但可以"填制凭证"
    B. 结账操作可以一天一执行，也可以多天一执行
    C. 上月未结账，本月可以记账，但不能结账
    D. 本月如存有未记账凭证时，本月结账后系统自动将凭证转为下月

二、简答题

1. 总账系统初始设置包括哪些内容？
2. 如何设置才能让出纳员签字后方可记账？
3. 期初余额资料如何录入？
4. 已经记账后发现凭证有错如何处理？
5. 记账时需注意什么问题？
6. 结账时需注意什么问题？

三、实务操作题

实训1：总账系统初始设置

【实训资料】

1. 001账套总账系统的参数。

不允许修改、作废他人填制的凭证，凭证审核控制到操作员。

2. 2009年1月1日会计科目及余额资料如表4-3所列。

表4-3　会计科目及余额资料

科 目 编 码	科 目 名 称	方　向	余　额
1001	库存现金	借	600
1002	银行存款	借	16500
1122	应收账款	借	8000
1601	固定资产	借	200000
1403	原材料	借	60000
5001	生产成本	借	25000
1405	产成品	借	27400
4104	利润分配	借	86000
4001	实收资本	借	140000
1602	累计折旧	贷	60000
2002	应付账款	贷	28000
2001	短期借款	贷	68500
4103	本年利润	贷	89000
2221	应交税费	贷	38000

【实训要求】

1. 设置总账系统参数。
2. 录入会计科目期初余额。

实训2：总账系统日常业务处理设置

【实训资料】

2009年1月份该企业发生以下经济业务：

(1) 1 月 2 日向某工厂购入 A 材料 200 吨，单价 20 元，购入 B 材料 200 吨，单价 40 元。料已入库，款已用存款支付，发票注明进项税额 2040 元。

(2) 1 月 4 日生产产品领用 A 材料 70 吨，单价 20 元，B 材料 30 吨，单价 40 元。

(3) 1 月 5 日，销售部李明借现金支票一张，票号 1234，从银行提取现金 2000 元，登入支票登记簿。

(4) 1 月 10 日，李明报销差旅费 2000 元。

(5) 1 月 25 日，本月计提固定资产折旧费 32000 元。其中车间计提 20000 元，行政部门计提 12000 元。

(6) 1 月 26 日，结转产品应负担的制造费用 20000 元。

(7) 1 月 28 日，结转完工产品成本 25000 元。

(8) 1 月 29 日，销售产品一批，货款 88000 元，已收存银行，发票注明销项税额 14960 元。

(9) 1 月 30 日，结转已销产品销售成本 40000 元。

(10) 1 月 31 日，将本月产品销售收入 88000 元，销售成本 40000 元，管理费用 12000 元结转计入本年利润账户。

【实训要求】

1. 设置常用摘要、常用凭证。
2. 填制凭证、审核凭证、记账。
3. 查询已记账的第 3 号凭证，查询"管理费用"总账内容。

实训 3：总账系统期末业务处理

【实训资料】

上述实训资料。

【实训要求】

进行对账、结账。

第5章　现金银行系统

📖 知识向导

现金、银行存款是企业的货币资金，由于它们具有的一些特牲，管好、用好企业货币资金是现代企业管理的一个重要环节。现金银行是用友通标准版 10.3 总账系统的一部分，是对出纳业务的管理：实时对现金、银行业务的查询，实现现金、银行账的日清月结及与银行之间的银行对账。

📖 学习目标

(1) 掌握现金、银行日记账查询。

(2) 了解资金日报表查询。

(3) 掌握银行期初录入。

(4) 熟练掌握银行对账单录入及银行对账的方法。

(5) 掌握对账勾对情况的查询。

(6) 掌握余额调节表查询。

(7) 掌握对长期未达账的审计。

(8) 掌握支票簿的管理和登记。

📖 实务操作重点

(1) 现金日记账和银行日记账查询。

(2) 银行对账。

(3) 支票簿管理。

5.1　日记账及资金日报表

5.1.1　日记账

用友通标准版 10.3 系统中，日记账由计算机自动登记，日记账的主要作用只是用于输出现金与银行存款日记账供出纳员核对现金收支和结存等使用。

日记账：亦称序时帐，是按经济业务发生时间的先后顺序，逐日逐笔登记的账簿。日记账，应当根据办理完毕的收、付款凭证，随时按顺序逐笔登记，最少每天登记一次。会计科目中所涉及的常用日记账有两种：现金日记账和银行存款日记账。

1. 现金日记账

现金日记账是专门用来记录现金收支业务的一种特种日记账。现金日记账必须采用订本式账簿，其账页格式一般采用"收入"（借方）、"支出"（贷方）和"余额"三栏式。现金日记账通常由出纳人员根据审核过的现金收款凭证和现金付款凭证，逐日逐笔顺序登记。但由于从银行提取现金的业务，只填制银行存款付款凭证，不填制现金收款凭证，因而从银行提取现金的现金收入数额应根据有关的银行存款付款凭证登记。每日业务终了时，应计算、登记当日现金收入合计数、现金支出合计数以及账面结余额，并将现金日记账的账面余额与库存现金实有数核对，借以检查每日现金收入、付出和结存情况。

2. 银行存款日记账

银行存款日记账是专门用来记录银行存款收支业务的一种特种日记账。银行存款日记账必须采用订本式账簿，其账页格式一般采用"收入"（借方）、"支出"（贷方）和"余额"三栏式。银行存款收入数额应根据有关的现金付款凭证登记。每日业务终了时，应计算、登记当日的银行存款收入合计数、银行存款支出合计数以及账面结余额，以便检查监督各项收入和支出款项，避免坐支现金的出现，并便于定期同银行送来的对账单核对。

5.1.2 现金日记账

手工方式下，现金、银行存款日记账是按其收付业务发生或完成时间的先后，由出纳员逐日逐笔连续登记；每日终了，需结算出当天的收入、支出合计数和余额，月末结算出收入支出总额及余额。

在用友通标准版 10.3 系统中"现金银行"的管理与手工方式不同的是，现金、银行存款日记账由计算机登记，只用于查询和打印账簿。

1. 操作界面

主要用于查询现金日记账，现金科目必须在"会计科目"功能下的"指定科目"中预先指定，指定现金总账科目为现金（1001）。如要打印正式存档用的现金日记账，请调用【打印现金日记账】功能打印。现金日记账界面如图 5-1 所示。

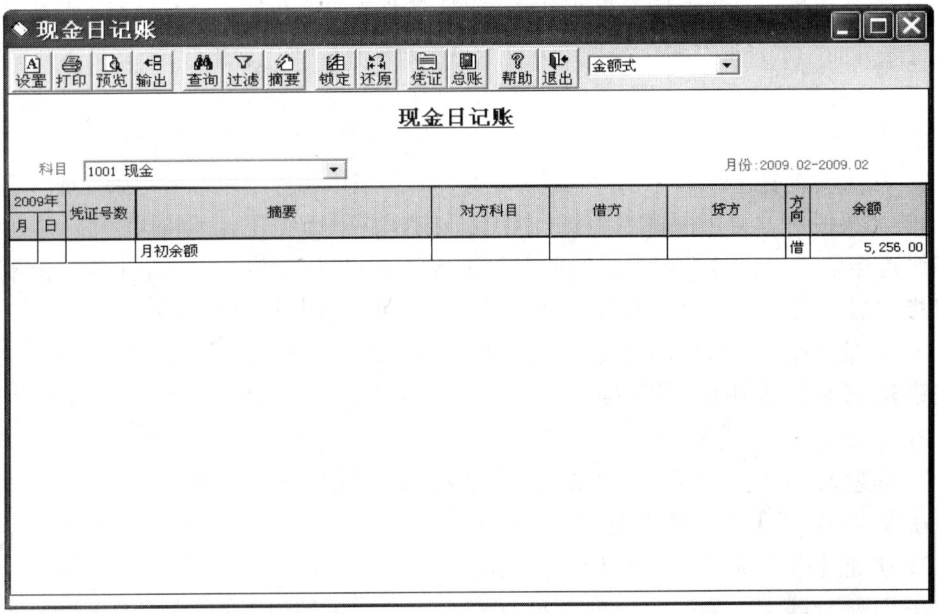

图 5-1　"现金日记账"界面

2. 操作方法及栏目说明

1) 现金日记账查询

(1) 操作方法如下：

① 用鼠标单击菜单【现金管理】→【日记账】→【现金日记账】，屏幕显示现金日记账查询条件窗口。如图 5-2 所示。

图 5-2   "现金日记账查询条件"窗口

② 输入查询条件后，按【确认】按钮，屏幕显示现金日记账查询结果，显示如图 5-1 所示现金日记账界面。

③ 当屏幕显示出日记账后，单击账页格式下拉选择框，选择需要查询的格式，系统自动根据科目的性质列出选项方便用户选择。

④ 用鼠标双击某行或按【凭证】按钮，可查看相应的凭证。按【总账】按钮可查看此科目的三栏式总账。

(2) 栏目说明如下：

① 系统提供按月和按日查两种方式，可选择要查询的会计月份或日期。若按月查，在日记账界面，本月未结账，每月结束显示"当前合计"、"当前累计"；如果本月结账显示"本月合计"、"本年累计"。若按日查询，进入日记账界面第一行显示"昨日余额"，每日结束显示"本日合计"。

② 如果要查看包含未记账凭证的日记账，可用鼠标选择"包含未记账凭证"选项。

③ 如果按对方科目展开查询，则单击"按对方科目展开"，同时在未按对方科目展开时可指定对方科目的展开形式是科目编码还是科目名称；若按科目名称展开时，还可指定展开到一级科目或末级科目；按对方科目展开时，只能按科目名称展开。

④ 在条件窗中科目范围处选择科目，然后选择查询方式。也可将查询条件保存为【我的账簿】，或直接调用【我的账簿】即可。

2) 重新选择查询条件

在"现金日记账"对话框中单击【查询】按钮，显示如图 5-2 所示界面，输入查询条件或在【我的账簿】中选择查询方式重新查询。

3) 快速过滤查询

在"现金日记账"对话框中单击【过滤】按钮，显示如图 5-3 界面，输入相关过滤条件包括自定义项，可缩小查询范围，快速查出需要的凭证。

4) 设置摘要显示内容

(1) 在"现金日记账"对话框中单击【摘要】按钮,显示如图5-4所示的"摘要选项"对话框,对话框"辅助项"选项卡中"部门"、"个人"、"项目"、"供应商"、"客户"选项表示会话科目属性。"自定义项"选项卡显示所有自定义项以供选择。

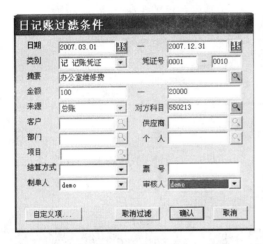

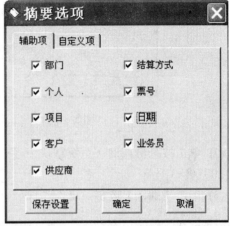

图 5-3 "日记账过滤条件"对话框   图 5-4 "摘要选项"对话框

(2) 如果该科目设有科目属性,且录入凭证时录入了科目属性的内容,在摘要选项中被选中打勾,则现金日记账显示时,摘要栏显示相关的科目属性内容、自定义项内容和结算方式、票号、日期、业务员等。注意:该科目必须具有至少一项科目属性,这里的选项才能起作用。

3. 注意事项

(1) 在查询过程中,按【停止处理】按钮,可停止计算数据。

(2) 系统提供四种账面格式:金额式、外币金额式、数量金额式、数量外币式。在外币金额式显示格式中如为末级科目则显示外币名称,非末级科目则不显示。

(3) 显示外币金额式账簿同时可以按不同的币种提供月初余额、会计、累计。

4. 案例

例 5-1 查询 2007 年 3 月的现金日记账。

操作步骤如下:

(1) 单击【我的工作台】→【现金日记账】,或者单击【现金管理】→【日记账】→【现金日记账】(图5-5),弹出"现金日记账查询条件"对话框,如图5-6所示。

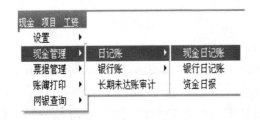

图 5-5 选择"现金日记账"

图 5-6   "现金日记账查询条件"对话框

(2) 单击按月份查询（系统默认为当前业务日期），在月份下拉框单击所要查询的月份"2007 年 3 月"。

(3) 单击【确认】按钮，进入"现金日记账"界面，如图 5-7 所示。

图 5-7   "现金日记账"界面

(4) 双击某行或单击【凭证】按键，可查看相应的联查凭证（图 5-8）。在联查凭证对话框中单击【明细】按钮，可查看"现金明细账"，如图 5-9 所示。

(5) 单击【总账】按钮可查看现金科目的三栏式总账（图 5-10）。

(6) 单击【锁定】按钮则不可调整栏目列宽，单击【还原】按钮返回系统默认的列宽。

(7) 单击【退出】按钮，退出现金日记账查询。

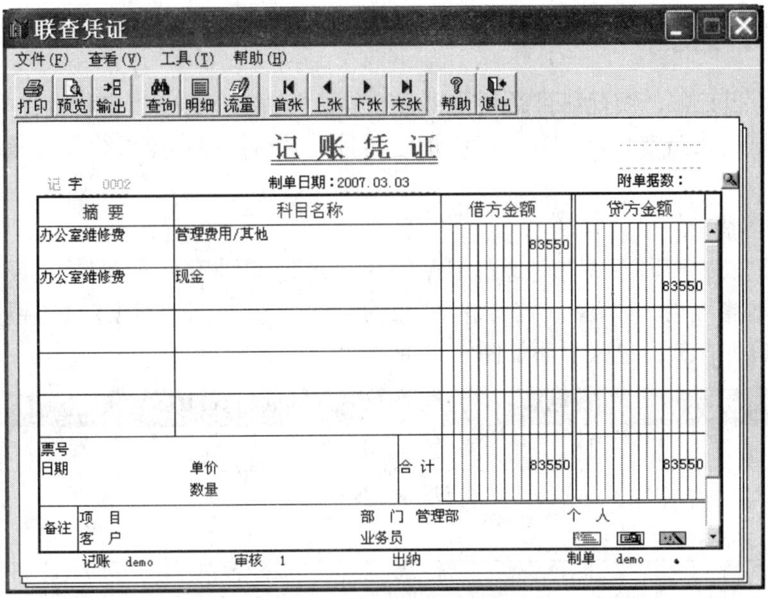

联查凭证
文件(F) 查看(V) 工具(T) 帮助(H)
打印 预览 输出 查询 明细 流量 首张 上张 下张 末张 帮助 退出
记 账 凭 证
记 字 0002
制单日期：2007.03.03
附单据数：
摘 要
科目名称
借方金额
贷方金额
办公室维修费
管理费用/其他
83550
办公室维修费
现金
83550
票号
日期
单价
数量
合 计
83550
83550
备注
项 目
客 户
部 门 管理部
业务员
个 人
记账 demo
审核 1
出纳
制单 demo

图 5-8 “联查凭证”对话框

明细账
设置 打印 预览 输出 查询 过滤 锁定 还原 凭证 总账 帮助 退出
金额式
2007年
月 日
凭证号数
摘要
借方
贷方
方向
余额
期初余额 借 29,863.55
03 03 记-0002 办公室维修费_1_2007.03.03 835.50 借 29,028.05
03 08 记-0003 报销差旅费_1_2007.03.08 337.00 借 28,691.05
03 13 记-0004 报销业务招待费_1_2007.03.13 2,000.00 借 26,691.05
03 28 记-0006 医药费报销_1_2007.03.28 695.00 借 25,996.05
03 本月合计 3,867.50 借 25,996.05
03 累 计 3,867.50 借 25,996.05

图 5-9 “现金明细账”对话框

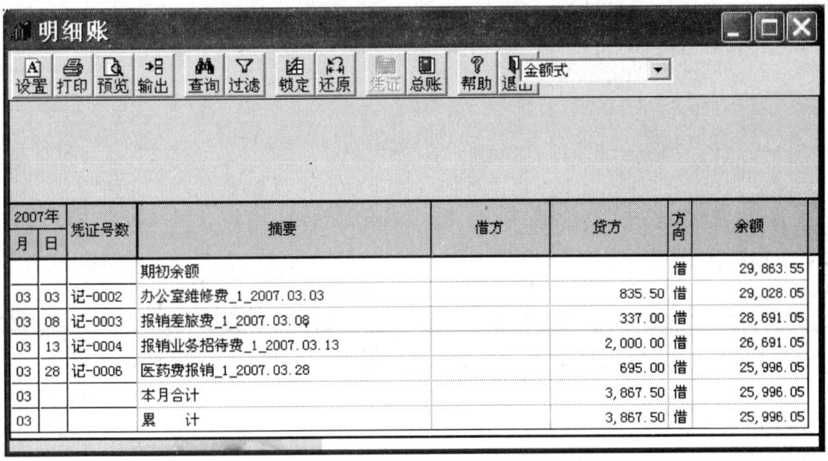

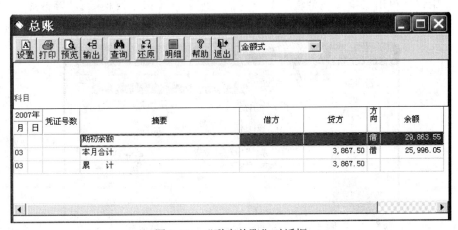

总账
设置 打印 预览 输出 查询 还原 明细 帮助 退出
金额式
科目
2007年
月 日
凭证号数
摘要
借方
贷方
方向
余额
期初余额 借 29,863.55
03 本月合计 3,867.50 借 25,996.05
03 累 计 3,867.50

图 5-10 “联查总账”对话框

5.1.3 银行日记账

查询银行日记账，银行科目必须在"会计科目"功能下的"指定科目"中预先指定。方法同现金日记账指定科目一致，在"指定科目"对话框中指定银行总账科目为银行存款（1002）。

1. 操作界面

银行日记账的查询方式与现金日记账的查询方式基本相同。不同的是银行存款日记账多了一栏结算号栏。如要打印正式存档用的银行日记账，请调用【打印银行日记账】功能打印。银行存款日记账界面如图5-11所示。

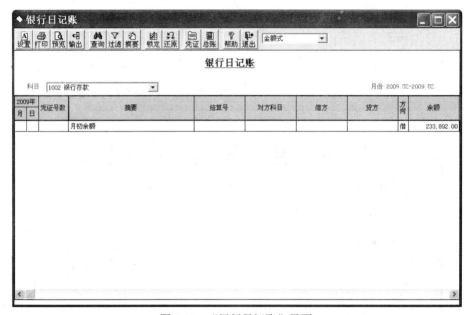

图5-11　"银行日记账"界面

2. 操作方法及栏目说明

1) 操作方法

(1) 用鼠标单击菜单【现金管理】→【日记账】→【银行日记账】，屏幕显示银行日记账查询条件窗，如图5-12所示。

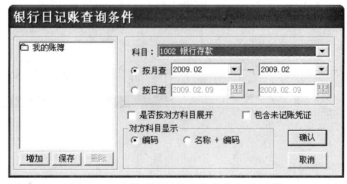

图5-12　"银行日记账查询条件"对话框

(2) 输入查询条件后，按【确认】按钮，屏幕显示现金日记账查询结果，显示如图 5-1 所示现金日记账界面。

(3) 当屏幕显示出日记账后，单击账页格式下拉选择框，选择需要查询的格式，系统自动根据科目的性质列出选项方便用户选择。

(4) 用鼠标双击某行或按【凭证】按钮，可查看相应的凭证。按【总账】按钮可查看此科目的三栏式总账。

2) 栏目说明

(1) 系统提供按月和按日查两种方式，可选择要查询的会计月份或日期。

(2) 如果查看包含未记账凭证的日记账，可用鼠标选择"包含未记账凭证"选项框。

(3) 如果按对方科目展开查询，则单击"按对方科目展开"，同时在未按对方科目展开时可指点定对方科目的展开形式是科目编码还是科目名称，若按科目名称展开时，还可指定展开到一级科目或末级科目；按对方科目展开时，只能按科目名称展开。

(4) 可将查询条件保存为【我的账簿】，或直接调用【我的账簿】。

3. 注意事项

(1) 在查询过程中，按【停止处理】按钮，可停止计算数据。

(2) 系统提供四种账面格式：金额式、外币金额式、数量金额式、数量外币式。在外币金额式显示格式中如为末级科目则显示外币名称，非末级科目则不显示。

(3) 显示外币金额式账簿同时可以按不同的币种提供月初余额、合计、累计。

4. 案例

例 5-2 查询 2007 年 3 月的银行日记账。

操作步骤同上例现金日记账查询一致，查询结果如图 5-13 所示。

5.1.4 资金日报表查询

资金日报表是反应现金、银行存款每日发生额及余额情况的报表，在现代企业财务管理中占据重要位置。

在早期的手工方式下，资金日报表是由出纳员进行逐日填写，反应企业当日营业结束时现金、银行存款的收入、支出及余额情况。而在"现金银行"管理中，资金日报表模块的功能只用于查询、输出或打印现金、银行存款科目某日的发生额及余额情况。根据用户所选日期、级次范围及相关的现金和银行存款科目所发生的全部业务，按照科目排序。此项功能只有具有查询权限的操作员才能进行操作。

1. 操作界面

资金日报表界面如图 5-14 所示。

2. 操作方法及栏目说明

1) 操作方法

(1) 用鼠标单击系统主菜单中【现金管理】→【日记账】→【资金日报】，进入后，屏幕显示资金日报表查询条件窗口，如图 5-15 所示。

图 5-13   "银行日记账"对话框设置结果

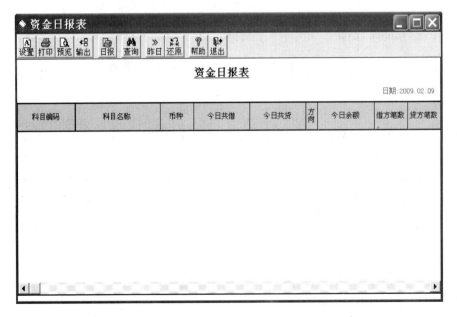

图 5-14   "资金日报表"界面

图 5-15 "资金日报表查询条件"窗口

(2) 在日期处输入需要查询日报表的日期,并选择科目显示级次。条件选择完成后,用鼠标单击【确认】按钮,进入界面,如图 5-14 所示。

(3) 用鼠标单击【日报】可查询并打印光标所在科目的日报单。

(4) 用鼠标单击【昨日】按钮可查看各现金、银行科目的昨日余额。

2) 栏目说明

(1) 资金日报表查询条件中的级次用于确定是显示一级科目,还是显示各级科目,如只查一级科目时,级次输入为 1～1,否则可不输入。级次从 1～6 可任意选取。

(2) 如果想包含未记账凭证,可用鼠标在"包含未记账凭证"选项处标上标记,如果想有余额无发生也显示,则单击该选项选取。

(3) 资金日报表屏幕显示当日余额、本日共借、本日共贷。

3. 案例

例 5-3 查询 2007 年 3 月 3 日的资金日报表。

操作步骤如下:

(1) 单击【我的工作台】→【资金日报表】,或者单击【现金】→【现金管理】→【日记账】→【资金日报】命令(图 5-16),弹出"资金日报表查询条件"对话框,如图 5-17 所示。

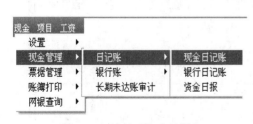

图 5-16 选择"资金日报"

图 5-17 "资金日报表查询条件"对话框

(2) 在"日期"处输入需要查询日报表的日期 2007 年 3 月 3 日。

(3) 选择科目显示级次,级次从 1～6 可任意选取。

(4) 如果包含未记账凭证,可用鼠标在"包含未记账凭证"选项处打勾。一般情况下,初始状态为不选。

(5) 如果想有余额无发生也显示,则在"有余额无发生也显示"选项处打勾。

(6) 单击【确认】按钮，进入现金、银行日报表界面，显示本日共借、本日共贷、当日余额以及发生的业务量，如图 5-18 所示。

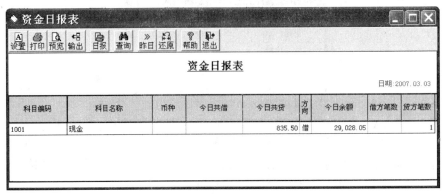

图 5-18 "资金日报表"对话框

(7) 单击【昨日】按钮可查看各现金、银行科目的昨日余额（图 5-19），单击【还原】按钮可返回前一日资金日报。

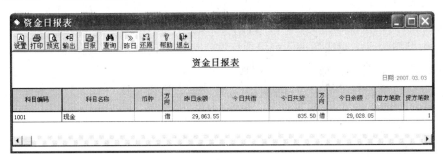

图 5-19 "资金日报表——昨日"对话框

(8) 单击【日报】可查询并打印光标所在科目的日报单，如图 5-20 所示。

(9) 单击【退出】则退出"资金日报表"。

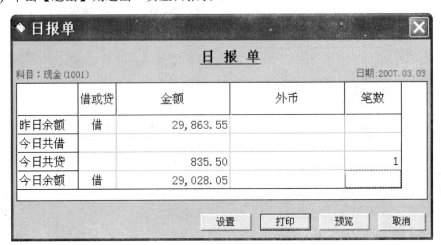

图 5-20 "日报单"对话框设置结果

5.1.5 日记账打印

日记账打印功能主要是用于打印正式现金日记账、银行存款日记账。

1. 现金日记账打印

1) 操作界面

用友通标准版 10.3 系统中的现金日记账打印主要用于打印正式的现金日记账。现金日记账打印界面如图 5-21 所示。

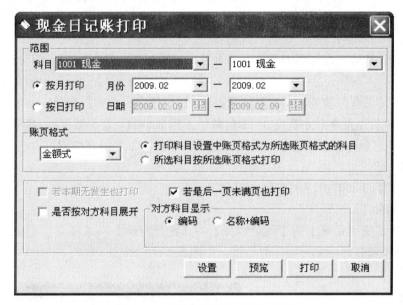

图 5-21 "现金日记账打印"界面

2) 操作方法及栏目说明

(1) 操作方法如下：

用鼠标单击系统主菜单上的【现金管理】→【账簿打印】→【现金日记账】，屏幕显示现金日记账打印条件窗口（图 5-21）。

(2) 栏目说明如下：

① 科目：

用于选择打印账簿的科目范围，例如，选择 101——103，表示打印 101 至 103 科目范围内科目的现金日记账；选择 103——，表示打印 103 以后各科目的现金日记账。

② 账页格式：

用于选择所打印账簿的格式，系统提供四种打印格式供选择，即：金额式、外币金额式、数量金额式、外币数量式。系统提供了两种选项：

a. 打印科目设置中账页格式为所选账页格式的科目。即：只打印科目设置中账页格式与所选的账页格式相同的科目。

b. 所选科目按所选账页格式打印。即：所选的科目全部按所选账页格式打印。

3) 注意事项

(1) 若不选"最后一页未满页也打印"，则当所打印的日记账最后一页不能打满

169

一页时，则不打印该页。若该科目日记账只有一页，且不满页，则不打印该科目日记账。

(2) 若在"选项"中的"明细账输出方式"设为"按月排页"，则打印时从所选月份范围的起始月份开始将日记账顺序排页，再从第一页开始将其打印输出，打印起始页号为"1 页"。这样，若所选月份范围不是第一个月，则打印结果的页号必然从"1 页"开始排。若在"选项"中的"明细账输出方式"设为"按年排页"，则打印时从本会计年度的第一个会计月开始将日记账顺序排页，再将打印月份范围所在的页打印输出，打印起始页号为所打月份在全年总排页中的页号。这样，若所选月份范围不是第一个月，则打印结果的页号有可能不是从"1 页"开始排。

(3) 系统默认日记账与明细账打印每页打印行数一样，都为 30 行，但可通过"选项"进行调整。

(4) 若不使用套打功能，系统默认摘要为 20 个汉字、金额、数量、外币打印宽度为 16 位数字，单价、汇率显示宽度为 12 位数字（包括小数点及小数位），若不想按此宽度打印，可在"选项"中修改金额、数量、外币、单价、汇率的宽度即可。

4) 案例

例 5-4 打印 2007 年 3 月份现金日记账。

操作步骤如下：

(1) 选择系统主菜单上的【现金管理】→【账簿打印】→【现金日记账】命令（图 5-22），弹出"现金日记账打印"对话框，如图 5-23 所示。

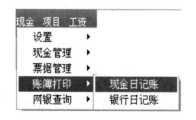

图 5-22 选择账簿打印

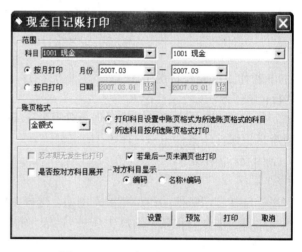

图 5-23 "现金日记账打印"对话框

(2) 选择打印账簿的科目范围。

(3) 选择所打印账簿的账页格式为"金额式"。

(4) 打印科目设置中账页格式为所选账页格式的科目。

(5) 选中"最后一页未满页也打印"。

(6) 选择【打印】按钮，即可打印正式现金日记账。预览效果如图 5-24 所示。

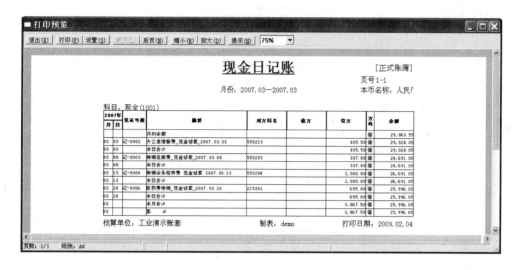

图 5-24 "现金日记账打印"对话框设置结果

2. 银行日记账打印

银行日记账的打印方式同现金日记账的打印方式一致。

5.2 银 行 账

为了掌握银行存款的实际余额,防止记账工作差错,企业应按期根据银行提供的对账单核对账目。银行对账就是将系统中已登记的银行存款日记账与银行对账单进行核对。企业与银行之间,由于凭证传递上的时间差,会出现一方已登记入账,而另一方尚未入账的情况,这种未达账项使企事业账上银行存款余额与银行账上企业存款余额在同一日期出现不一致。

一般情况下,未达账项包括以下四种:

(1) 企业已收款入账,银行尚未收款入账。例如,销售收入的支票企业已入账,但未送达银行。

(2) 企业已付款入账,银行尚未付款入账。例如,采购时开给供应商的支票,尚未送达到银行。

(3) 银行已收款入账,企业尚未收款入账。例如,银行代收了企业的"应收账款",而相应的票据还未送到企业。

(4) 银行已付款入账,企业未付款入账。例如,银行代企业付了"应付账款"。

用友通标准版 10.3 系统所提供的"银行对账"功能能够快速核对银行账与对账单,能准确地掌握"银行存款"的使用情况,核销已达账项(即账实相符情况),找出其中的未达账项,生成余额调节表,从而保证了银行存款的安全、完整。然而,只有具备银行对账权限的操作员才能使用银行对账功能。

银行对账业务流程如图 5-25 所示。

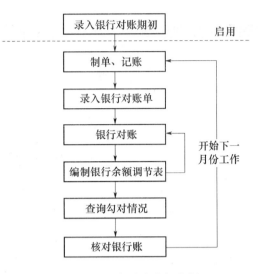

图 5-25　银行对账业务流程

5.2.1　银行对账期初录入

为了保证银行对账的正确性，在使用【银行对账】功能进行对账之前，必须先将日记账、银行对账单未达项录入系统中。

通常许多用户在使用账务处理系统时，先不使用银行对账模块，比如某企业 2007 年 1 月开始使用账务处理系统，而银行对账功能则是在 5 月开始使用，那么银行对账则应该有一个启用日期（启用日期应为使用银行对账功能前最近一次手工对账的截止日期），用户则应在此录入最近一次对账企业方与银行方的调整前余额，以及启用日期之前的单位日记账和银行对账单的未达项。等所有未达账录入正确后启用此账户，再开始记 5 月份凭证，在 5 月份的凭证记完账后，进入【银行对账单】录入 5 月份的银行对账单，然后开始对账。

1．操作界面

银行期初录入界面如图 5-26 所示。

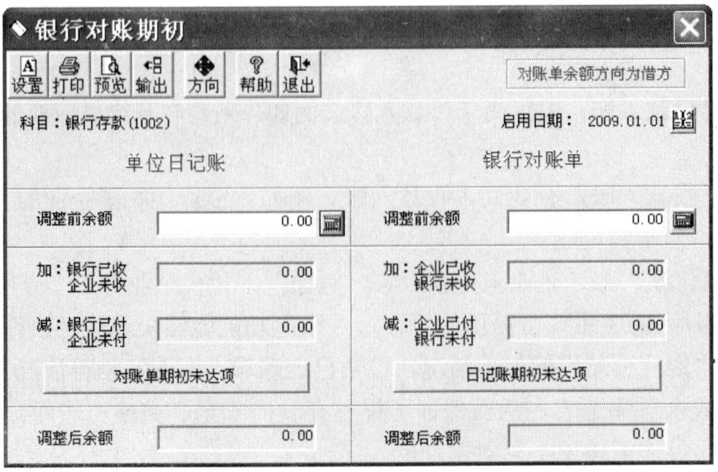

图 5-26　"银行对账期初"录入界面

172

2. 操作方法及栏目说明

1) 银行对账期初录入

(1) 操作方法如下：

① 用鼠标单击系统主菜单中【现金】→【设置】→【银行对账期初】，打开"银行科目选择"对话框，如图 5-27 所示。

② 输入银行科目后按【确定】按钮，屏幕显示银行期初录入界面，如图 5-26 所示。

③ 在启用日期处录入该银行账户的启用日期。

④ 录入单位日记账及银行对账单的调整前余额。

⑤ 录入银行对账单及单位日记账期初未达项，系统将根据调整前余额及期初未达项自动计算出银行对账单与单位日记账的调整后余额。

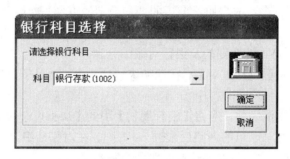

图 5-27　"银行科目选择"对话框

(2) 栏目说明如下：

①单位日记账与银行对账单的"调整前余额"应分别为启用日期时该银行科目的科目余额及银行存款余额；"期初未达项"分别为上次手工勾对截止日期到启用日期前的未达账项；"调整后余额"分别为上次手工勾对截止日期的该银行科目的科目余额及银行存款余额。若录入正确，则单位日记账与银行对账单的调整后余额应平衡。

②"银行对账期初"功能是用于第一次使用银行对账模块前录入日记账及对账单未达项，在开始使用银行对账之后一般不再使用。

③当第一次开始使用账务处理系统时便开始使用银行对账模块，或是年初时便开始使用银行对账模块，则在做完建账后还需进入【银行对账期初】中录入期初日记账未达项和期初银行对账单未达项，然后再开始制单记账，待月末再录入银行对账单，然后开始对账。

④ 银行对账单余额方向为借方时，借方发生表示银行存款增加，贷方发生表示银行存款减少；反之，借方发生表示银行存款减少，贷方发生表示银行存款增加。系统默认银行对账单余额方向为借方，按【方向】按钮可调整银行对账单余额方向。已进行过银行对账勾对的银行科目不能调整银行对账单余额方向。

2) 录入银行对账单期初未达项

(1) 用鼠标单击【对账单期初未达项】按钮，可录入启用日期前尚未进行两清勾对的银行对账单。

(2) 单击【增加】按钮可增加一笔银行对账单，单击【删除】按钮可删除一笔银行对账单。单击【过滤】按钮可按条件过滤对账单。

3) 录入单位日记账期初未达项

(1) 用鼠标单击【日记账单期初未达项】按钮，录入期初未进行两清勾对的单位日记账。

(2) 单击【增加】按钮可增加一笔期初未达项，单击【删除】按钮可删除一笔期初未达项。单击【过滤】按钮可按条件过滤期初单位日记账供查询。

3. 注意事项

(1) 如果银行科目有外币核算，应在银行期初录入外币余额、外币未达项。

(2) 录入的银行对账单、单位日记账的期初未达项的发生日期不能大于等于此银行科目的启用日期。

(3) 在录入完单位日记账、银行对账单期初未达项后，请不要随意调整启用日期，尤其是向前调，这样可能会造成启用日期后的期初数不能再参与对账。例如，录入了 4 月 1 日、5 日、8 日的几笔期初未达项后，将启用日期由 4 月 10 日调整为 4 月 6 日，那么，4 月 8 日的那笔未达项将不能在期初及银行对账中见到。

(4) 若某银行科目已进行过对账，在期初未达项录入中，对于已勾对或已核销的记录不能再修改。

(5) 在执行对账功能之前，应将【银行期初】中的【调整后余额】调平（即单位日记账的调整后余额＝银行对账单的调整后余额），否则，在对账后编制《银行存款余额调节表》时，会造成银行存款与单位银行账的账面余额不平。

4. 案例

例 5-5 录入日记账和银行对账单的未达账项。

操作步骤如下：

(1) 单击【现金】→【设置】→【银行期初录入】（图 5-28），弹出"银行科目选择"对话框，如图 5-29 所示。单击【确定】按钮进入"银行对账期初"界面，如图 5-30 所示。

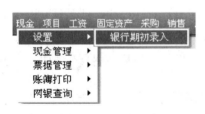

图 5-28　选择"银行期初录入"　　　　图 5-29　"银行科目选择"设置对话框

(2) 录入启用日期 2007 年 3 月 1 日。

(3) 在单位日记账和银行对账单的"调整前余额"栏录入企业最后一次对账的调整前余额。

(4) 单击【对账单期初未达项】按钮，弹出"银行期初未达项"窗口，如图 5-31 所示；单击【增加】按钮，在此录入最后一次对账时整理的对账单未达账项，录完单击【退出】按钮。

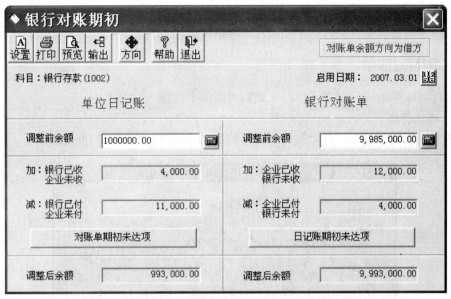

银行对账期初
设置 打印 预览 输出 方向 帮助 退出
对账单余额方向为借方
科目：银行存款(1002)
启用日期： 2007.03.01
单位日记账
银行对账单
调整前余额 1000000.00
调整前余额 9,985,000.00
加：银行已收企业未收 4,000.00
加：企业已收银行未收 12,000.00
减：银行已付企业未付 11,000.00
减：企业已付银行未付 4,000.00
对账单期初未达项
日记账期初未达项
调整后余额 993,000.00
调整后余额 9,993,000.00

图 5-30 “银行对账期初”录入界面

银行方期初
设置 打印 预览 输出 增加 保存 删除 过滤 帮助 退出
科目：银行存款(1002)
调整前余额： 9,985,000.00
日期 结算方式 票号 借方金额 贷方金额
2007.02.05 1,000.00
2007.02.10 1 1001 5,000.00
2007.02.11 3,000.00
2007.02.15 201 2001 6,000.00
已勾对 未勾对

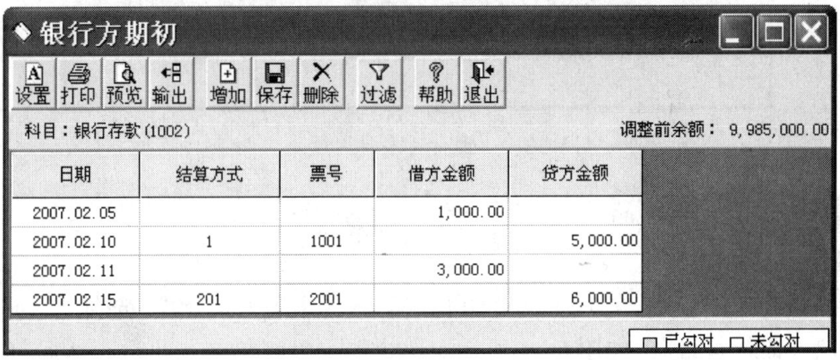

图 5-31 银行期初录入未达项

(5) 单击【日记账期初未达项】按钮，系统调出“企业方期初未达项”界面（图 5-32），操作同(4)。

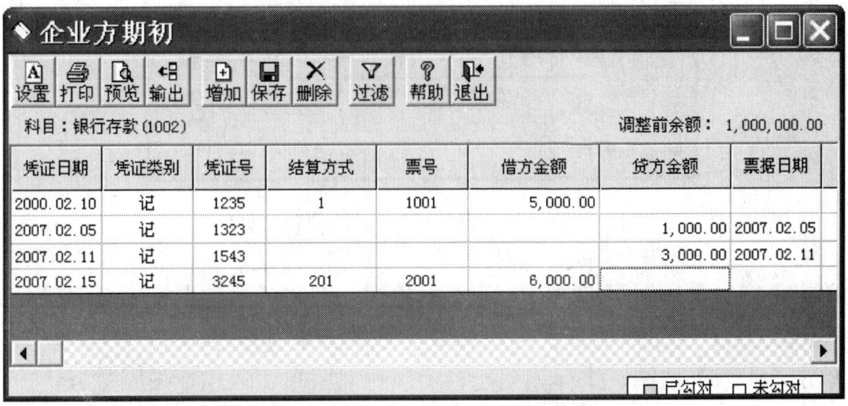

企业方期初
设置 打印 预览 输出 增加 保存 删除 过滤 帮助 退出
科目：银行存款(1002)
调整前余额： 1,000,000.00
凭证日期 凭证类别 凭证号 结算方式 票号 借方金额 贷方金额 票据日期
2000.02.10 记 1235 1 1001 5,000.00
2007.02.05 记 1323 1,000.00 2007.02.05
2007.02.11 记 1543 3,000.00 2007.02.11
2007.02.15 记 3245 201 2001 6,000.00
已勾对 未勾对

图 5-32 企业方期初录入未达项

(6) 系统将根据调整前余额及期初未达项自动计算出银行对账单与单位日记账的调整后余额，调整后的单位日记账和银行对账单余额相等。

5.2.2　银行对账单

银行对账单由用户根据开户行送来的对账单手工录入。

1. 操作界面

主要用于平时录入银行对账单。银行对账单录入界面如图 5-33 所示。

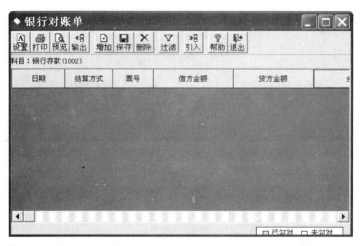

图 5-33　"银行对账单"录入界面

2. 操作方法及栏目说明

1) 操作方法

(1) 用鼠标单击【现金管理】→【银行账】→【银行对账单】，选择本功能后系统要求指定账户（银行科目），如图 5-34 所示。选择银行对账单录入月份，然后单击【确定】按钮即可进入本账户下的银行对账单界面，如图 5-33 所示。

图 5-34　"银行科目选择"对话框

(2) 单击【增加】按钮可增加一笔银行对账单。单击【删除】按钮可删除一笔银行对账单。单击【过滤】按钮可按条件过滤对账单以供操作员查询。

(3) 单击【引入】按钮，执行该功能显示银行对账单引入窗，按照数据接口向导执行即可。

2) 栏目说明

(1) 新增月份范围选择下拉框，默认为系统启用日期到当前月，终止月份大于等于起始月份。

(2) 若选择"显示已达账"选项则显示已两清勾对的单位日记账和银行对账单（系统默认为不显示已达账）。

(3) 录入银行对账单后，当录下一条记录时，自动将上一条记录的日期携带下来，并处于输入状态。

3. 注意事项

(1) 在此银行对账单界面输入的结算方式同制单时所使用的结算方式可相同也可不同，但在该界面输入的票号应同制单时输入的票号位长相同。

(2) 银行对账单界面所显示的银行对账单为启用日期之后的银行对账单。

(3) 引入银行对账单文件类型包括：DBF、TXT。

4. 案例

例 5-6 录入 2007 年 3 月的银行对账单。

操作步骤如下：

(1) 单击【现金】→【现金管理】→【银行账】→【银行对账单】（图 5-35），弹出"银行科目选择"对话框（图 5-36），选择要进行对账银行科目"银行存款 1002"，新增月份范围选择下拉框，默认为启用日期为系统启用日期，终止月份为 2007 年 3 月。

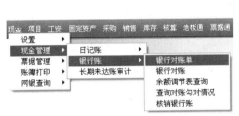

图 5-35　选择"银行对账单"

图 5-36　"银行科目选择"对话框

科目：银行存款(1002)

日期	结算方式	票号	借方金额	贷方金额	余额
2007.03.31	202	1578	8,760.00		9,944,094.26
2007.03.28	202	2598		180,000.00	9,764,094.26
2007.03.20	202	1158		150,000.00	9,614,094.26
2007.03.31	5	1234		16,200.00	9,597,894.26
2007.03.31	401	2569		40,000.00	9,557,894.26
2007.03.31	201	1898	40,706.06		9,598,600.32
2007.03.31	202	1569	6,000.00		9,604,600.32
2007.03.31			5,600.00		9,610,200.32
2007.03.31	201	1579	38,395.00		9,648,595.32
2007.03.31	202	1587	3,000.00		9,651,595.32

图 5-37　"银行对账单"录入界面

(2) 单击【确定】按钮，进入录入对账单界面。

(3) 单击【增加】按钮，把银行送来的对账单录入表中，如图 5-37 所示。

(4) 录入完闭，单击【退出】按钮。

5.2.3 银行对账

银行对账采用自动对账与手工对账相结合的方式。

自动对账是计算机根据对账依据自动进行核对、勾销，对账依据由企业用户根据需要选择，方向、金额相同是必选条件，其他可选条件为票号相同、结算方式相同、日期在多少天之内。对于已核对上的银行业务，系统将自动在银行存款日记账和银行对账单双方写上两清标志，并视为已达账项，对于在两清栏未写上两清符号的记录，系统则视其为未达账项。

手工对账是对自动对账的补充，使用完自动对账后，可能还有一些特殊的已达账没有对出来，而被视为未达账项，为了保证对账更彻底正确，可用手工对账来进行调整。

1. 操作界面

银行对账的操作界面如图 5-38 所示。

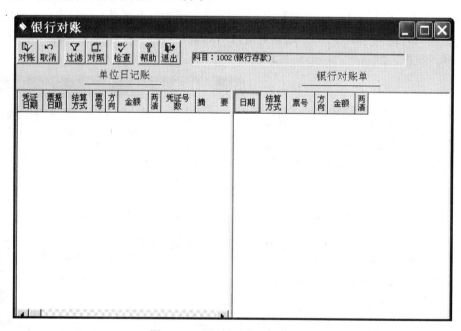

图 5-38　"银行对账"操作界面

2. 操作方法及栏目说明

1) 自动对账

(1) 操作方法如下：

① 用鼠标单击【现金管理】→【银行账】→【银行对账】，弹出"银行科目选择"对话框（图 5-39），选择要进行对账的银行科目（账户）及对账日期。

② 单击【确认】按钮，屏幕显示对账界面（图 5-38）。左边为单位日记账，右边为银行对账单。

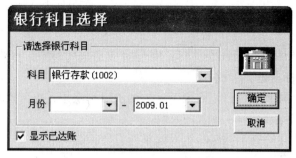

图 5-39 "银行科目选择"对话框

③ 用鼠标单击【对账】按钮,屏幕显示自动对账界面(图 5-40)。在截止日期处直接或参照输入对账截止日期。

图 5-40 "自动对账"对话框

④ 输入对账条件后,单击【确定】按钮,系统开始按照设定的对账条件对账,并显示动态进度条,表示对账进行的程度及状态。

⑤ 用鼠标单击【检查】按钮检查对账是否有错,如果有错误,应及时进行调整。

(2) 栏目说明如下:

① 新增月份范围选择下拉框,默认为系统启用日期到当前月,终止月份大于等于起始月份。若选择"显示已达账"选项则显示已两清勾对的单位日记账和银行对账单(系统默认为不显示已达账)。

② 对账截止日期不输入则将所有日期的账进行核对, 一般单位可不输入对账日期,如果输入对账截止日期,系统则将至截止日期前的日记账和对账单进行勾对。

③ 系统默认的对账条件为日期相差 12 天之内,结算方式、票号相同,可以根据业务需要确定自动对账条件。

④ 自动对账两清的记录标记"○",且已两清的记录背景色为绿色。可以分别选择对账条件按不同次序对账,例如,对账先按"票号+方向+金额相同"进行(可多对多),然后按"方向+金额相同",且先勾对日期相差 12 天的已达账进行对账。

2) 手工对账

(1) 操作方法如下:

① 在单位日记账中选择要进行勾对的记录。

② 用鼠标单击【对照】按钮后系统将在银行对账单区显示票号或金额和方向同单位

日记账中当前记录相似的银行对账单，可参照进行勾对。用鼠标再单击【对照】按钮则为取消对照。

③ 如果对账单中有记录同当前日记账相对应却未勾对上，则在当前单位日记账的【两清】区双击鼠标左键。

④ 将当前光标移到单位日记账中下一未两清日记账上，重复作第②、③步，直到找出所有的已达账项为止。

⑤ 用鼠标单击【检查】按钮检查对账是否有错，如果有错误，应及时进行调整。

(2) 栏目说明如下：

① 手工对账两清的记录标记"Y"，且已两清的记录背景色为绿色。

② 如果在对账单中有两笔以上记录同日记账对应，则所有对应的对账单都应标上两清标记。

3）取消对账标志

当出现对账错误时，系统提供了两种取消对账标记的方式，即手动取消某一笔的对账标志或自动取消指定时间内的所有对账标志。

(1) 手工取消勾对：用鼠标双击要取消对账标志业务的"两清"区即可。

(2) 自动取消勾对：用鼠标单击【取消】按钮，屏幕显示反勾对月份范围录入窗口（图5-41），选择要进行反对账的期间，按【确定】按钮，系统将自动对此期间已两清的银行账取消两清标记。

图 5-41 "银行反对账范围"窗口

3. 注意事项

(1) 由于自动对账是以银行存款日记账和银行对账单双方对账依据完全相同为条件，所以为了保证自动对账的正确和彻底，使用者必须保证对账数据的规范合理，例如，银行存款日记账和银行对账单的票号要统一位长，如果对账双方不能统一规范，各自为政，系统则无法识别。

(2) 若所选银行科目是核算外币的科目，则单位日记账中为外币账，同时也只对外币账进行勾对。

(3) 若在【银行对账期初】中定义"银行对账单余额方向"为借方，则对账条件为方向、金额相同的日记账与对账单进行勾对，若在【银行对账期初】中定义"银行对账单余额方向"为贷方，则对账条件为方向相反、金额相同的日记账与对账单进行勾对。

4. 案例

例 5-7 根据例 5-6 已录入的银行对账单，进行 2007 年 4 月前的银行账自动勾对。

操作步骤如下：

(1) 单击【现金】→【现金管理】→【银行账】→【银行对账】，弹出"银行科目选择"对话框（图 5-42），选择要进行对账银行科目"银行存款 1002"，新增月份范围选择下拉框，默认时间为系统启用日期至 2007 年 3 月。

图 5-42　"银行科目选择"对话框

(2) 单击【确认】按钮，屏幕显示对账界面（图 5-43），单击【对账】按钮，屏幕显示"自动对账"对话框，如图 5-44 所示。

凭证日期	票据日期	结算方式	票号	方向	金额	丙清	凭证号数	摘要	日期	结算方式	票号	方向	金额	丙清
2007.03.01	2007.03.01	202	1851	贷	37,934.26		记-0001	交纳各项税费	2007.03.01	202	1851	借	37,934.26	
2007.03.26	2007.03.26	202	1568	贷	8,000.00		记-0005	付校验费	2007.03.15	202		贷	22,000.00	
2007.03.31	2007.03.28	202		贷	30,000.00		记-0010	核销	2007.03.20	202	1158	贷	150,000.00	
2007.03.31	2007.03.15	202		借	22,000.00		记-0012	核销	2007.03.26	202	1568	借	8,000.00	
2007.03.31	2007.03.28	301	2569	借	103,600.00		记-0013	核销	2007.03.26	202		借	30,000.00	
2007.03.31	2007.03.31	202	1578	贷	8,760.00		记-0015	交纳水电费	2007.03.28	301	2569	贷	103,600.00	
2007.03.31	2007.03.28	202	2598	贷	180,000.00		记-0016	核销	2007.03.31	202	1578	借	8,760.00	
2007.03.31	2007.03.20	202	1158	借	150,000.00		记-0017	核销						
2007.03.31	2007.03.31	5	1234	借	16,200.00		记-0018	现结	2007.03.31	5	1234	贷	16,200.00	
2007.03.31	2007.03.31	401	2569	借	40,000.00		记-0019	现结	2007.03.31	401	2569	借	40,000.00	
2007.03.31	2007.03.31	202	1898	贷	40,706.06		记-0020	采购现付	2007.03.31	201	1898	贷	40,706.06	
2007.03.31	2007.03.31	202	1569	贷	6,000.00		记-0022	付广告费	2007.03.31	202	1569	借	6,000.00	
2007.03.31				贷	5,600.00		记-0023	购入固定资产	2007.03.31			借	5,600.00	
2007.03.31	2007.03.31	201	1579	贷	38,395.00		记-0033	发工资	2007.03.31	201	1579	借	38,395.00	
2007.03.31	2007.03.31	202	1587	贷	3,000.00		记-0038	付委托加工费	2007.03.31	202	1587	借	3,000.00	

图 5-43　"银行对账"对话框

图 5-44　"自动对账"对话框

(3) 选取对账条件，录入截止日期 2007 年 3 月 31 日，系统默认日期天数为 12 天之内，结算方式、票号相同，可以根据业务需要确定自动对账条件。

(4) 单击【确定】按钮，系统开始按照设定的对账条件自动勾对，并显示动态进度条，表示对账进行的程度及状态。自动对账两清的记录标记"○"，对那些应勾对而未勾对上的账项，可在两清区域双击，系统标注为"√"，如图 5-45 所示。

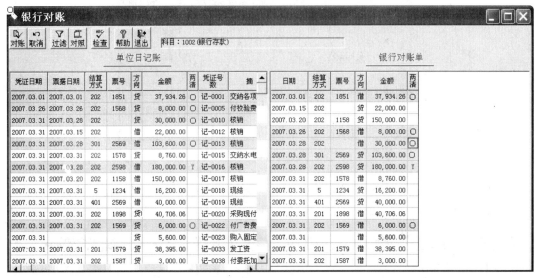

图 5-45　自动勾对

(5) 勾对完毕，单击【检查】按钮，系统会显示平衡检查结果（图 5-46）。

平衡检查	单位日记账	银行对账单
收入合计	283,600.00	81,934.26
支出合计	81,934.26	283,600.00

图 5-46　"对账平衡检查"对话框

(6) 检查结果平衡，单击【退出】按钮。

例 5-8　根据例 5-6 已录入的银行对账单，进行 2007 年 4 月前的银行账手工勾对。
操作步骤如下：

(1) 进入"银行对账"界面（图 5-43），单击"单位日记账"要进行勾对的记录。

(2) 单击【对照】按钮，系统将在"银行对账单"区显示票号或金额和方向同单位日记账中当前记录相似的银行对账单（图 5-47），可参照进行勾对。用鼠标再单击【对照】按钮则为取消对照；

(3) 如果对账单中有记录同当前日记账相对应却未勾对上，则在当前单位日记账的"两清"区双击鼠标左键，将当前单位日记账标上两清标记——"Y"，同样，用鼠标双击银行对账单中对应的对账单的两清区，标上两清标记，如图 5-48 所示。

182

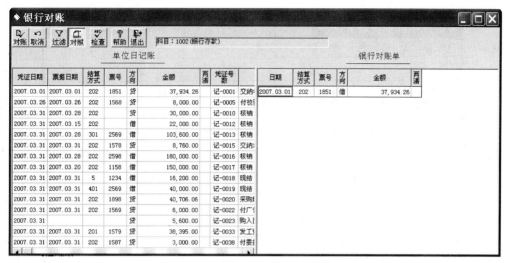

图 5-47　手工勾对银行对账单

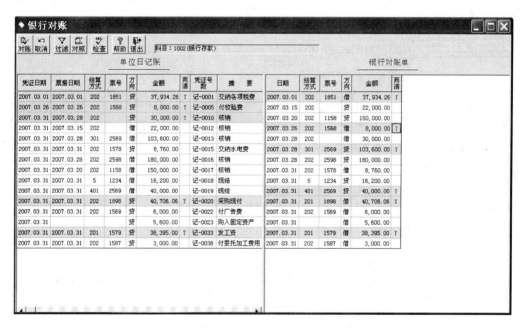

图 5-48　手工勾对结果

(4) 将当前光标移到单位日记账中下一未两清日记账上，重复作第(2)、(3)步，直到找出所有的已达账项为止。

(5) 用鼠标单击【检查】按钮检查对账是否有错，如果有错误，应及时进行调整。

5.2.4　余额调节表查询

在对银行账进行两清勾对后，便可调用"余额调节表"查询打印"银行存款余额调节表"，以检查对账是否正确。

1. 操作界面

进入余额调节表界面（图5-49），屏幕显示所有银行科目的账面余额及调整余额。

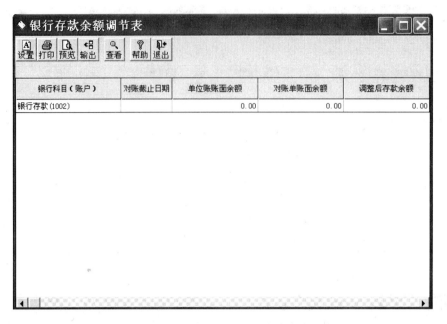

图 5-49 "银行存款余额调节表"查询界面

2. 操作方法及栏目说明

1) 操作方法

(1) 单击【我的工作台】→【余额调节表查询】,或者单击【现金】→【现金管理】→【银行账】→【余额调节表查询】,显示"银行存款余额调节表"查询界面,如图 5-49 所示。

(2) 如果要查看某科目的调节表,则将光标移到该科目上,然后用鼠标单击【查看】按钮或双击该行,在弹出的 "银行存款余额调节表"对话框中(图 5-50),可查看该银行账户的银行存款余额调节表明细。

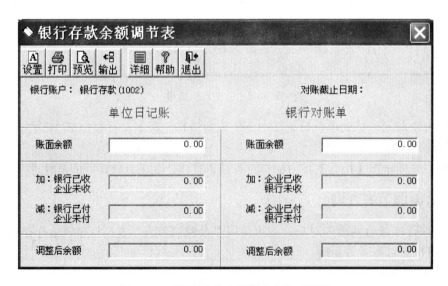

图 5-50 "银行存款余额调节表"对话框

184

(3) 在银行余额调节表中单击【详细】按钮，显示当前光标所在行的详细情况,如图5-51 所示，并支持打印功能。

(4) 用鼠标单击【打印】可打印银行存款余额调节表。

2) 栏目说明

(1) 余额调节表详细界面所包含的企业账面存款余额、银行账面存款余额、银行已收企业未收、银行已付企业未付、企业已收银行未收、企业已付银行未付、企业调整后存款余额、银行调整后存款余额、科目、对账截止日期与原余额调节表的数据一致。

(2) 详细勾对情况分别从明细账表及银行对账单表中取数。每组数据都按日期、结算方式——结算号、金额列示。

(3) 若对账单余额方向为借方，【银行已收企业未收】为截止日期以前未两清的银行对账单的借方发生明细数数据，【银行已付企业未付】为截止日期以前未两清的银行对账单的贷方发生明细数据。若对账单余额方向为贷方，【银行已收企业未收】为截止日期以前未两清的银行对账单的贷方发生明细数据，【银行已付企业未付】为截止日期以前未两清的银行对账单的借方发生明细数据。

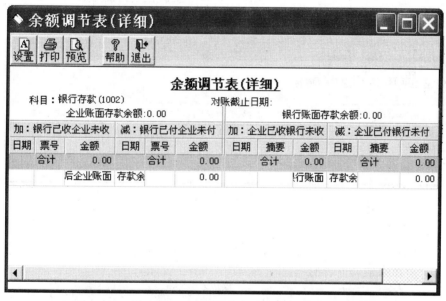

图 5-51　"余额调节表(详细)"界面

(4)【企业已收银行未收】为截止日期以前未两清的企业日记账的借方发生明细数据。【企业已付银行未付】为截止日期以前未两清的企业日记账的贷方发生明细数据。

(5) 此余额调节表为截止到对账截止日期的余额调节表，若无对账截止日期，则为最新余额调节表。

3. 注意事项

如果余额调节表显示账面余额不平，请查看以下几处：

(1)【银行期初录入】中的【调整后余额】是否平衡？如果不平衡，查看"调整前余额"、"日记账期初未达项"及"银行对账单期初未达项"是否录入正确。如果不正确，及时进行调整。

(2) 银行对账单录入是否正确？如果不正确，进行调整。

(3) 【银行对账】中勾对是否正确、对账是否平衡？如果不正确，进行调整。

4. 案例

例 5-9 调用"余额调节表"检查例 5-8 银行对账是否正确。

操作步骤如下：

(1) 单击【我的工作台】→【余额调节表查询】，或者单击【现金】→【现金管理】→【银行账】→【余额调节表查询】（图 5-52），显示"银行存款余额调节表"查询界面，如图 5-53 所示。

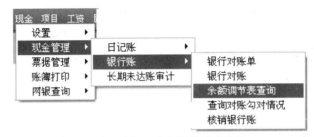

图 5-52 选择"余额调节表查询"

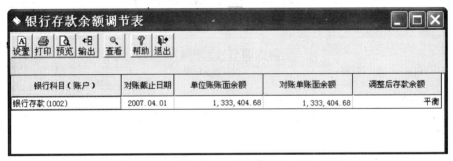

图 5-53 "银行存款余额调节表"查询界面

(2) 如果要查看某科目的调节表，则将光标移到该科目上，然后用鼠标单击【查看】按钮或双击该行，在弹出的"银行存款余额调节表"对话框中（图 5-54），可查看该银行账户的银行存款余额调节表明细。

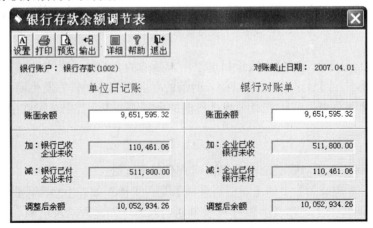

图 5-54 "银行存款余额调节表"对话框

186

(3) 在“银行余额调节表”窗口中单击【详细】按钮，显示“余额调节表（详细）”窗口（图 5-55）。

余额调节表(详细)

科目：银行存款(1002)　　　　对账截止日期：2007.04.01

企业账面存款余额:1,333,404.68　　　　银行账面存款余额:9,651,595.32

加：银行已收企业未收			减：银行已付企业未付			加：企业已收银行未收			减：企业已付银行未付		
日期	票号	金额	日期	票号	金额	日期	摘要	金额	日期	摘要	金额
2007.03.26	1568	8,000.00	2007.03.15		22,000.00	2007.03.31	核销	22,000.00	2007.03.26	付校验费	8,000.00
2007.03.28		30,000.00	2007.03.20	1158	150,000.00	2007.03.31	核销	103,600.00	2007.03.31	交纳水电费	8,760.00
2007.03.31	1578	8,760.00	2007.03.28	2598	180,000.00	2007.03.31	核销	180,000.00	2007.03.31	采购现付	40,706.06
2007.03.31	1898	40,706.06	2007.03.31	1234	16,200.00	2007.03.31	核销	150,000.00	2007.03.31	付广告费	6,000.00
2007.03.31	1569	6,000.00	2007.03.31		103,600.00	2007.03.31	现结	16,200.00	2007.03.31	购入固定资产	5,600.00
2007.03.31		5,600.00	2007.03.31		40,000.00	2007.03.31	现结	40,000.00	2007.03.31	发工资	38,395.00
2007.03.31	1579	38,395.00							2007.03.31	付委托加工费用	3,000.00
2007.03.31	1587	3,000.00									
	合计	110,461.06		合计	511,800.00		合计	511,800.00		合计	110,461.06
		调整后企业账面	存款余额:		10,052,934.26			调整后银行账面	存款余额:		10,052,934.26

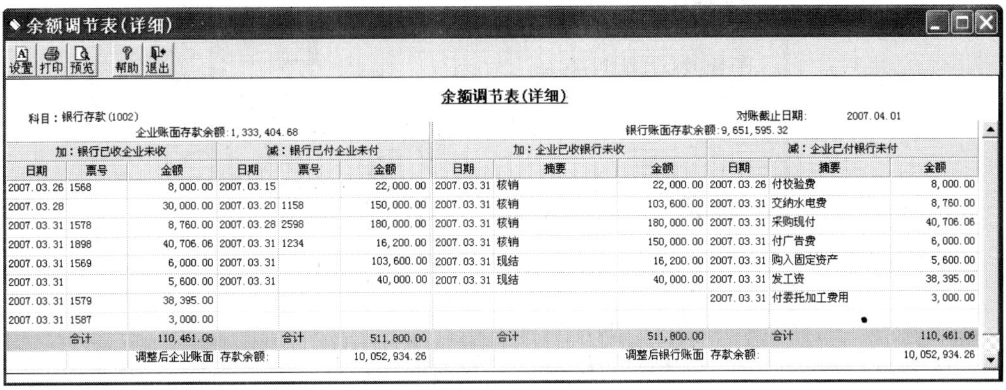

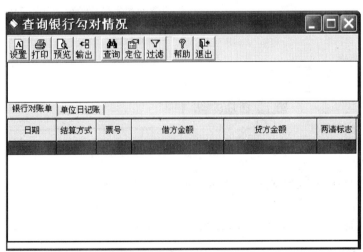

图 5-55　“余额调节表(详细)”界面

(4) 单击【打印】即可打印银行存款余额调节表。

5.2.5　勾对情况查询

在手工方式下，编制余额调节表后，一般不再进行其他工作。而利用用友标准版 10.3 完成对账工作后可继续在此查询单位日记账及银行对账单的对账结果。对正确无误的已达账可删除，以后不再参与勾对。

1. 操作界面

勾对情况查询界面如图 5-56 所示，主要功能是用于查询单位日记账及银行对账单的对账结果。

图 5-56　“查询银行勾对情况”界面

2. 操作方法及栏目说明

1) 操作方法

(1) 进入【银行对账】→【查询对账勾对情况】功能，打开“银行科目选择”对话框，如图 5-57 所示。

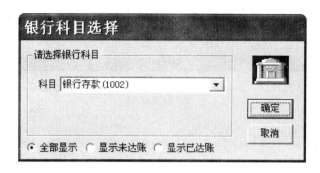

图 5-57　"银行科目选择"对话框

(2) 输入要查找的银行科目，选择查询方式。

(3) 输入查询条件后，按【确定】，进入"查询银行勾对情况"界面，如图 5-56 所示。

2) 栏目说明

(1) 在"银行科目选择"对话框中，系统提供三种查询方式供操作人员选择，即：显示全部、显示未达账、显示已达账，系统默认显示全部。

(2) 通过单击银行对账单、单位日记账选项卡切换显示对账情况。

3. 案例

例 5-10　针对例 5-8 对账结果，查询银行对账勾对情况。

操作步骤如下：

(1) 单击【我的工作台】→【查询对账勾对情况】，或者单击【现金】→【现金管理】→【银行账】→【查询对账勾对情况】（图 5-58），弹出"银行科目选择"对话框，如图 5-59 所示。

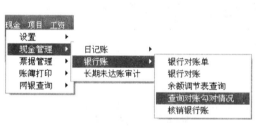

图 5-58　选择"查询对账勾对情况"

图 5-59　"银行科目选择"设置对话框

(2) 在"银行科目选择"对话框提示输入查询条件：输入要查找的银行科目（1002），然后选择查询方式。

(3) 单击【确定】，屏幕显示查询结果，如图 5-60 所示。

5.2.6　核销银行账

"核销已达账"功能用于将核对正确并确认无误的已达账删除，对于一般用户来说，在银行对账正确后，如果想将已达账删除并只保留未达账时，可使用该项功能。

1. 操作界面

核销银行账界面如图 5-61 所示。

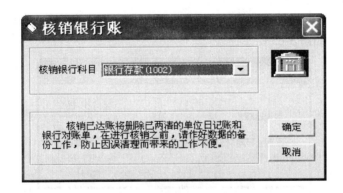

設置 打印 預覽 輸出 查詢 定位 過濾 幫助 退出

銀行對賬單

☐已對賬
☐未對賬

科目：银行存款 (1002) ▾

| 银行对账单 | 单位日记账 |

日期	结算方式	票号	借方金额	贷方金额	两清标志
2007.03.01	202	1851	37934.26		○
2007.03.15	202			22000.00	○
2007.03.20	202	1158		150000.00	○
2007.03.26	202	1568	8000.00		○
2007.03.28	202		30000.00		
2007.03.28	301	2569		103600.00	●
2007.03.28	202	2598		180000.00	○
2007.03.31	202	1578	8760.00		○
2007.03.31	5	1234		16200.00	○
2007.03.31	401	2569		40000.00	○
2007.03.31	201	1898	40706.06		○
2007.03.31	202	1569	6000.00		○
2007.03.31			5600.00		○
2007.03.31	201	1579	38395.00		○
2007.03.31	202	1587	3000.00		○
合计			178,395.32	511,800.00	

图 5-60　　"查询银行勾对情况"对话框查询结果

◆ 核销银行账

核销银行科目 银行存款 (1002) ▾

核销已达账将删除已两清的单位日记账和
银行对账单，在进行核销之前，请作好数据的备
份工作，防止因误清理而带来的工作不便。

确定

取消

图 5-61　　"核销银行账"界面

2. 操作方法

进入【银行对账】→【核销银行账】，选择要核销的银行科目，单击【确定】按钮
即可。

3. 注意事项

(1) 如果银行对账不平衡时，请不要使用核销银行账功能，否则将造成以后对账错误。

(2) 核销银行账功能不影响银行日记账的查询和打印。

(3) 按【ALT+U】可以进行反核销。

189

5.2.7 长期未达账审计

"长期未达账审计"功能用于查询至截止日期为止未达天数超过一定天数的银行未达账项,以便企业分析长期未达原因,避免资金损失。

1. 操作界面

长期未达账审计界面如图5-62所示。

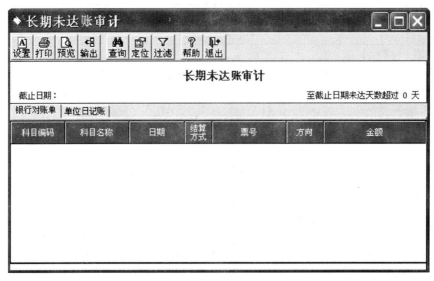

图5-62 "长期未达账审计"界面

2. 操作方法

(1) 用鼠标选择主菜单中【现金管理】→【长期未达账审计】,弹出"长期未达账审计条件"对话框,如图5-63所示。

图5-63 "长期未达账审计条件"对话框

(2) 在此录入查询的截止日期及至截止日期未达天数超过天数。审计条件录入完成后,用鼠标单击【确定】按钮,屏幕显示"长期未达审计"界面,如图5-62所示。

3. 案例

例5-11 查询截止2007年4月1日为止未达天数超过2天的银行未达账项。

操作步骤如下:

(1) 单击【现金】→【现金管理】→【长期未达账审计】(图5-64),弹出"长期未达账审计条件"对话框,如图5-65所示。

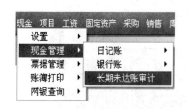

图 5-64　选择"长期未达账审计"窗口　　　图 5-65　"长期未达账审计条件"设置对话框

(2) 在"长期未达账审计条件"对话框录入查询的截止日期 2007 年 4 月 1 日，及至截止日期未达天数超过 2 天。

(3) 单击【确定】按钮，屏幕显示查询结果（图 5-66）。可以通过单击"银行对账单"和"单位日记账"选项卡，切换显示不同的查询内容。

科目编码	科目名称	日期	结算方式	票号	方向	金额
1002	银行存款	2007.03.15	202		贷	22000.00
1002	银行存款	2007.03.20	202	1158	贷	150000.00
1002	银行存款	2007.03.26	202	1568	借	8000.00
1002	银行存款	2007.03.28	202		借	30000.00
1002	银行存款	2007.03.28	202	2598	贷	180000.00

图 5-66　"长期未达审计"对话框设置结果

5.3　支票登记簿

企业结算款项都是要通过银行来完成，因此企业内部定义的结算方式必须与银行对账单上的结算方式保持一致，对于结算方式启用电子支票登记簿的，还应当将支票登记簿的内容输入计算机。

在手工记账时，出纳人员通常建立有支票领用登记簿，用来登记支票领用情况，以便同银行对账单核对。通过建立支票登记簿，反映支票的领用情况，对支票领用的日期、用途、金额、票号等内容进行登记；报销信用支票时，出纳人员要在支票登记簿中反映此项业务的后面打上勾，表示该支票已报销。

"现金银行"管理模块中专为银行为银行出纳员提供了"支票登记簿"功能， 以供其详细登记支票领用人、领用日期、支票用途、是否报销等情况。

1. 操作界面

支票登记操作界面如图 5-67 所示。

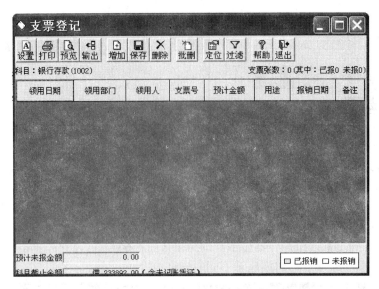

图 5-67　"支票登记"操作界面

2. 操作方法及栏目说明

1) 支票登记前提

(1) 预先输入企业所有的结算方式（图 5-68），供填制凭证时参照选择，以提高制单的速度和准确性。并给结算方式设置"票据结算"标志，在"结算方式"管理标票据标志选项处打勾。

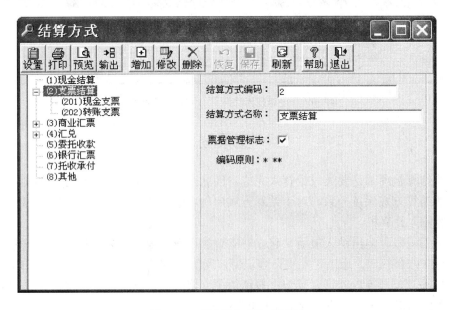

图 5-68　"结算方式"对话框

(2) 选择【总账】→【设置】→【选项】，在打开的"选项"对话框中的"支票控制"选项前打勾，设置支票控制，如图 5-69 所示。只有在"会计科目"中设置银行账的科目，才能使用支票登记簿。

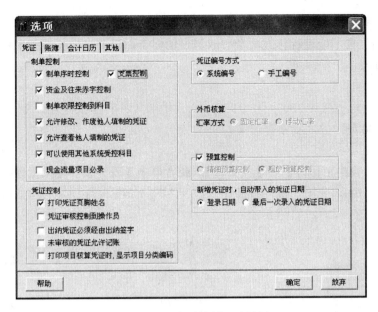

图 5-69　"支票控制"对话框

2) 登记支票

(1) 操作方法如下：

① 用鼠标单击系统主菜单中【票据管理】→【支票登记簿】，选择【确定】按钮进入支票登记界面，如图 6-67 所示。

② 单击【增加】按钮，登记支票领用人、领用日期、支票用途、是否报销等信详细息。

③ 单击【保存】按钮即可保存支票信息。

(2) 栏目说明如下：

① 报销日期必须在领用日期之后，当支票支出后，经办人持原始单据(发票)到财务部门报销，会计人员据此填制记账凭证，当在系统中录入该凭证时，系统要求录入该支票的结算方式和支票号，在系统填制完成该凭证后，系统自动在支票登记簿中将该号支票写上报销日期，该号支票即为已报销。对报销支票，系统用绿色加以区分。

② 支票登记簿中的报销日期栏，一般是由系统自动填写的，但对于有些已报销而由于人为原因而造成系统未能自动填写报销日期的支票，可进行手工填写，即将光标移到报销日期栏，然后写上报销日期。

3) 统计支票

在支票登记界面，用鼠标单击【过滤】后，即可对支票按领用人或部门进行各种统计。

4) 删除支票

在支票登记界面，用鼠标单击【批删】后，输入需要删除已报销支票的起止日期，即可删除此期间内的已报销支票。

5) 修改登记的支票

将光标移到需要修改的数据项上直接修改即可。

3. 注意事项

(1) 在支票登记过程中，领用日期和支票号必须输入，其他内容不强调。

(2) 支票登记簿中报销日期为空时，表示该支票未报销，否则系统认为该支票已报销。已报销的支票不能进行修改。若想取消报销标志，只要将光标移到报销日期处，按空格键后删掉报销日期即可。

4. 案例

例 5-12　登记支票：2007 年 3 月 30 日，营销部马明宇召开展销洽谈会，票号 12453，估计金额 10000 元，登入支票登记簿。

操作步骤如下：

(1) 单击【我的工作台】→【支票簿】，或者单击【现金】→【票据管理】→【支票登记簿】（图 5-70），弹出"银行科目选择"对话框，如图 5-71 所示，单击【确定】按钮进入"支票登记"界面，如图 5-72 所示。

图 5-70　选择"支票登记簿"　　　　　图 5-71　"银行科目选择"对话框

领用日期	领用部门	领用人	支票号	预计金额	用途	报销日期	备注
2007.03.24	财务部	梁立花	23651	500,000.00	交纳税金	2007.03.28	
2007.03.24	供应部	王小燕	45738	34,000.00	材料采购	2007.03.26	
2007.03.28	供应部	赵天明	23415	58,000.00	材料采购		

科目：银行存款(1002)　　　　　　支票张数:3(其中:已报2 未报1)

预计未报金额　　58,000.00

图 5-72　"支票登记"界面

(2) 单击【增加】按钮，在"领用日期"栏输入支票信用的日期，或者单击打开"日历"对话框（图 5-73）选择相应日期 2007 年 3 月 5 日，按【Enter】键。

(3) 在"领用部门"栏输入营销部，或者单击打开 "部门参照"对话框（图 5-74）选择营销部，按【Enter】键。

(4) 在"领用人"栏输入马明宇，或者单击打开"职员参照"对话框（图 5-75）选择马明宇，按【Enter】键。

194

图 5-73 "日历"对话框

图 5-74 "部门参照"对话框

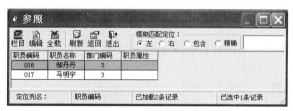

图 5-75 "职员参照"对话框

(5) 在"支票号"栏输入 12453，按【Enter】键。

(6) 在"预计金额"栏输入金额 10000，按【Enter】键。

(7) "用途"栏里输入展销洽谈会，按【Enter】键。略过"报销日期"栏、"备注"栏。

(8) 可继续使用【增加】按钮录入其他支票；如不再录入，按【Esc】键退出录入支票状态。

(9) 单击【保存】按钮，可保存当前支票信息，如图 5-76 所示。

图 5-76 "支票登记结果"对话框

思考与实务操作

一、填空题

1. 日记账：亦称_____，是按_____的先后顺序，逐日逐笔登记的账簿。

2. 现金日记账是专门用来记录_____业务的一种特种日记账。

3. 银行存款日记账是专门用来记录_____业务的一种特种日记账。

4. 资金日报表是反映现金、银行存款每日_____及_____情况的报表。

5. 只有在_____中设置银行账的科目才能使用支票登记簿。

6. 在支票登记过程中，必须输入_____和_____。

7. 支票报销日期必须在_____之后。

8. 在"支票登记"界面，单击_____按钮，即可对支票按领用人或部门进行各种统计。

9. 未达账项一般包括以下四种情况：_____、_____、_____和_____。

10. _____是将系统中已登记的银行存款日记账与银行对账单进行核对。

11. _____功能用于将核对正确并确认无误的已达账删除。

12. _____功能用于查询至截止日期为止未达天数超过一定天数的银行未达账项，以便企业分析长期未达原因，避免资金损失。

二、选择题

1. 银行对账时，自动对账是指计算机系统自动进行_____。
   A. 总账与记账凭证核对
   B. 企业银行日记账未达账项与银行对账单核对与勾销
   C. 明细账与总账核对
   D. 明细账与记账凭证核对

2. 使用银行自动对账功能之前，应该进行_____。
   A. 录入银行对账单
   B. 录入企业银行存款日记账
   C. 进行自动对账
   D. 已达账项删除

3. 现金日记账和银行存款日记账一般每_____登记并打印输出，做到日清月结。
   A. 日　　　　　B. 旬　　　　　C. 月　　　　　D. 周

三、思考题

1. 日记账是一种什么账簿？
2. 现金日记账和银行日记账的区别是什么。
3. 资金日报表是一种什么样的报表？
4. 举例说明未达账项的种类。
5. 银行对账有哪几种对账方式？
6. 查询余额调节表的目的。

四、实务操作题

实训1：日记账查询

【实训准备】

建立核算账套。

【实训要求】

1. 查询现金日记账。

查询 2009 年 1 月的现金日记账。

2. 查询银行日记账。

查询 2009 年 1 月的银行日记账。

3. 查询资金日报表。

查询 2009 年 1 月 5 日的资金日报表。

实训 2：银行对账

【实训资料】

1. 银行对账期初数据。

单位日记账余额为 185000 元，银行对账单期初余额为 200000 元，有银行已收而企业未收的未达账（2008 年 12 月 20 日）15000 元。

2. 2009 年 1 月银行对账单如下表。

银行对账单

日　期	结算方式	票　号	借方金额	借方金额	余　额
2009.01.08	转账支票	1122		1000	199000
2009.01.22	转账支票	1234	6000		205000

【实训要求】

1. 录入银行对账期初数据。

2. 银行对账。

进行银行账自动勾对。

3. 查询余额调节表。

调用"余额调节表"检查银行对账是否正确。

4. 查询对账勾对情况。

查询单位日记账及银行对账单的对账结果。

5. 长期未达账审计。

查询截止 2009 年 2 月 1 日为止未达天数超过 3 天的银行未达账项。

实训 3：支票管理

【实训资料】

支票信息：

(1) 2009 年 1 月 15 日，供应部赵天明采购材料，票号 15874，估计金额 10000 元，登入支票登记簿。

(2) 2009 年 1 月 20 日，财务部梁立花交纳税金，票号 23651，估计金额 20000 元，登入支票登记簿。

【实训要求】

登记支票。

第6章 财务报表系统

📖 知识向导

本章主要介绍报表管理系统的基础知识和一般操作方法。其内容有报表管理系统功能、基本业务处理流程、UFO 报表基本概念及窗口、报表格式设计、报表公式编辑及报表数据处理。通过本章学习，要求熟练掌握 UFO 报表编制的基本操作步骤，理解报表公式的编辑并能灵活运用，熟练使用报表模板生成报表。

📖 学习目标

(1) 了解 UFO 报表基本概念。

(2) 了解 UFO 报表窗口的组成。

(3) 掌握报表格式设计方法。

(4) 掌握使用报表模板生成报表的方法。

(5) 掌握数据处理方法。

📖 实务操作重点

(1) UFO 报表格式的设置。

(2) UFO 报表的数据处理。

(3) UFO 报表模板的使用。

6.1 UFO 报表系统概述

UFO 报表是用友软件股份有限公司开发的电子表格软件。UFO 报表独立运行时，可以完成制作表格、数据运算、图形制作、打印等电子表格的所有功能。

UFO 报表与账务系统同时运行时，它是报表事务处理的工具，作为通用财经报表系统使用，适用于各行业的财务、会计、人事、计划、统计、税务、物资等部门。它的主要任务是设计报表的格式和编制公式，从总账系统或其他业务系统中取得有关的会计信息自动编制各种会计报表，对报表进行审计、汇总、生成各种分析图，并按预定格式输出各种会计报表。

本章将以"用友通标准版 10.3"的报表处理子系统为例，重点介绍如何使用 UFO 报表系统完成报表格式设计、报表公式编辑及报表数据处理。

6.1.1 UFO 报表的主要功能

UFO 报表是真正的三维立体表，并且提供了丰富的实用功能，完全实现了三维立体表的四维处理能力。

UFO 报表系统的主要功能如下。

1. 文件管理功能

UFO 报表系统提供创建新文件、打开已有的文件、保存文件、备份文件的文件管理功能。能够进行不同文件格式的转换，UFO 报表的文件可以转换为文本文件、Access 文件、XML 格式文件、EXCEL 文件等。并且提供了标准财务数据的"导入"和"导出"功能，可以和其他财务软件进行数据交换。

2. 格式管理功能

UFO 报表系统提供了丰富的格式设计功能，在格式状态下可以设计报表的格式，如设置组合单元、画表格线(包括斜线)、调整行高列宽、设置字体和颜色等；还可以定义报表中的公式：如单元公式(计算公式)、审核公式、舍位平衡公式；在数据状态下可以管理报表的数据，如输入数据、增加或删除表页、审核、舍位平衡、做图形、汇总、合并报表等。

3. 数据处理功能

UFO 报表以固定的格式管理大量不同的表页，能将多达 99999 张具有相同格式的报表资料统一在一个报表文件中进行管理，并且在每张表之间建立有机的联系。财务报表系统提供了排序、审核、舍位平衡、汇总、自动求和功能；提供了绝对单元公式和相对单元公式，可以方便、迅速地定义计算公式；提供了种类丰富的函数，可以从账务系统中提取数据，生成财务报表。

4. 图形功能

UFO 报表系统提供了很强的图形分析功能，可以很方便地进行图形数据组织，制作包括直方图、立体图、圆饼图等十种图式的分析图表，并且可以编辑图表的位置、大小、标题、字体、颜色等，并打印输出图表。

5. 丰富的打印功能

UFO 报表系统采用"所见即所得"的打印，即屏幕显示的内容和位置与打印效果一致，报表和图形都可以打印输出。报表打印功能包括：打印格式或数据、在 0.3 倍～3 倍之间缩放打印、根据用户需要进行强制分页，还可以横向或纵向打印等。

6. 强大的二次开发功能

UFO 报表系统提供批命令和自定义菜单，自动记录命令窗中输入的多个命令，可将有规律性的操作过程编制成批命令文件。还提供了 Windows 风格的自定义菜单，综合利用批命令，可以在短时间内开发出需要的专用系统。

7. 提供各行业报表模板(包括现金流量表)

UFO 报表系统提供 21 个行业的标准财务报表模板，可轻松生成复杂报表。提供自定义模板的新功能,可以根据实际需要定制模板。

8. 支持多窗口操作

UFO 报表系统采用友好的图形界面，支持多达 40 个窗口的同时显示和处理，并有拆分窗口功能，可以将报表拆分为多个窗格，便于同时显示报表的不同部分。

9. 易学易用

UFO 报表系统提供 21 个行业的标准财务报表模板和 11 种套用格式，并且支持自定义模板功能，可轻松生成复杂的报表。并且提供上下文帮助，在任何状态下，都可以得到与当前操作相关的帮助信息。

10. 优化功能

UFO 报表系统还进行了一些优化处理，如行高、列宽、页边距尺寸由"像素点"改为"毫米"；多个组合单元可以一次性删除；单元公式的长度扩充到 512 个字符；"打印设置"参数可以保存；在计算或执行批命令的过程中，按【Esc】键可以终止计算或批命令的执行等。

6.1.2 UFO 报表的操作界面

在学习 UFO 报表之前，先熟悉一下 UFO 报表的操作界面。UFO 报表系统有三个主要的窗口：系统窗口、报表窗口和图表窗口。

1. 系统窗口

1) 操作界面

启动用友通标准版 10.3，经过注册、设置操作员及其权限等步骤以后，将进入用友通主界面如图 6-1 所示。通过单击用友通主界面左侧子模块中的"财务报表"，启动 UFO 报表子系统。UFO 报表系统界面如图 6-2 所示。

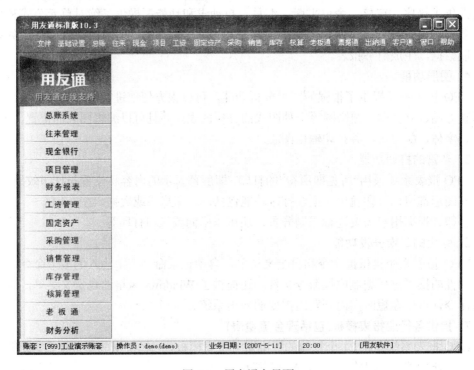

图 6-1　用友通主界面

2) 基本概念

在窗口区域中介绍了两种工作流程：

(1) 财务模板报表处理流程如下：

新建财务报表→选择行业模板→格式与数据切换→整表计算生成财务报表→保存财

200

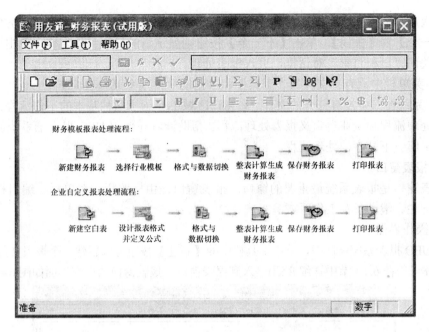

图 6-2　"UFO 报表系统"窗口

务报表→打印报表。

(2) 企业自定义报表处理流程如下:

新建空白报表→设计报表格式并定义公式→格式与数据切换→整表计算生成财务报表→保存财务报表→打印报表。

3) 注意事项

(1) 刚进入 UFO 报表系统,有时会弹出 "日积月累"窗口如图 6-3 所示,在其中可以看到财务报表的提示内容和使用技巧。在"日积月累"窗口的底部有一选项"在开始时显示日积月累",选中此选项则在启动财务报表时自动显示"日积月累";不选此选项

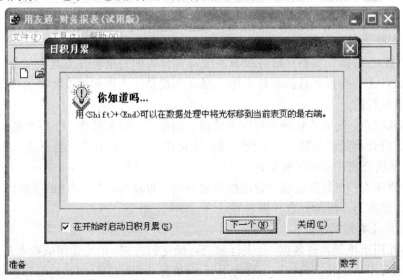

图 6-3　"日积月累"窗口

则在下次启动财务报表时不显示"日积月累"。在"日积月累"对话框的底部还有两个按钮【下一个】和【关闭】，单击【下一个】按钮则显示新的日积月累内容；单击【关闭】按钮则关闭"日积月累"对话框，进入报表处理。

(2) 菜单栏中只有"文件"、"工具"和"帮助"三项个菜单项。

(3) 系统窗口中没有打开的文件。在窗口区域中介绍了两种基本的工作流程：财务模板报表处理流程和企业自定义报表处理流程。帮助读者在使用 UFO 报表子系统创建报表前，先了解一下基本的处理流程。

2. 报表窗口

报表窗口是报表系统最重要的窗口。报表窗口是由标题栏、菜单栏、编辑栏、工具栏、状态栏、滚动条及工作区域等组成。

1) 操作界面

在 UFO 报表系统窗口中，单击工具栏中的【新建】按钮可以新建一个报表文件(新建报表的具体操作在 6.2.1 节中详细介绍)进入到报表窗口。报表窗口的操作界面如图 6-4 所示。

图 6-4　"报表窗口"操作界面

2) 基本概念

(1) "格式/数据"状态：财务报表系统将含有数据的报表分为两大部分来处理，即报表格式设计工作与报表数据处理工作。报表格式设计工作和报表数据处理工作是在不同的状态下进行的。

① 格式状态：在格式状态下可以设计报表的格式，如表尺寸、行高列宽、单元属性、单元风格、组合单元、关键字、可变区等；还可以定义报表中的三类公式：单元公式(计算公式)、审核公式、舍位平衡公式。

② 数据状态：在数据状态下管理报表的数据，如输入数据、增加或删除表页、审核、舍位平衡、做图形、汇总、合并报表等。

(2) 单元及单元属性：

① 单元用于填制各种数据，是表行和表列确定的方格。单元是组成报表的最小单位，每个单元都可用一个名字来标识，称为单元名(单元名用所在行和列的坐标表示，行号用数字 1～9999 表示，列标用字母 A～IU 表示)。例如，C8 表示第 3 列第 8 行的单元。具

有输入特性的单元称为当前单元。

② 单元有三种类型：数值型、字符型、表样型。

a. 数值单元：是报表的数据，在数据状态下输入。数值单元必须是数字，可直接输入，也可由单元中存放的公式运算生成。建立一个新表时，所有单元的单元类型均默认为数值型。

b. 字符单元：是报表的数据，在数据状态下输入。字符单元的内容可以是汉字、字母、数字及各种键盘可输入的符号组成的一串字符。字符单元的内容可以直接输入也可以由单元公式生成。一个单元中最多可以输入 63 个字符或 31 个汉字。

c. 表样单元：是报表的格式，是在格式状态下输入的所有文字、符号或数字。表样单元对所有表页都有效。表样单元在格式状态下输入和修改，在数据状态下只能显示而无法修改。

(3) 区域与组合单元：

① 区域是由一张表页上的一组单元组成，自起点单元至终点单元是一个完整的矩形块。在 UFO 报表中，区域是二维的，最大的区域是一个二维表的所有单元，最小的区域是一个单元。在描述一个区域时，将开始单元(左上角单元)与结束单元(右下角单元)的单元名用冒号连接起来。

② 组合单元由相邻的两个或更多的单元组成，这些单元必须是同一种单元类型(表样、数值、字符)，UFO 报表在处理报表时将组合单元视为一个单元。组合单元的名称可以用区域的名称或区域中的单元的名称来表示，例如，把 D3 到 D6 定义为一个组合单元，这个组合单元可以用 D3:D6 表示。

(4) 关键字：

关键字是游离于单元之外的特殊数据单元，可以唯一标识一个表页，用于在大量表页中快速选择表页。财务报表共提供了单位名称、单位编号、年、季、月、日六种关键字，关键字的显示位置在格式状态下设置，关键字的值则在数据状态下录入，每个报表可以定义多个关键字。

(5) 二维表和三维表：

确定某一数据位置的要素称为"维"。在一张有方格的纸上填写一个数，这个数的位置可通过行和列(二维)来描述。如果将一张有方格的纸称为表，那么这个表就是二维表，通过行(横轴)和列(纵轴)可以找到这个二维表中的任何位置的数据。如果将多个相同的二维表叠在一起，找到某一个数据的要素需增加一个，即表页号(Z 轴)。这一叠表称为一个三维表。如果将多个不同的三维表放在一起，要从这多个三维表中找到一个数据，又需增加一个要素，即表名。三维表中的表间操作即称为"四维运算"。

3) 注意事项

(1) 实现状态切换的是一个特别重要的按钮——【格式/数据】按钮，单击这个按钮可以在格式状态和数据状态之间切换。

(2) 在格式状态下时，看到的只是报表的格式，不能进行数据的录入、计算等操作，报表的数据全部都隐藏了；在格式状态下所做的操作对本报表所有的表页都发生作用。

(3) 在数据状态下时，看到的是报表的全部内容，包括格式和数据，但在数据状态下不能修改报表的格式。

(4) 一个单元中最多可以输入 63 个字符或 31 个汉字。

(5) 建一个新文件时默认只有一张表页，页标为"第 1 页"。页标为白色表示这张表页为当前表页，相应的页号显示在编辑栏中的名字框中。如果想要对某张表页进行操作，首先要选中它的页标，使它成为当前表页。

(6) 编辑栏右侧的显示框为名字框，用于显示当前选中区域。在格式状态下时，只显示选中区域的名字；在数据状态下时，显示选中区域的名字和表页号。 f_x 按钮用于定义单元公式； $\times$ 按钮表示放弃输入内容； $\checkmark$ 按钮表示确认输入内容。当前单元中已有的内容将自动显示在右侧的编辑框中。

(7) 当鼠标放置在拆分钮上时会变为 $\frac{\top}{\bot}$ 形状或 $\Vdash$ 形状，拖动鼠标可以将窗口拆分为多个子窗口。

3. 图表窗口

图表窗口的组成与报表窗口很类似。

1) 操作界面

在报表窗口中，单击"工具"菜单中的"图表窗口"命令进入到图表窗口。报表窗口的操作界面如图 6-5 所示。要关闭图表窗口则单击【图表】菜单下的【退出图表】命令。

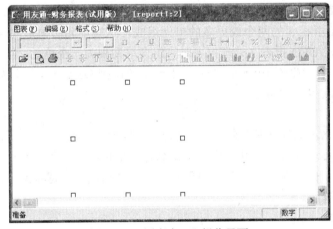

图 6-5 "图表窗口"操作界面

2) 基本概念

图表工作区用于显示报表数据生成的图表。

3) 注意事项

(1) 图表工作区每次只能显示一个图表，要显示其他的图表，可以利用【文件】菜单中的【打开】命令，或单击相应图标。

(2) 财务报表提供了直方图、圆饼图、折线图、面积图四大类共十种格式的图表。

(3) 图表是利用报表文件中的数据生成的，图表与报表存在着紧密的联系，当报表中的源数据发生变化时，图表也随之变化。一个报表文件可以生成多个图表，最多可以保留 12 个图表。

(4) 图表以图表窗口的形式存在。图表并不是独立的文件，它的存在依附于源数据所在的报表文件，只有打开报表文件后，才能打开有关的图表。报表文件被删除之后，由该报表文件中的数据生成的图表也同时被删除。

(5) 图表可以命名，可以选择图表名打开图表，可以修改图表，也可以保存或删除图表。与报表文件一样，图表可以打印输出。图表窗口的图表工作区用于显示图表，工具栏图标主要用于图表的相关操作。

6.1.3　UFO 报表制作流程

　　制作自定义 UFO 报表的操作流程，如图 6-6 所示。首先，启动用友通标准版 10.3，经过注册、设置操作员及其权限等步骤以后，启动财务报表。启动财务报表后，先新建一个空报表，其次进入格式状态，设计报表的格式、定义各类公式。设计好报表的格式之后，可以输入表样单元的内容，还可以利用财务报表提供的财务报表模板自动生成一个标准财务报表。然后当报表格式和报表中的各类公式定义好之后，就可以在数据状态下进行报表数据处理，数据处理结束后可以选取报表数据进行报表的图形处理，上述操作完成后可以打印报表。最后当所有操作进行完毕之后，不要忘了保存报表文件。保存后可以退出财务报表系统。

　　要完成一般的报表处理，一定要有启动系统新建报表、设计格式、数据处理、退出系统这些基本过程。实际应用时，具体的操作步骤应视情况而定。

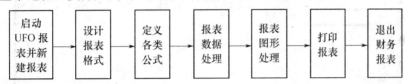

图 6-6　报表系统操作流程图

　　本章将重点学习自定义报表处理中的前四步：启动 UFO 报表并新建报表、设计报表格式、定义各类公式、报表数据处理。使用报表模板生成报表。

6.2　报表系统初始设置

　　财务报表系统将含有数据的报表分为两大部分来处理，即报表格式设计工作与报表数据处理工作。报表格式设计工作和报表数据处理工作是在不同的状态下进行的。通过【格式/数据】按钮，可以在格式状态和数据状态之间切换。在格式状态下可以设计报表的格式，如表尺寸、行高列宽、单元属性、单元风格、组合单元、关键字等；还可以定义报表中的三类公式：单元公式(计算公式)、审核公式、舍位平衡公式。

　　本节将以创建"资产负债表(演示)"(图 6-7)为例讲解如何制作自定义报表。

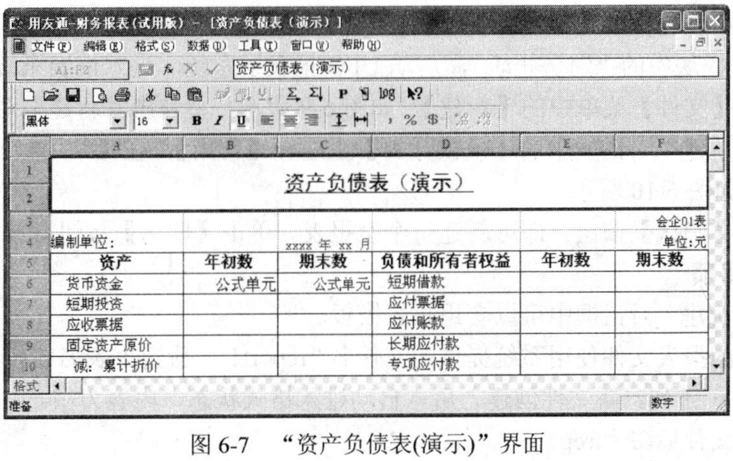

图 6-7　"资产负债表(演示)"界面

6.2.1 新建 UFO 报表

报表文件是在日常操作中要熟练使用的，一个报表文件就是一个电子报表，例如资产负债表、损益表、利润表等，它包括一页或多页格式相同，但具有不同数据的表页。制作报表的首要步骤就是新建一个空报表。

1. 操作界面

新建的报表窗口如图 6-8 所示。

图 6-8　新建报表窗口

2. 操作方法

方法一：使用工具按钮或快捷键。

操作步骤如下：

(1) 启动用友通标准版 10.3，经过注册、设置操作员及其权限等步骤后，单击用友通主界面左侧子模块中的"财务报表"，启动 UFO 报表子系统，进入报表系统窗口。

(2) 单击工具栏中的【新建】按钮，或按快捷键【Ctrl+N】，即可新建一个空报表。

方法二：使用菜单命令。

操作步骤如下：

(1) 启动用友通标准版 10.3，经过注册、设置操作员及其权限等步骤后，单击用友通主界面左侧子模块中的"财务报表"，启动 UFO 报表子系统，进入报表系统窗口。

(2) 单击【文件】菜单中的【新建】，如图 6-9 所示，将弹出"新建"对话框。

(3) 在"新建"对话框中的【模板分类】上选择【常用】；在【常用模板】中，选择【空报表】，如图 6-10 所示。

(4) 单击【确认】按钮。即可新建一个空报表。单击【取消】按钮，放弃新建任务。

3. 注意事项

(1) 在"新建"对话框中可以套用报表模板。

(2) 创建的报表文件使用系统提供的文件名"report1"。新建报表名将按照"report2"、"report3"……排列。新文件创建之后，自动进入格式状态，内容为空。

(3) 报表文件后缀为.rep。

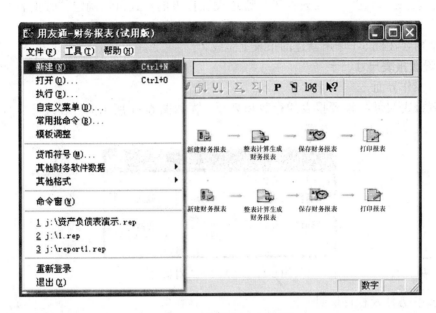

图 6-9　"新建报表"对话框

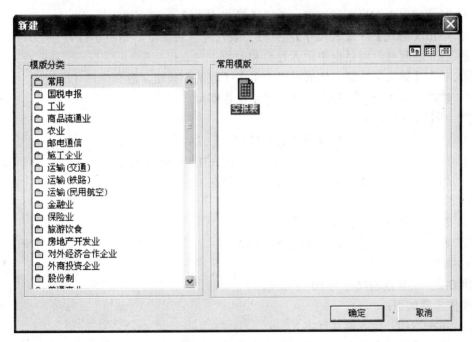

图 6-10　选择报表模板

4. 案例

例 6-1　新建一个报表文件。按上述方法操作。

6.2.2　设计报表格式

报表格式的设置的主要内容有：设置报表尺寸、调整行高列宽、画表格线、标题、表日期、表头、表尾、单元属性等。通过设置报表的格式可以确定整张报表的大小和外观。

本节内容在例 6-1 中所新建的报表上完成。

1. 设置报表尺寸

1) 操作界面

设置报表尺寸指设置报表的行数和列数。在如图 6-11 所示的"表尺寸"对话框中设置。

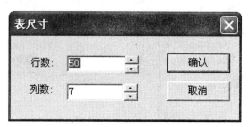

图 6-11 "表尺寸"对话框

2) 操作方法及栏目说明

(1) 操作方法如下：

① 在新建报表的报表窗口中，单击【格式/数据】按钮，进入格式状态。

② 单击【格式】→【表尺寸】，打开"表尺寸"对话框，如图 6-11 所示。

③ 在"表尺寸"对话框中输入行数和列数。

④ 单击【确认】按钮，完成设置。单击【取消】按钮，放弃表尺寸设置。

⑤ 修改标尺寸时，重复①、②、③步操作即可。

(2) 栏目说明如下：

① "表尺寸"命令：设置当前表的尺寸。

② 行数：输入行数。输入报表的行数必须在 1～9999 之间。

③ 列数：输入列数。输入报表的列数必须在 1～255 之间。

3) 注意事项

① 表尺寸缺省时为 50 行*7 列。

② 表尺寸最大不能超过 9999 行*255 列。

4) 案例

例 6-2 设置报表尺寸为 10 行 6 列。

操作步骤如下：

(1) 单击按钮，进入格式状态。

(2) 单击【格式】菜单中的【表尺寸】命令，如图 6-12 所示。

(3) 打开"表尺寸"对话框，输入行数 10 和列数 6，如图 6-13 所示。

(4) 单击【确认】按钮。设置效果如图 6-14 所示。

2. 调整行高列宽

1) 操作界面

在 UFO 报表中调整行高和列宽的操作类似，下面以调整行高来说明。调整行高在如图 6-15 所示的"行高"对话框上设置。

208

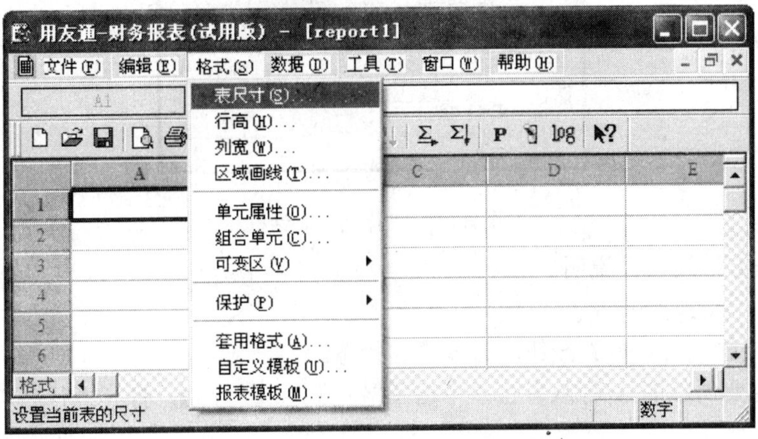

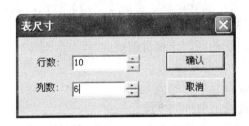

图 6-12 选择"表尺寸"对话框

图 6-13 设置表尺寸

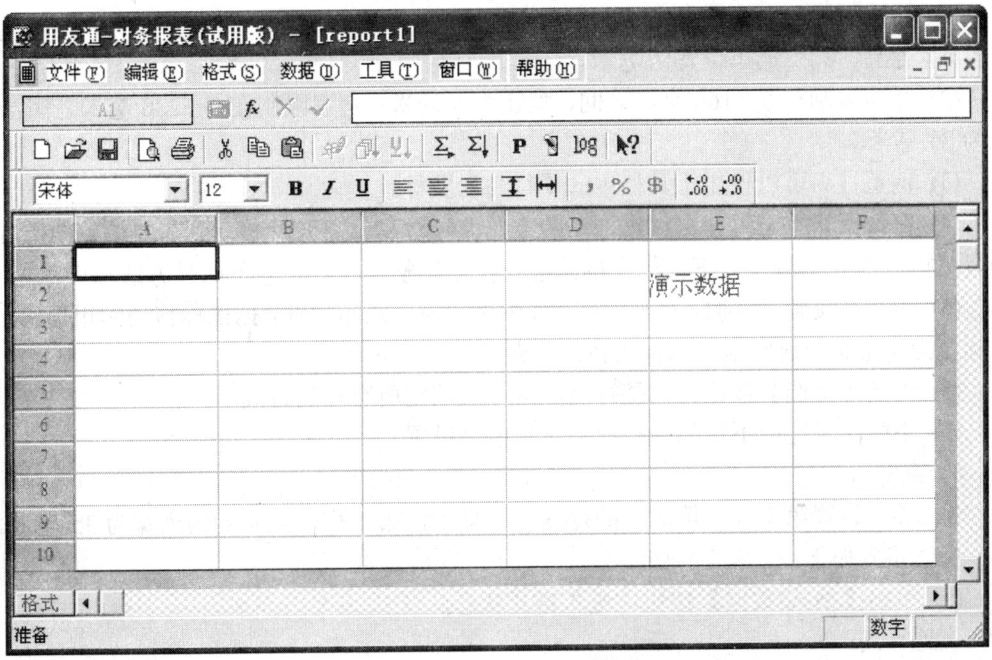

图 6-14 表尺寸设置效果图

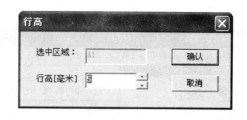

图 6-15 "行高"对话框

2) 操作方法及栏目说明

(1) 操作方法如下：

① 单击【格式/数据】按钮，进入格式状态。

② 选定要调整的 1 行或多行，单击【格式】→【行高】，打开"行高"对话框，如图 6-15 所示。

③ 在"行高"对话框中输入行高值。

④ 单击【确认】按钮，完成设置。单击【取消】按钮，放弃行高设置。

⑤ 修改行高时，重复①、②、③步操作即可。

列宽与行高的设置方法相同，详细讲解略。

(2) 栏目说明如下：

① "行高"命令：设置当前行的高度。

② "列宽"命令：设置当前列的宽度。

③ "选中区域"显示框：以选定的区域，此时不可修改。

④ 行高[毫米]：输入行高值。

3) 注意事项

(1) 行高、列宽的单位均为毫米。

(2) 行高限制在 0～160 毫米之间，默认为 5 毫米；列宽限制在 0～220 毫米之间，默认为 25 毫米。

(3) 调整行高可以使用工具栏中的【行高】图标。

(4) 在数据状态下可使用鼠标拖动的方法调整行高，将光标移动到需要调整的位置，当鼠标指针变为 ╪ 时，按下鼠标左键，进行拉伸调整。格式状态下两种方法都可用。

(5) 当行高调整为 0 时，行被隐蔽，行标显示为一条粗黑线，把鼠标移动到粗黑线上，鼠标变为 ╪ 形状，这时拖动鼠标可拉出隐藏行。

(6) 单击【全选】按钮再调整行高，可一次调整所有行的行高。

(7) 不能同时选中不相邻的行或列，需单个设置。

4) 案例

例 6-3 设置第 1 行、第 2 行的行高为 7 毫米，第 1 列、第 4 列的列宽为 35 毫米。操作步骤如下：

(1) 单击【格式/数据】按钮，进入格式状态。

设置行高：

(2) 同时选定第 1 行、第 2 行。

(3) 单击【格式】菜单中的【行高】命令，如图 6-16 所示。

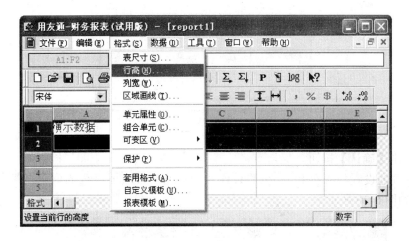

图 6-16 选择"行高"对话框

(4) 在"行高"对话框中输入行高值为 7 毫米,如图 6-17 所示。单击【确认】按钮。

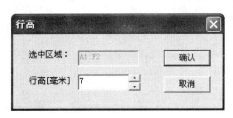

图 6-17 设置行高

设置列宽:

(5) 选定 A 列。

(6) 单击【格式】菜单中的【列宽】命令,如图 6-18 所示。

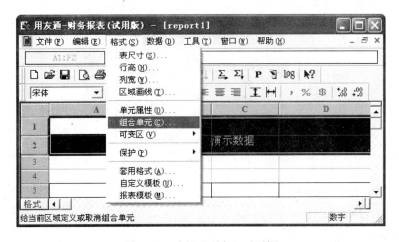

图 6-18 选择"列宽"对话框

(7) 在"列宽"对话框中输入列宽值为 35 毫米，如图 6-19 所示。

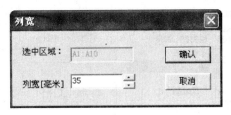

图 6-19　设置列宽

(8) 单击【确认】按钮。

(9) D 列的设置与 A 列相同。按照设置 A 列列宽的方法将 D 列的列宽设置为 35 毫米。设置效果如图 6-20 所示。

图 6-20　行高列宽设置效果图

3. 画表格线

1) 操作界面

单元和区域的周边格线由各种线型绘制，在 UFO 报表中可以为选定的单元或区域绘制表格线。在如图 6-21 所示的"区域画线"对话框上设置。

图 6-21　"区域画线"对话框

2) 操作方法及栏目说明

(1) 操作方法如下：

画表格线：

① 单击【格式/数据】按钮，进入格式状态。

212

② 选取要画线的区域。

③ 单击【格式】→【区域画线】，打开"区域画线"对话框，如图 6-21 所示。

④ 在"区域画线"对话框中选择画线类型及样式。

⑤ 单击【确认】按钮，完成设置。单击【取消】按钮，放弃区域画线设置。

取消表格线：

如果想删除区域中的表格线，则重复①、②、③、④步，在对话框中选相应的画线类型样式为"空线"即可。

(2) 栏目说明如下：

①"区域画线"命令：给当前的区域画线。

② 画线类型：有网线、框线、横线、竖线、正斜线、反斜线六种。

③ 表线样式：有空线、细实线、虚线、粗实线共八种。

④ 默认线型为空，即不绘制格线。

3) 注意事项

画好的表格线在格式状态下变化并不明显，操作完后可在数据状态下查看效果。

4) 案例

例 6-4 为 A5：F10 区域画网格线。

操作步骤如下：

(1) 在报表窗口中，单击【格式/数据】按钮，进入格式状态。

(2) 选取要画线的区域 A5：F10。

(3) 单击【格式】→【区域画线】，将弹出"区域画线"对话框,如图 6-22 所示。

在【画线类型】中选择："网线"。单击【样式】右侧的下拉按钮，选择实线，如图 6-23 所示。

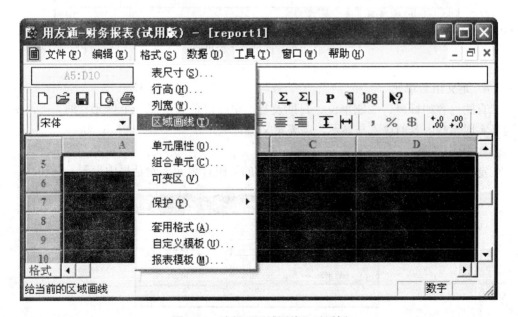

图 6-22　选择"区域画线"对话框

图 6-23　设置区域画线

(4) 单击【确认】按钮，即可为选定的区域画上网格线。

(5) 单击【格式/数据】按钮，进入数据状态察看效果图，如图 6-24 所示。

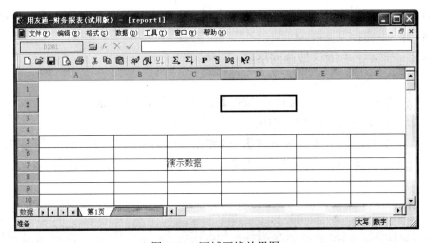

图 6-24　区域画线效果图

4.定义组合单元

有些内容如标题、编制单位、日期及货币单位等信息可能一个单元容纳不下，所以为了实现这些内容的输入与显示，需要定义组合单元。

1) 操作界面

定义组合单元的操作，在如图 6-25 所示的"组合单元"对话框中设置。

图 6-25　"组合单元"对话框

2) 操作方法及栏目说明

(1) 操作方法如下:

① 单击【格式/数据】按钮,进入格式状态。

设置组合单元:

② 选取要组合的单元。

③ 单击【格式】→【组合单元】,打开"组合单元"对话框,如图 6-25 所示。

④ 单击【设置组合】按钮设置组合单元。单击【放弃】按钮,放弃本次操作。

取消组合单元:

⑤ 选取要取消组合的组合单元。

⑥ 单击【格式】→【组合单元】,打开"组合单元"对话框,如图 6-25 所示。

⑦ 单击【取消组合】按钮取消组合单元。单击【放弃】按钮,放弃本次操作。

(2) 栏目说明如下:

①【选中组合区域】显示框:显示选中组合区域名称。

②【整体组合】按钮:把选中区域整体设置为组合单元。

③【按行组合】按钮:把选中的若干行设置为组合单元。

④【按列组合】按钮:把选中的若干列设置为组合单元。

⑤【取消组合】按钮:单击此按钮把选中组合单元恢复为区域。

3) 注意事项

(1) 定义组合单元后,组合单元的单元类型和内容以区域左上角单元为准。

(2) 取消组合单元后,区域恢复原有单元类型和内容。

(3) 有单元公式的单元不能包含在定义组合单元的区域中。

4) 案例

例 6-5 将 A1:F2 区域设置为组合单元。

操作步骤如下:

(1) 选取要设置为组合单元的区域 A1:F2。

(2) 单击【格式】→【组合单元】,如图 6-26 所示。

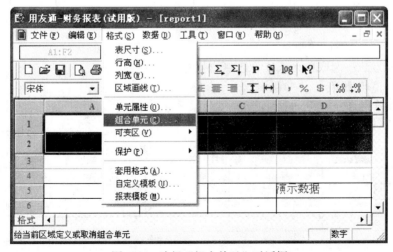

图 6-26 选择"组合单元"对话框

(3) 在弹出的"组合单元"对话框中单击【整体组合】按钮，如图 6-27 所示。

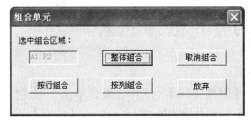

图 6-27　设置组合单元

(4) 该单元区域即合并为一个单元。效果如图 6-28 所示。

图 6-28　设置组合单元效果图

5. 输入报表项目

1) 操作界面

报表项目指报表的文字内容，主要包括表头内容、表体项目和表尾项目等。在报表窗口中完成。

2) 操作方法及栏目说明

(1) 操作方法：选取单元或单元区域直接输入。

(2) 栏目说明如下：

一张通用报表的结构，如图 6-29 所示。

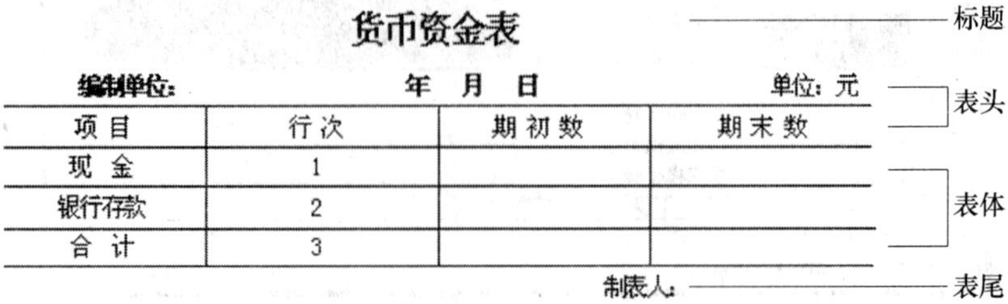

图 6-29　通用报表的结构

① 标题：用来描述报表的名称。报表的标题可能不止一行，有时会有副标题、修饰线等。打印时标题通常放大字体并加重打印。

② 表头：包括标题以及报表的编制日期、编制单位、使用的货币单位等。

③ 表体：表体是报表的主体。表体由若干单元组成，每一个单元都可以用它所在的列坐标和行坐标表示。

④ 表尾：表格线以下进行辅助说明的部分。

⑤ 表头、表体和表尾是组成报表的基本要素，不同报表的区别实际上是报表中各要素的内容不同。报表处理子系统的基本工作原理就是软件提供给用户设置表头、表体和表尾的功能，用户只要运行这些功能，就能得到满足需要的报表。

3）注意事项

(1) 在输入报表项目时，编制单位、日期一般不需要输入，UFO 系统将其单独设置为关键字。

(2) 一个单元最多能输入 63 个字符或 31 个汉字。

4）案例

例 6-6 依照图 6-30 输入报表项目。

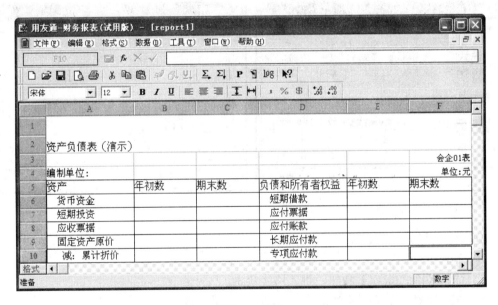

图 6-30　样文

操作步骤如下：

(1) 将光标移动到 A1 单元，输入"资产负债表(演示)"。

(2) 将光标移动到 A4 单元，输入"编制单位："。

(3) 将光标移动到 A5 单元，输入"资产"。

(4) 重复以上操作，输入所有表样文字。效果如图 6-30 所示。

6. 设置单元属性

报表新建时，所有的单元类型都采用系统默认的，并不一定符合自己的要求，因此需要对其进行重新设置，如单元类型、数据格式、对齐方式、字型、字体、字号、颜色

217

及边框样式等设置，以满足自己的需要。

1）操作界面

设置单元属性即是对单元类型、字体图案、对齐方式及边框样式设置。设置单元属性操作界面如图6-31、图6-32、图6-33、图6-34所示。

图6-31　"单元格属性——单元类型"选项卡　　图6-32　"单元格属性——字体图案"选项卡

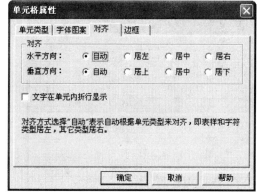

图6-33　"单元格属性——对齐"选项卡　　图6-34　"单元格属性——边框"选项卡

2）操作方法及栏目说明

(1) 操作方法如下：

① 单击【格式/数据】按钮，进入格式状态。

② 选取设置单元属性的单元。

③ 单击【格式】→【单元属性】，打开"单元格属性"对话框，如图6-31、图6-32、图6-33、图6-34所示。

④ 在"单元格属性"对话框中四张选项卡上选择相应的选项。

⑤ 单击【确定】按钮，完成设置操作。单击【取消】按钮，取消设置操作。单击【帮助】按钮，进入帮助。

⑥ 要改变单元属性时，重复①、②、③、④步即可。

(2) 栏目说明如下：

① 单元类型选项卡。

单元有三种类型：数值型、字符型、表样型。

a. "单元类型"组：有数值、字符、表样三个单选钮，可在其中选一。

b. "数字格式"组：

逗号"，"：(数值型数据每三位用逗号分隔)默认为无逗号分隔。

百分号"%"：默认为空。

货币符号：选中此项则显示设置的常用货币符号，默认为空。

小数位数：指定数值型数据的小数点位数。默认为没有小数位(整数)。

② 字体图案选项卡。

a. 字体：字体 16 种、字型 8 种、字号 9 至 120 号。

b. 颜色图案：前景色单元内容的颜色，有 16 种，默认为黑色；背景色单元填充的颜色，有 16 种，默认为白色；图案单元的背景图案，共四种，默认为空。

③ 对齐选项卡。

a. 对齐：

水平：设置水平的对齐方式。

垂直对齐：设置垂直的对齐方式。

选择自动：根据单元类型来对齐。表样和字符类型居左，其他类型居右。

b. 文字在单元内折行显示 ：单元的内容自动随着单元的宽度分几行显示。

④ 边框选项卡。

边框线指单元的四条边线。

3) 注意事项

(1) 字体的默认设置为宋体、普通、12 号字。设置字体可以使用工具栏上的按钮。

(2) 边框线样式有空线、细实线、虚线、粗实线等八种，线型为空时单元没有边框线。

4) 案例

例 6-7　将标题"资产负债表(演示)"设置字体为黑体，字号为 16，有下划线，并且水平方向和垂直方向居中。表头内容："资产"、"年初数"、"期末数"、"负债和所有者权益"、"年初数"和"期末数"字体加粗，居中对齐。

操作步骤如下：

设置标题：

(1) 选取 A1 单元。

(2) 单击【格式】→【单元属性】，如图 6-35 所示，弹出"单元格属性"对话框。

(3) 打开"单元格属性"对话框中的【字体图案】标签，选择【字体】下拉列表中的"黑体"选项，选择"字号"下拉列表中的 16 选项，如图 6-36 所示。

(4) 在"单元格属性"对话框中，单击【对齐】标签，打开"对齐"选项卡。

(5) 选择"水平方向"的【居中】及"垂直方向"的【居中】单选按钮，如图 6-37 所示。

(6) 单击【确定】按钮。标题设置完成。

设置表头：

(7) 选中"资产"、"年初数"、"期末数"、"负债和所有者权益"、"年初数"和"期末数"，单击工具栏上的【加粗】以及【居中对齐】按钮。完成设置。

(8) 设置完成后的效果图，如图 6-38 所示。

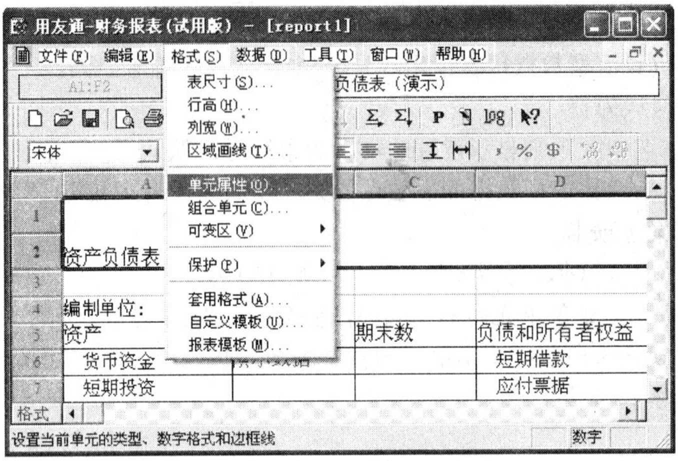

图 6-35　选择"单元格属性"对话框

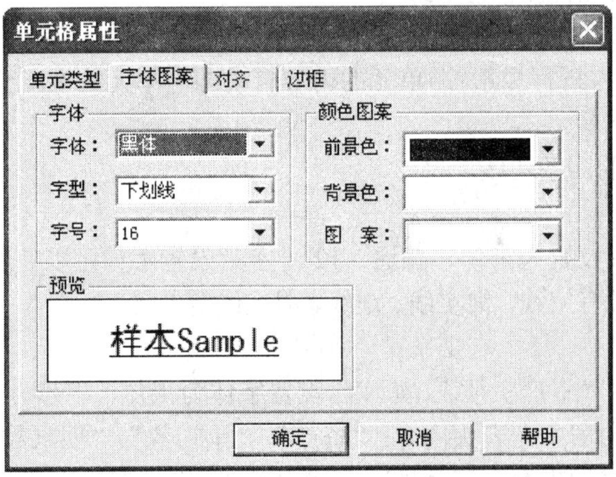

图 6-36　设置字体图案

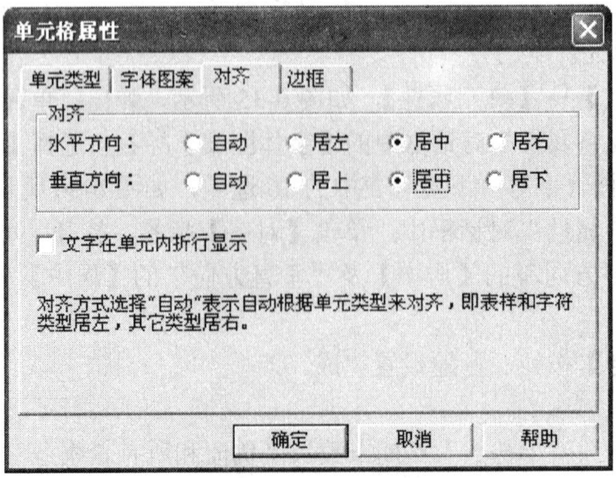

图 6-37　设置对齐方式

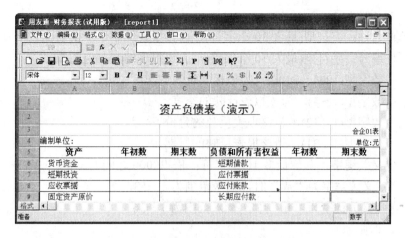

图 6-38　设置单元格属性效果图

6.2.3　设置关键字

财务报表共提供了单位名称、单位编号、年、季、月和日六个关键字和一个自定义关键字。关键字的显示位置在格式状态下设置，关键字的值在数据状态下录入，每个报表可以定义多个关键字。通过设置关键字可以在每次生成报表数据时以录入关键字的形式录入单位名称等。

1. 设置关键字

1) 操作界面

设置关键字的操作界面如图 6-39 所示。

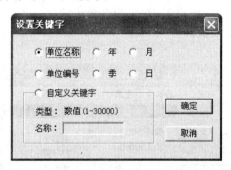

图 6-39　"设置关键字"对话框

2) 操作方法及栏目说明

(1) 操作方法如下：

① 单击【格式/数据】按钮，进入格式状态。

② 选取要设置关键字的单元。

③ 单击【数据】→【关键字】→【设置】，打开"设置关键字"对话框，显示如图 6-39 所示。

④ 选择关键字。自定义关键字需输入"名称"。

⑤ 单击【确定】按钮，完成设置。单击【取消】按钮，放弃设置。

(2) 栏目说明如下：

① 单位名称：字符型(最大 30 个字符)，为该报表编制单位的名称。

② 单位编号：字符型(最大 10 个字符)，为该报表编制单位的编号。

③ 年：数字型(1904～2100)，为该报表反映的年度。

④ 季：数字型(1～4)，为该报表反映的季度。

⑤ 月：数字型(1～12)，为该报表反映的月份。

⑥ 日：数字型(1～31)，为该报表反映的日期。

⑦ 自定义关键字：名称最多 10 个字符；1～30000 之间的整数。

a. 当自定义关键字为"周"时，输入范围为 1～53。

b. 当自定义关键字为"旬"时，输入范围为 1～36。

3) 注意事项

(1) 关键字在格式状态下定义，关键字的值则在数据状态下输入。

(2) 每个关键字只能定义一次，第二次再定义时，系统自动取消第一次的定义。

(3) 如果报表的编制单位是固定的，则可以在格式状态下直接录入编制单位的有关内容，不用设置关键字。

(4) 可以在同一个单元格下设置多个关键字。

4) 案例

例 6-8 在 C4 单元中设置"年"、"月"两个关键字。

操作步骤如下：

(1) 单击【格式/数据】按钮，进入格式状态。

(2) 选取 C4 单元。

(3) 单击【数据】→【关键字】，在下拉菜单中选择"设置"命令，如图 6-40 所示，将弹出"设置关键字"对话框。

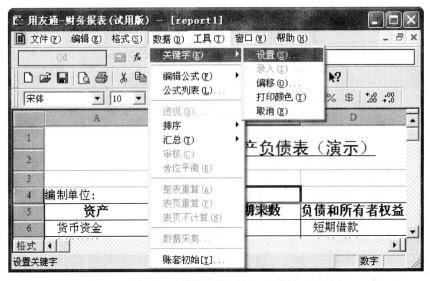

图 6-40 选择"关键字"对话框

(4) 在"设置关键字"对话框中的关键字名称中选择"年",如图 6-41 所示。

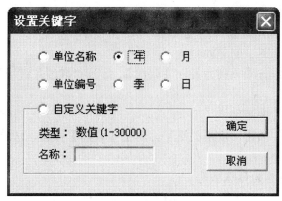

图 6-41　"设置关键字"对话框

(5) 单击【确认】按钮。

(6) 重复以上操作完成关键字"月"的设置。设置完成的效果如图 6-42 所示。

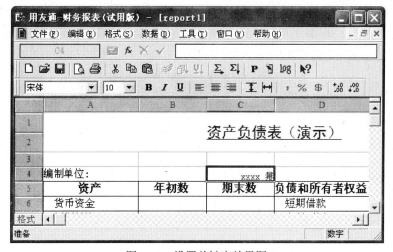

图 6-42　设置关键字效果图

2. 取消关键字

1) 操作界面

取消关键字的操作界面如图 6-43 所示。

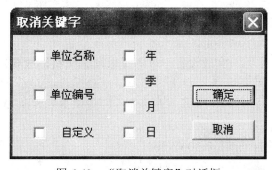

图 6-43　"取消关键字"对话框

2) 操作方法及栏目说明

(1) 操作方法如下：

① 单击【格式/数据】按钮，进入格式状态。

② 选取要取消关键字的单元。

③ 单击【数据】→【关键字】→【取消】，打开"取消关键字"对话框，如图 6-43 所示。

④ 选择要取消的关键字。

⑤ 单击【确定】按钮，取消关键字。单击【取消】按钮，放弃本次操作。

(2) 栏目说明如下：

已定义的关键字将为可选状态。

3) 注意事项

若设置了多个关键字，可以在"取消关键字"对话框上选择多个要取消的关键字。

3. 定义关键字偏移

1) 操作界面

一个单元中可以定义多个关键字，关键字将层叠显示，如图 6-42 中的关键字"年"与"月"由于层叠，而看不清楚。设置偏移量后，可以改变关键字在单元中的位置。定义关键字偏移的偏移操作界面如图 6-44 所示。

图 6-44 "定义关键字偏移"对话框

2) 操作方法及栏目说明

(1) 操作方法如下：

① 单击【格式/数据】按钮，进入格式状态。

② 选取定义关键字偏移的单元。单击【数据】→【关键字】→【偏移】，打开"定义关键字偏移"对话框，如图 6-44 所示。

③ 输入适当的关键字偏移量。

④ 单击【确认】按钮，完成设置。单击【取消】按钮，放弃设置。

(2) 栏目说明如下：

偏移量在各关键字后方的编辑框中直接输入，或单击其右侧的上下调整按钮输入。

3) 注意事项

(1) 关键字偏移量的范围是[-300，300]。

(2) 负数表示向左偏移，正数表示向右偏移。

4) 案例

例 6-9　完成例 6-8 的操作，调整 C4 单元中关键字"年"的偏移量为-30。

操作步骤如下：

(1) 选取 C4 单元。单击【数据】→【关键字】→【偏移】命令，如图 6-45 所示，将弹出"定义关键字偏移"对话框。

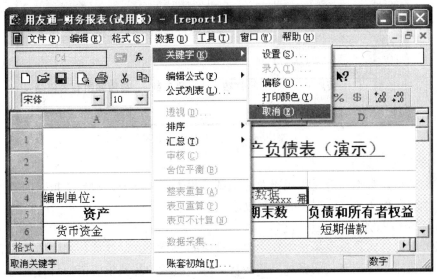

图 6-45　选择"定义关键字偏移"对话框

(2) 在"定义关键字偏移"对话框中输入关键字"年"的偏移量-30，如图 6-46 所示。

图 6-46　设置关键字的偏移

(3) 单击【确认】按钮。最终效果如图 6-47 所示。

6.2.4　报表公式定义

在 UFO 报表中，由于各种报表之间数据的操作有着密切的逻辑关系，所以报表中各种数据的采集、运算就用到了不同的公式，主要有单元公式、审核公式和舍位平衡公式。

单元公式是指为报表数据单元进行赋值的公式，单元公式的作用是从账簿、凭证、本表或其他报表等处调用，运算所需要的数据，并填入相应的报表单元中，它既可以将数据单元赋值为数值，也可以赋值为字符。

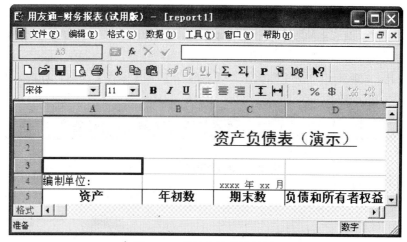

图 6-47 关键字偏移效果图

1. 单元公式简介

常用的报表数据一般是来源于总账系统或报表系统本身，取自于报表的数据又可以分为从本表取数和从其他报表的表页取数。

1) 账务取数公式

账务取数公式是报表系统中使用最为频繁的一类公式，此类公式中的函数表达式较为复杂，公式中往往要使用多种取数函数，每个函数中还要说明诸如科目编码、会计期间、发生额或余额、方向账套号等参数。自总账取数的公式又可以称之为账务函数。

主要账务取数公式如表 6-1 所列。

表 6-1 账务取数公式

	期初余额	期末余额	发 生 额	发生净额	计 划 数
金额式	QC	QM	FS	JE	JH
数量式	SQC	SQM	SFS	SJE	SJH
外币式	WQC	WQM	WFS	WJE	WJH

账务函数的基本格式如下：

函数名(<科目编码>，<会计期间>，[<方向>]，[<账套号>]，[<会计年度>]，[<编码 1>]，[<编码 2>]。

2) 表页内部统计公式

表页内部统计公式用于在本表页内指定区域内做出诸如求和、求平均值、计数、求最大值、求最小值、求统计方差等统计结果的运算。主要实现表页中相关数据的计算，统计功能。应用时，要按所求的统计量选择公式的函数名和统计区域。自本表本页取数的主要函数：数据合计 PTOTAL( )、平均值 PAVG( )、计数 PCOUNT( )、最大值 PCOUNT( )、最小值 PMIN( )、方差 PVAR( )、偏方差 PSTD( )。

3) 本表它页取数公式

报表可由多个表页组成，并且表页之间具有极其密切的联系。如一个表页可能代表同一单位，但可能是不同会计期间的同一报表。因此，一个表页中的数据可能取自上一会计期间表页的数据。本表它页取数公式可完成此类操作。

226

例如，A3=C4@1，表示当前页 A3 单元取当前表第一页 C4 单元的值。

4) 报表之间取数公式

报表之间取数公式即它表取数公式，用于从另一个报表某期间某页中某个或某引起单元中采集数据，在进行报表与报表之间的取数时，不仅要考虑数据取自哪一张表的哪一单元，还要考虑数据来源于哪一页。编辑表间计算公式与同一报表内各表页间的计算公式类似。主要区别在于把本表表名换为它表表名。

2. 账务取数公式的定义

在定义账务取数公式时，可以直接输入单元公式，也可以利用函数向导输入公式。

直接输入公式：

1) 操作界面

输入公式的操作界面如图 6-48 所示。

图 6-48   "定义公式"对话框

2) 操作方法及栏目说明

(1) 操作方法如下：

① 单击【格式/数据】按钮，进入格式状态。

② 选取要输入公式的单元。

③ 单击【数据】→【编辑公式】→【单元公式】，将弹出"定义公式"对话框，显示如图 6-48 所示。

④ 在对话框右侧的编辑栏中输入公式。

⑤ 单击【确认】按钮，完成公式定义。单击【取消】按钮，放弃操作。

(2) 栏目说明如下：

① 对话框左侧的显示框显示选中区域名称。

② 对话框右侧的编辑框用于输入单元公式，可以直接在其中输入单元公式。

③ 函数向导：选择需要的函数。

④ 筛选条件：用于输入单元公式的页面及可变区的筛选条件。

⑤ 关联条件：用于输入单元公式的页面关联条件。

3) 注意事项

(1) 在单元公式中，不能使用!、#、!!、##、!!##符号，必须用具体单元名称或区域名称来描述。

(2) 公式中凡涉及到的数学符号均必须输入英文半角字符。

(3) 单元公式中的标点符号，如括号( )、引号" "、逗号,、冒号:等，使用半角符号(西文)。

(4) 单元公式中的单元地址不允许循环引用，即本单元的公式中不能直接引用或间接引用本单元中的数据。

(5) 在编辑框中输入的单元公式，如果符合语法，将把此单元公式写入对应单元。如果单元公式不符合语法规则，则不能定义到单元中。

(6) 总账函数中的三个常用函数：期初额函数、期末额函数以及发生额函数。

期初额函数：**QC**(金额式)、**sQC**(数量式)、**wQc**(外币式)。函数格式为：函数名(<科目编码〉，<会计期间>，[<方向>]，[<账套号>]，[<会计年度>]，[<编码1>]，[<编码2>]，[截止日期] ，[<是否包含未记账>]，[<编码1汇总>]，[<编码2汇总>])，其返回值为数值型。

期末额函数：**QM**(金额式)、**sQM**(数量式)、**wQM**(外币式)。函数格式为函数名(<科目编码>，<会计期间>，[<方向>]，[<账套号>]，[<会计年度>]，[<编码1>]，[<编码2>]，[截止日期]，[<是否包含未记账>]，[<编码1汇总>]，[<编码2汇总>])，其返回值为数值型。

发生额函数：**FS**(金额式)、**sFS**(金额式)、**wFS**(外币式)。函数格式为函数名(<科目编码>，<会计期间>，<方向>，[<账套号>]，[<会计年度>]，[<编码1>]，[<编码2>] ，[<是否包含未记账>]，[<自定义项1>]，[<自定义项2>]，[<自定义项3>]，[<自定义项4>]，[<自定义项5>]，[<自定义项6>]，[<自定义项7>]，[<自定义项8>]，[<自定义项9>]，[<自定义项10>]，[<自定义项11>]，[<自定义项12>]，[<自定义项13>]，[<自定义项14>]，[<自定义项15>]，[<自定义项16>])，其返回值为数值型。

4) 案例

例6-10 设置报表计算公式。

C6=QM("1001"，月,,,,,,,,,)+QM("1002"，月,,,,,,,,,)。

操作步骤如下：

(1) 单击【格式/数据】按钮，进入格式状态。

(2) 选取C6单元(C6单元为"货币资金"的期末值)。

(3) 单击【数据】菜单中的【编辑公式】命令，在其下拉菜单中选择【单元公式】，如图6-49所示。打开"定义公式"对话框。

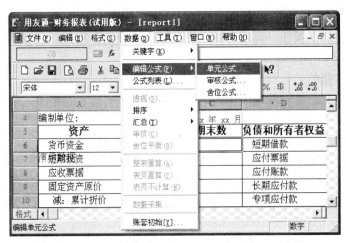

图6-49 定义单元公式

(4) 在定义公式对话框内直接输入期末函数公式：QM("1001"，月,,,,,,,,,)+QM("1002"，月,,,,,,,,,)，如图6-50所示。(注意：公式中凡涉及到的数学符号均必须输入英文半角字符，引号、逗号也在英文半角状态下输入。)

228

图 6-50 直接输入公式

(5) 单击【确认】按钮。显示效果如图 6-51 所示。

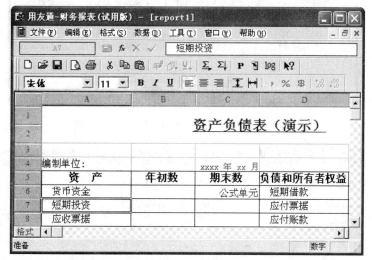

图 6-51 直接输入公式的效果图

3. 利用函数向导输入公式

在编辑单元公式时，可以使用【函数向导】按钮，在"函数向导"对话框的指导下一步一步完成函数的设置，并随时可以用【F1】键调出相关帮助。

1) 操作界面

函数向导界面如图 6-52、图 6-53、图 6-64 所示。

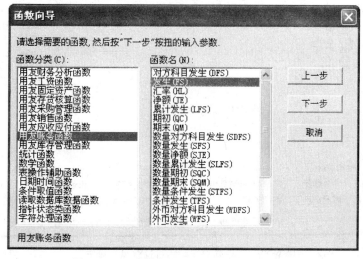

图 6-52 "函数向导——选择函数"对话框

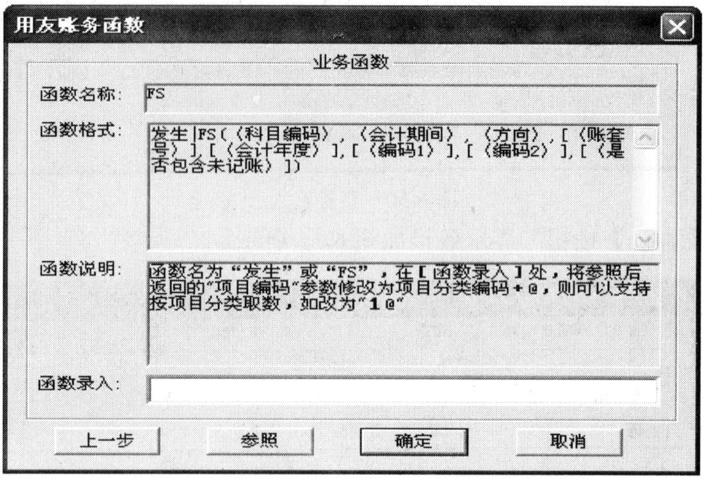

图 6-53 "函数向导——函数介绍"对话框

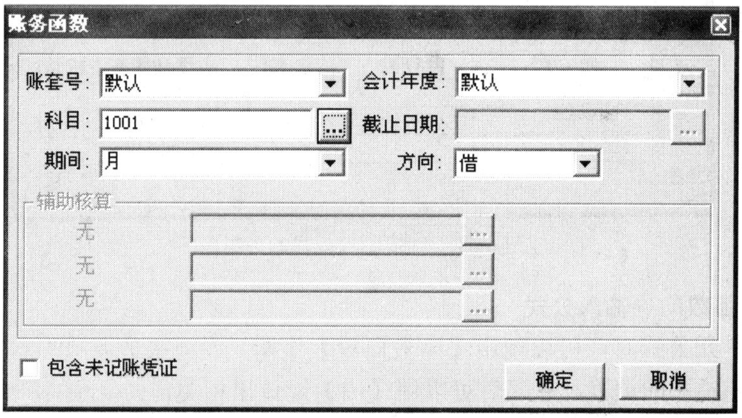

图 6-54 "函数向导——参数录入"对话框

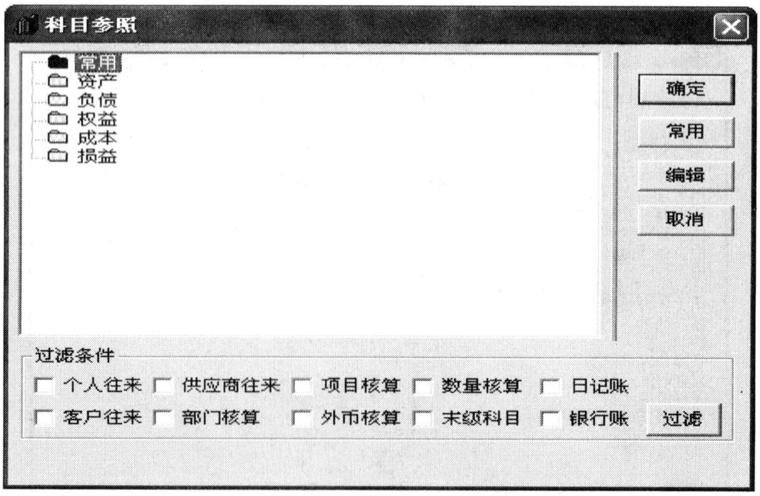

图 6-55 "函数向导——科目参照"对话框

2) 操作方法及栏目说明

(1) 操作方法如下：

① 单击【格式/数据】按钮，进入格式状态。

② 选取要输入公式的单元。

③ 单击【数据】→【编辑公式】→【单元公式】，打开"定义公式"的对话框。单击"定义公式"对话框中的【函数向导】按钮，进入函数向导的第一步：选择需要的函数。如选择用友账务函数中的发生函数，如图 6-52 所示。

④ 单击【下一步】按钮，进入函数向导的第二步：函数录入。此窗口中详细列出了所选函数的名称，格式以及说明。如图 6-53 为用友账务函数中的发生函数的详细介绍。

⑤ 有的函数还可点击【参照】按钮，完成函数中账套号，科目，期间，会计年度，截止时间，方向的录入。如图 6-54 为用友账务函数中的发生函数参数的参照。各参数可直接输入，或单击其右侧的下拉按钮选择科目可以打开其右侧的按钮，打开"科目参照"对话框，如图 6-55 所示，在其中单击【确定】按钮可回到"参数录入"对话框。

⑥ 在"参数录入"对话框中单击【确定】按钮可回到"函数介绍"对话框，此时"函数录入："编辑框中已有内容。单击【上一步】按钮可回到"函数介绍"对话框的初始状态。单击【取消】按钮退出函数录入。

⑦ 在"函数介绍"对话框中单击【确定】按钮可回到"定义公式"对话框，完成了函数的输入。单击【上一步】按钮直接返回 "公式定义"对话框的初始状态。单击【取消】按钮退出函数录入。

(2) 栏目说明如下：

① 函数向导——选择函数：

函数分类：选择函数类型。

函数名：选择该分类中的函数。

② 函数向导——函数介绍：

所选函数的函数名称、函数格式、函数说明的介绍。

函数录入：根据函数的相关信息，录入函数。

③ 函数向导——参数设置

账套号、科目、期间、会计年度、截止时间、方向的设置。

④ 函数向导——科目参照

科目设置的介绍。

3) 注意事项

(1) 各参数的位置需要保留。有些参数可以省略不写，如方向、账套号、会计年度、编码等。如果省略的参数后面没有内容了，则可以不写逗号；如果省略的参数后面还有内容，则必须写逗号，把它们的位置留出来。

(2) 函数中的参数除了日期字符串必须加引号之外，其他参数可以不加引号。

(3) 函数中的引号、逗号等标点符号支持全角和半角。

4) 案例

例6-11 利用函数向导在 B6 单元中输入总账期初函数公式：B6=QC("1001",月,,,,,,,,,,)+QC("1002",月,,,,,,,,,,)。

231

操作步骤如下：

(1) 单击【格式/数据】按钮，进入格式状态。

(2) 选定 D6 单元，单击编辑框中的【fx】按钮，或单击【数据】→【编辑公式】→【单元公式】，打开"定义公式"对话框，单击【函数向导】按钮，如图 6-56 所示。进入"函数向导"对话框。

图 6-56　使用函数向导

(3) 从"函数分类"框中选择"用友账务函数"和函数名"期初(QC)"，如图 6-57 所示，将弹出"用友账务函数"对话框，如图 6-58 所示。

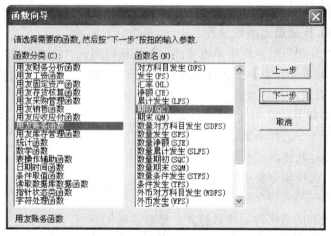

图 6-57　"函数向导"对话框

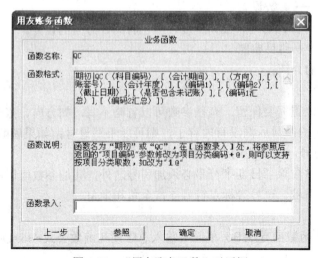

图 6-58　"用友账务函数"对话框

232

(4) 单击【参照】可进入"账务函数"对话框，选择相应的内容，如图 6-59 所示。

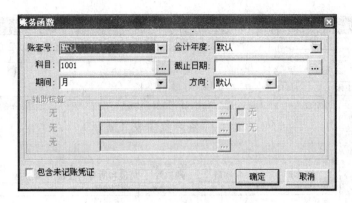

图 6-59 "账务函数"对话框

(5) 单击【确定】回到"定义公式"，如图 6-60 所示。

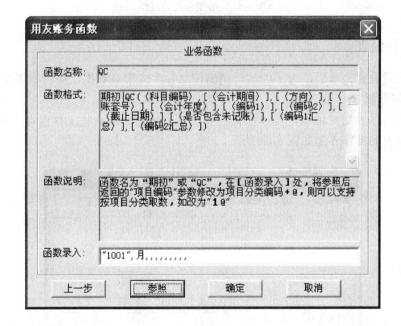

图 6-60 函数已录入

(6) 再单击【确定】，返回"定义公式"对话框，如图 6-61 所示。

图 6-61 公式已定义

233

(7) 最后再单击【确认】完成设置。效果如图 6-62 所示。

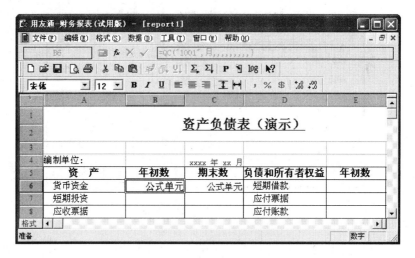

图 6-62　函数设置效果图

6.2.5　保存报表

报表格式设置完成后，为了能随时调出使用并生成报表数据，应将报表保存起来。

1) 操作界面

利用"另存为"对话框，可以保存当前文件的备份，或者把文件保存为其他文件格式。保存报表的操作界面如图 6-63 所示。

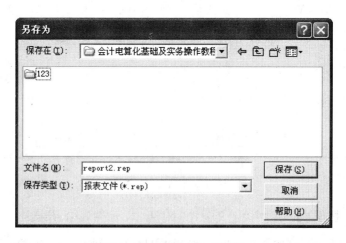

图 6-63　"另存为"对话框

2) 操作方法及栏目说明

(1) 操作方法如下：

① 单击【格式/数据】按钮，进入格式状态。

② 单击【文件】→【保存】，或按【Ctrl+S】键，打开"另存为"对话框。

③ 选择保存路径，输入文件名称，选择保存类型。

④ 单击【保存】按钮，保存文件。单击【取消】按钮，放弃保存。

(2) 栏目说明如下：

① "保存在"框：单击下拉按钮，单击欲保存文件的驱动器和文件夹。

② "文件夹和文件"列表框：列出了当前驱动器或文件夹中的所有文件夹和文件。双击欲保存文件的文件夹，使它显示在"保存在"框中。

③ "文件名"框：输入新的文件名。

④ "存为类型"框：单击所要保存的文件格式。

⑤ 【保存】按钮：单击后，当前文件将被保存。

3) 注意事项

报表文件的扩展名为.rep。

4) 案例

例 6-12　将上述例 6-1～例 6-11 中的"资产负债表(演示)"保存到"我的文档"下。

操作步骤如下：

(1) 单击【格式/数据】按钮，进入格式状态。

(2) 单击【文件】→【保存】，或按【Ctrl+S】键，打开"另存为"对话框。

(3) 选择保存路径："我的文档"，输入文件名称："资产负债表(演示)"，选择保存类型："".rep(*.rep)"，如图 6-64 所示。

图 6-64　保存报表

(4) 单击【保存】按钮，保存文件。"资产负债表(演示).rep"将出现在"我的文档"中。

6.2.6　定制报表模板

财务报表提供的报表模板包括了 19 个行业的 70 多张标准财务报表(包括现金流量表)，也可以包含用户自定义的模板。可以根据需要挑选相应的报表套用其格式及计算公式。套用报表模板和自定义模板需在格式状态下进行。

1. 套用报表模板

1) 操作界面

定制报表模板的操作界面如图 6-65 所示。

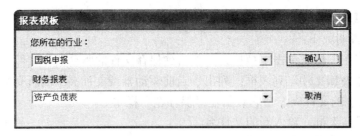

图 6-65 "报表模板"对话框

2) 操作方法及栏目说明

(1) 操作方法如下:

① 单击【格式/数据】按钮,进入格式状态。

② 单击【格式】→【报表模板】,打开"报表模板"对话框,如图 6-65 所示。

③ 选择行业及财务报表名称,单击【确认】按钮。将弹出"模板格式将覆盖本表格式!是否继续?"的消息对话框。再单击【确认】按钮,出现所选择的模板格式。

(2) 栏目说明如下:

① 您所在的行业:选择行业,其中列出了系统提供的 19 个行业,在其中选择一个。

② 财务报表:其中列出了选定行业相应的财务报表名,在其中选择一个。

3) 注意事项

(1) 在调用报表模板时要选择正确的所在行业的相应的会计报表。

(2) 如果所需报表的格式或公式与调用的模板不同,可以在格式状态下直接修改,再到数据状态下录入关键字,计算报表数据。

(3) 如果用户使用了自定义模板功能,定制的行业及相应模板将加入到列表框内,同时删除的行业及相应的模板将不包含在列表框内。

4) 案例

例 6-13 调用"资产负债表"模板。(在"资产负债表(演示).rep"中完成。)

操作步骤如下:

(1) 单击【格式/数据】按钮,进入格式状态。

(2) 单击【格式】→【报表模板】,如图 6-66 所示。

图 6-66 调用报表模板

(3) 在"报表模板"对话框中，选择"您所在的行业"下拉列表框中的"新会计制度行业"选项，以及"财务报表"下拉列表框中的"资产负债表"选项，如图 6-67 所示。

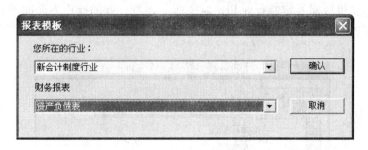

图 6-67　报表模板

(4) 单击【确认】按钮，将弹出"模板格式将覆盖本表格式！是否继续？"的消息对话框，如图 6-68 所示。

图 6-68　提示对话框

(5) 单击【确认】按钮，出现"资产负债表"模板格式，如图 6-69 所示。

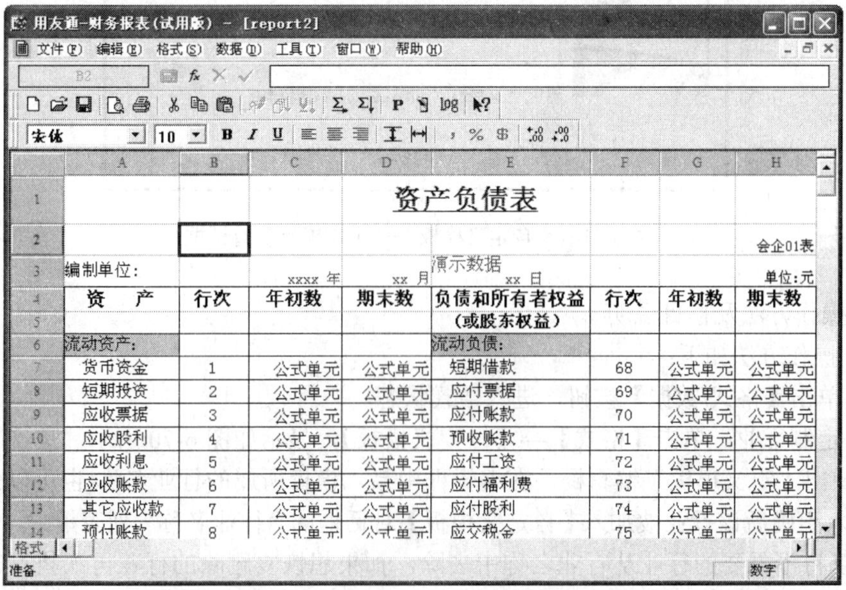

图 6-69　调用"资产负债表"模板

2. 自定义模板

用户可以根据本单位的实际需要定制内部报表模板,并将自定义的模板加入系统提供的模板库内,也可以根据本行业的特征,增加或删除各个行业及其内置的模板。

1) 操作界面

完成自定义模板需要定制行业和定制模板。定制行业的操作界面如图 6-70 所示,定制模板的操作界面如图 6-71 所示。

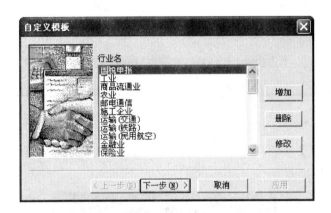

图 6-70 "自定义模板——定制行业"对话框

图 6-71 "自定义模板——定制模板"对话框

2) 操作方法及栏目说明

(1) 操作方法如下:

① 单击【格式/数据】按钮,进入格式状态。

② 定制行业:单击【格式】→【自定义模板】,显示如图 6-70 所示。单击【增加】按钮,弹出"定义模板"编辑框,在编辑框中录入模板所属的行业名称(也可以是单位名称),录入正确后该行业被加入【自定义模板】对话框的"行业名称"列表框中。单击【删除】可以将不需要的行业从行业名称中去除,如果想恢复删除的行业再次执行"增加"操作。单击【修改】重新定义行业名称。单击【下一步】进入定制模板对话框。

③ 定制模板:在"自定义模板"对话框中,单击【下一步】,进入定制模板。单击【增加】按钮,弹出模板编辑框。根据模板保存路径,通过"查找范围"右侧的下拉列表找到并选中要添加的模板。单击【确认】按钮后自定义的模板加入到"自定义模板"

238

对话框中的模板名称的列表框，对话框下将自动标记模板路径。

(2) 栏目说明如下：

① 定制行业：使用定制行业，可以将本单位名称或则单位所属的行业加入到模板的行业类型中，在套用模板时可以直接选择定制的行业或单位名称。

② 定制模板：将自制的模板添加到定制或系统提供的行业模板下。

3) 注意事项

如果要重新定义模板名称，首先选定需要改变的模板，然后选取"修改"在弹出的对话框中重新输入模板名称。

4) 案例

例6-14 为"电子工业"行业添加一个名为"zcfzb"(资产负债表)的模板。模板路径为：C:\UFSMART\UFO\ufoModel\新会计制度行业\zcfzb.rep。

操作步骤如下：

(1) 单击【格式】→【自定义模板】，如图6-72所示。

图6-72　自定义模板

(2) 在弹出的"自定义模板"对话框中单击【增加】按钮，弹出"定义模板"编辑框，在编辑框中录入模板所属的行业名称：电子工业，如图6-73所示。录入后该行业被加入"自定义模板"对话框的"行业名称"列表框中，如图6-74所示。

图6-73　输入行业名称

(3) 单击【下一步】，再单击【增加】按钮，弹出模板编辑框，通过查找范围，打开C:\UFSMART\UFO\ufoModel\新会计制度行业，选中"zcfzb.rep"，如图6-75所示。

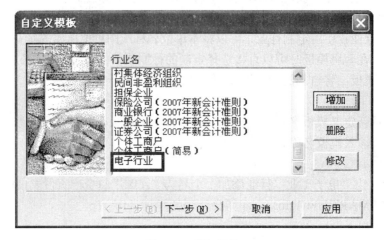

图 6-74　增加行业

图 6-75　添加模板

(4) 单击【添加】按钮，"zcfzb"已加入到"自定义模板"对话框中的模板名称的列表框，对话框中自动标记模板路径，如图 6-76 所示。

图 6-76　定制模板

(5) 单击【完成】按钮，该报表便定制为"电子工业"的一个报表模板。

6.3 报表数据管理

在 UFO 报表系统中，仅仅编制好报表格式和公式还不够，报表格式和公式只为系统自动生成。

报表提供了基本的规则和要求，要想生成会计报表数据，还需要按照用户预先编制的报表，在日常经营业务的过程中，定期从账套中采集有关数据。所以，在完成会计报表的前期编制工作后，还需要对会计报表进行日常的处理，包括根据已记录的经营业务生成报表、进行报表的审核、报表的舍位等。

6.3.1 报表的生成

生成报表是制作报表中不可缺少的重要环节。生成报表的过程是在人工控制下，由计算机自动完成按定义公式取数的过程。报表的生成要经过录入关键字和表页重算。

1. 录入关键字

1) 操作界面

关键字是可以唯一标识一个表页，用于在大量表页中快速选择表页。录入关键字的操作界面如图 6-77 所示。

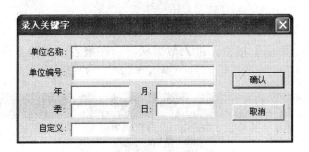

图 6-77 "录入关键字"操作界面

2) 操作方法及栏目说明

(1) 操作方法如下：

① 单击【格式/数据】按钮，进入格式状态。

② 单击【数据】→【关键字】→【录入】，打开"录入关键字"对话框，如图 6-77 所示。

③ 录入已设置的关键字的值。

④ 单击【确认】按钮，完成录入。单击【取消】按钮，放弃录入。

(2) 栏目说明如下：

① 录入关键字：录入已设置的关键字的值。

② 单位名称：输入字符型数据。

③ 单位编号：输入字符型数据。

④ 年：输入数字型数据。

241

⑤ 季：输入数字型数据。

⑥ 月：输入数字型数据。

⑦ 日：输入数字型数据。

⑧ 自定义关键字：输入字符型和数字型的数据。

3) 注意事项

(1) 单位名称最长为 30 个字符或 15 个汉字。

(2) 单位编号最长为 10 个字符。

(3) 年：1904～2100。

(4) 季：1～4。

(5) 月：1～12。

(6) 日：1～31。

(7) 自定义关键字：

名称最多 10 个字符；

数字型，1～30000；

为"周"时，1～53；

为"旬"时，1～363。

4) 案例

例 6-15　录入关键字的内容：　年为 2007 年，月为 3 月。

操作步骤如下：

(1) 完成例 6-13 的操作，调用"资产负债表"模板。

(2) 单击【格式/数据】按钮，进入数据状态，在报表中执行【数据】→【关键字】→【录入】命令,如图 6-78 所示。打开"录入关键字"对话框。

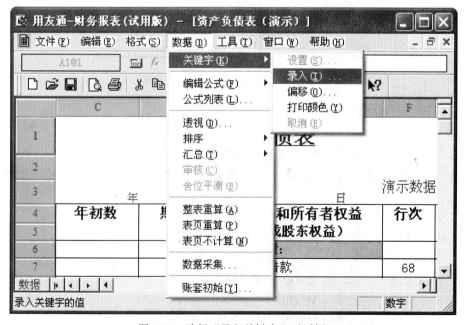

图 6-78　选择"录入关键字"对话框

(3) 在"录入关键字"对话框中输入相应的内容，2007 年 3 月 1 日，如图 6-79 所示。

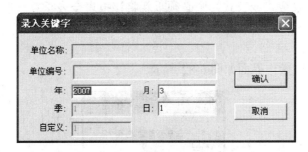

图 6-79 "录入关键字"对话框

(4) 输入完毕后单击【确认】按钮出现一个信息提示框，如图 6-80 所示。

图 6-80 信息提示框

(5) 单击【是(Y)】按钮，系统自动根据单元公式计算 2007 年 3 月 1 日的数据，显示如图 6-81 所示。

资 产	行次	年初数	期末数	负债和所有者权益(或股东权益)	行次	年初数	期末数
流动资产:				流动负债:			
货币资金	1	4,668,766.85	4,998,304.03	短期借款	68	368,000.00	368,000.00
短期投资	2			应付票据	69		
应收票据	3			应付账款	70	237,803.33	608,537.76
应收股利	4			预收账款	71		
应收利息	5			应付工资	72		4.84
应收账款	6	687,984.60	502,347.08	应付福利费	73	363,798.67	369,000.00
其它应收款	7			应付股利	74		
预付账款	8			应交税金	75	34,009.51	34,200.10
应收补贴款	9	演示数据		其它应交款	80	3,924.75	352.88
存货	10	445,300.00	740,752.61	其它应付款	81		10,384.16
待摊费用	11			预提费用	82		
的长期债权投资	21			预计负债	83		

图 6-81 计算结果

2. 表页重算

如果在格式状态下定义了单元公式，进入数据状态之后，当前表页的单元公式将自动运算并显示结果；当单元公式中引用单元的数据发生变化时，公式也随之自动运算并

243

显示结果。

如果修改过报表格式或公式，则必须重新将该报表全表重算一遍，已得到按新格式生成的报表。

1）操作界面

设置表页重算的操作界面如图 6-82 所示。

图 6-82　表页重算

2）操作方法及栏目说明

（1）操作方法如下：

① 单击【格式/数据】按钮，进入数据状态。

② 单击【数据】→【表页重算】，打开如图 6-82 所示的对话框。

③ 单击【确认】按钮，表页重算。单击【取消】按钮，放弃表页重算。

（2）栏目说明如下：

单击【是(Y)】按钮，系统即可自动在注册的账套和会计年度内根据单元公式进行计算，从而生成报表数据。

3）注意事项

（1）在计算过程中，按【Esc】键可以终止计算。

（2）如果本表页设置了"表页不计算"标志，则进行整表重算时，本表页中的公式不重新计算。

6.3.2　报表的审核

在经常使用的各类财经报表中的每个数据都有明确的经济含义，并且各个数据之间一般地都有一定的勾稽关系。如在一个报表中，小计等于各分项之和；而合计又等于各个小计之和等。在实际工作中，为了确保报表数据的准确性，经常用这种报表之间或报表之内的勾稽关系对报表进行勾稽关系检查。一般地来讲，称这种检查为数据的审核。财务报表系统对此特意提供了数据的审核公式，它主要用于在报表数据来源定义完成之后，审核报表的合法性；报表数据生成后，审核报表数据的正确性。它将报表数据之间的勾稽关系用公式表示出来，称之为审核公式。

1. 审核公式格式

审核公式格式：<表达式><逻辑运算符><表达式>[MESS "说明信息"]。

其中逻辑运算符有："＝"、"＞"、"＜"、"＞＝"、"＜＝"、"＜＞"。

2. 审核报表

在数据处理状态中，当报表数据录入完毕后，应对报表进行审核，以检查报表各项数据勾稽关系的准确性。报表的审核经过定义审核公式，通过菜单命令进行报表的审核。

1) 操作界面

定义报表审核公式的界面如图 6-83 所示。

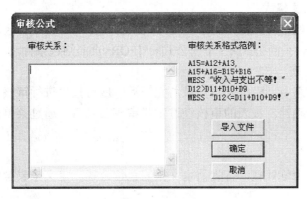

图 6-83　定义审核公式

2) 操作方法

(1) 定义报表审核公式的操作步骤如下：

① 单击【格式/数据】按钮，进入格式状态。

② 单击【数据】→【编辑公式】→【审核公式】，打开"审核公式"对话框，显示如图 6-83 所示。

③ 在"编辑框"中按照对话框右侧的格式范例输入审核公式。

④ 审核公式编辑完毕，检查无误后选择【确认】，系统将保存此次审核公式的设置。按【Esc】键或选择【取消】将放弃此次操作。

(2) 审核报表的操作步骤如下：

① 当审核公式定义完成后。进入数据处理状态。用鼠标选取菜单"数据"中的"审核"命令。

② 系统按照审核公式逐条审核表内的关系，当报表数据不符合勾稽关系时，屏幕上出现提示信息，记录该提示信息后按任意键继续审核其余的公式。

3) 注意事项

(1) 运算符"＝"的含义不是赋值，而是指等号两边的值要相等。

(2) 审核关系必须确认正确，否则所定义的审核公式会起相反的作用。如由于审核关系不正确导致一张正确的数据报表被审核为错误，而编制报表者又无从修改。

(3) 当屏幕上出现提示信息，则需按照记录的提示信息修改报表数据，重新进行审核，直到不出现任何提示信息，表示该报表各项勾稽关系正确。

(4) 每当对报表数据进行过修改后，都应该进行审核，以保证报表各项勾稽关系正确。

6.3.3　报表的舍位

报表数据在进行进位时，如以"元"为单位的报表在上报时可能会转换为以"千元"或"万元"为单位的报表，原来满足的数据平衡关系可能被破坏，因此需要进行调整，使之符合指定的平衡公式。在报表汇总时，各个报表的数据计量单位有可能不统一，这时，需要将报表的数据进行倍数转换。报表经舍位之后，重新调整平衡关系的公式称为舍位平衡公式。其中，进行进位的操作叫做舍位，舍位后调整平衡关系的操作叫做平衡调整公式。

1. 舍位平衡公式格式

舍位平衡公式的格式：REPORT"<舍位表文件名>"RANGE<区域>[,<区域>]*WEI<位数>[FORMULA<平衡公式>[,<平衡公式>]*[FOR<页面筛选条件>]。

2. 舍位平衡报表

在数据处理状态中，当报表数据录入完毕后，应对报表进行审核，以检查报表各项数据勾稽关系的准确性。报表的审核经过定义审核公式后，通过菜单命令进行报表的审核。

1）操作界面

要进行报表的舍位处理，首先需定义报表舍位公式。定义报表舍位公式的界面如图6-84 所示。

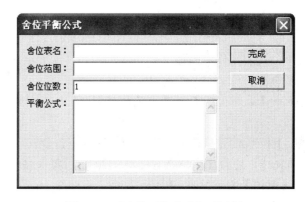

图 6-84 "舍位平衡公式"对话框

2）操作方法及栏目说明

(1) 定义舍位公式的操作方法如下：

① 单击【格式/数据】按钮，进入格式状态。

② 单击【数据】→【编辑公式】→【舍位公式】，打开"舍位平衡公式"对话框，显示如图 6-84 所示。

③ 在"编辑框"中按照对话框右侧的格式范例输入审核公式。

④ 审核公式编辑完毕，检查无误后选择【确认】，系统将保存此次审核公式的设置。

⑤ 按【Esc】键或选择【取消】将放弃此次操作。

(2) 报表舍位平衡的操作步骤如下：

① 当舍位平衡公式定义完成后，进入数据处理状态。用鼠标选取【数据】菜单中的【舍位平衡】命令。

② 系统按照所定义的舍位关系对指定区域的数据进行舍位，并按照平衡公式对舍位后的数据进行平衡调整，将舍位平衡后的数据存入指定的新表或其他表中。打开舍位平衡公式指定的舍位表，可以看到调整后的报表。

(3) 栏目说明如下：

① 舍位表名：和当前文件名不能相同，默认在当前目录下。

② 舍位范围：舍位数据的范围，要把所有要舍位的数据包括在内。

③ 舍位位数：1～8位。舍位位数为1，区域中的数据除10；舍位位数为2，区域中的数据除100；以此类推。

④ 平衡公式：按照规则编写平衡公式。

3) 注意事项

(1) 倒顺序写，首先写最终运算结果，然后一步一步向前推。

(2) 每个公式一行，各公式之间用逗号"，"隔开，最后一条公式不用写逗号。

(3) 公式中只能使用"+"、"−"符号，不能使用其他运算符及函数。

(4) 等号左边只能为一个单元(不带页号和表名)。

(5) 一个单元只允许在等号右边出现一次。

思考与实务操作

一、选择题

1. 会计报表系统的处理流程是_____。
   A. 报表格式及数据处理公式设置 → 报表名称登记 → 报表编制 → 报表输出
   B. 报表名称登记 → 报表格式设置 → 报表输出
   C. 数据处理公式设置 → 数据处理 → 数据存储
   D. 报表格式设置 → 数据采集 → 数据输出

2. 报表定义包括定义_____。
   A. 报表格式
   B. 计算公式
   C. 审核公式
   D. 以上都是

3. 报表系统中的关键字主要有_____种。
   A. 2　　　　　B. 4　　　　　C. 5　　　　　D. 6

4. 报表系统中，QM()函数代表的含义是_____。
   A. 期初余额
   B. 期末余额
   C. 借方发生额
   D. 贷方发生额

5. 会计报表系统的处理流程是_____。
   A. 报表格式及数据处理公式设置 → 报表名称登记 → 报表编制 → 报表输出
   B. 报表名称登记 → 报表格式设置 → 报表输出
   C. 数据处理公式设置 → 数据处理 → 数据存储
   D. 报表格式设置 → 数据采集 → 数据输出

6. 舍位平衡计算是指_____。
   A. 四舍五入
   B. 取整
   C. 改变计量单位
   D. 约等于

7. _____是报表数据之间关系的检查公式。
   A. 报表运算公式
   B. 报表舍位平衡公式
   C. 报表审核公式
   D. 表达式

8. 用友财务报表中，一张报表最多只能管理_____张表页。

    A. 99999   B. 9999   C. 999   D. 99

9. 计算机进行会计业务处理与手工进行会计业务处理的方法和流程_____。

    A. 完全相同   B. 不完全相同

    C. 完全不相同   D. 处理流程相同处理方法不同

10. 用友财务报表中，录入关键字须在_____状态下进行。

    A. 格式   B. 数据

    C. 格式或数据状态均可   D. 其他状态

二、问答题

1. 简述 UFO 报表系统的主要功能。

2. 简述编制 UFO 报表的工作流程。

3. 什么是格式状态和数据状态？

4. 报表编辑公式包括哪些？

5. 如何进行报表格式管理和报表数据管理？

三、实务操作题

实训 1：报表格式设计

【实训资料】

    1. 表样内容如表 6-2 所列的利润表。

表 6-2　利润表

编制单位：　　　　　　　　　　　　　　　　　　　年　　　　　　　月

项目	行数	本月数	本年累计数
一、主营业务收入	1		
减：主营业务成本	4		
主营业务税金及附加	5		
二、主营业务利润	10		
减：营业费用	11		
管理费用	12		
财务费用	15		
三、营业利润	17		
加：投资收益	18		
减：营业外支出	19		
四、利润总额	22		
减：所得税	23		
五、净利润	24		

2. 报表中的计算公式如表6-3所列。

表6-3 报表中的计算公式

位 置	单 元 公 式
C4	fs(5101,月，"贷"，，年)
C5	fs(5401,月，"借"，，年)
C6	fs(5402,月，"借"，，年)
C7	C4-C5-C6
C8	fs(5501,月，"借"，，年)
C9	fs(5502,月，"借"，，年)
C10	fs(5503,月，"借"，，年)
C11	C7-C8-C9-C10
C12	fs(5201,月，"贷"，，年)
C13	fs(5601,月，"借"，，年)
C14	C11+C12-C13
C15	fs(5701,月，"借"，，年)
C16	C14-C15
D4	?C4+select(?D4,年@=年 and 月@=月+1)
D5	?C5+select(?D5,年@=年 and 月@=月+1)
D6	?C6+select(?D6,年@=年 and 月@=月+1)
D7	?C7+select(?D7,年@=年 and 月@=月+1)
D8	?C8+select(?D8,年@=年 and 月@=月+1)
D9	?C9+select(?D9,年@=年 and 月@=月+1)
D10	?C10+select(?D10,年@=年 and 月@=月+1)
D11	?C11+select(?D11,年@=年 and 月@=月+1)
D12	?C12+select(?D12,年@=年 and 月@=月+1)
D13	?C13+select(?D13,年@=年 and 月@=月+1)
D14	?C14+select(?D14,年@=年 and 月@=月+1)
D15	?C15+select(?D15,年@=年 and 月@=月+1)
D16	?C16+select(?D16,年@=年 and 月@=月+1)

【实训要求】

1. 设计利润表的格式。
2. 按照新会计制度设计利润表的计算公式。
3. 保存报表至学生磁盘，文件名称为"自制利润表.rep"。

实训2： 报表数据处理

【实训准备】

打开学生磁盘中的"自制利润表.rep"。将系统日期修改为"2007 年 1 月 31 日"，由编制 001 账套 UFO 报表。

【实训资料】

1. 编制单位为"希望公司"。

2. 编制时间为"2007 年 1 月"。

【实训要求】

1. 生成自制利润表的数据。

2. 将已生成数据的自制利润表另存为 "3 月份利润表"。

实训 3：利用报表模板生成报表

【实训准备】

引入第 4 章"总账期末业务处理"的账套备份数据。将系统日期修改为"2007 年 1 月 31"日，编制 001 账套 UFO 报表。

【实训资料】

1. 编制单位为"希望公司"。

2. 编制时间为"2007 年 1 月"。

【实训要求】

1. 按新会计制度科目生成 001 账套 1 月的"资产负债表"。

2. 保存"资产负债表"到学生磁盘中。

第7章 其他系统

📖 知识向导

随着电子计算机技术的高速发展和广泛运用，使用计算机进行会计核算和会计管理成为一种必然。本章主要介绍用友通标准版 10.3 软件中有关工资管理、固定资产管理、采购管理、销售管理、库存管理的相关内容。

📖 学习目标

(1) 了解工资管理、固定资产管理、采购管理、销售管理、库存管理的基本概念。

(2) 掌握工资管理、固定资产管理、采购管理、销售管理、库存管理的主要功能。

(3) 掌握系统的业务处理方法。

📖 实务操作重点

(1) 工资管理系统初始化设置及日常业务处理。

(2) 固定资产管理初始化设置及日常业务处理。

7.1 工资管理

工资是企业依据职工付出劳动的数量和质量，在一定时期内以货币形式付给职工的劳动报酬。工资核算是所有单位会计核算中最基本的业务之一。工资核算和管理的正确与否关系到企业每一个职工的切身利益，对于调动每一个职工的工作积极性、正确处理企业与职工之间的经济关系具有重要意义。企业的工资费用是产品成本的重要组成部分，加强劳动工资管理、合理调配人员组织生产、有效控制工资费用在成本中的比例，可以有效地降低产品成本。工资是国民收入中消费基金的重要组成部分，其数额的大小关系到国民收入中积累和消费的比例，因此也是国家重点管理和控制的内容。另外，在职工较多的单位，工资核算是一项任务繁重、时效性较强的工作，因此也是会计人员电算化要求迫切、使用广泛的一个专项子系统。

工资管理系统适用于各类企业、行政事业单位进行工资核算、工资发放、工资费用分摊、工资统计分析和个人所得税核算等，并与总账系统联合使用，可以将工资凭证传输到总账系统中。

7.1.1 工资管理系统功能介绍

1. 初始设置

(1) 设置人员类别、人员附加信息、部门选择设置、人员档案。

(2) 设置代发工资的银行名称。

(3) 定义工资项目及计算公式。

(4) 提供工资类别核算、工资核算币种、扣零处理、个人所得税扣税处理、计件工资等账套参数设置。

2. 业务处理

(1) 工资变动：进行工资数据的变动、汇总处理，支持多套工资数据的汇总。

(2) 扣缴所得税：提供个人所得税自动计算与申报功能。

(3) 工资分钱清单：提供部门分钱清单、人员分钱清单、工资发放取款单。

(4) 银行代发：适用于由银行发放工资的企业。

(5) 工资分摊：月末自动完成工资分摊、计提、转账业务，并将生成的凭证传递到总账系统，实现各部门资源共享。

(6) 月末处理：自动计算人员计件工资，并完成计件工资统计汇总。

(7) 统计分析报表业务处理：提供自定义报表查询功能，按月查询凭证功能，工资表及工资分析表。

7.1.2 工资管理系统的操作流程

电算化下的工资核算是根据手工工资核算流程，按照工资核算的要求进行的。进入工资管理系统后，必须按正确的顺序调用系统的各项功能，只有这样才能保证数据的正确性。第一次使用本系统的用户，更应该遵守使用的次序。

初次使用工资管理系统的具体操作流程，如图 7-1 所示。

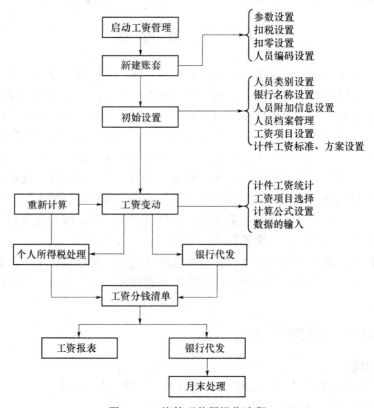

图 7-1 工资管理使用操作流程

如果已经使用了工资管理系统，到了年末，应进行数据的结转，以便开始下一年度的工作。在新的会计年度开始时，可调整一些设置，如人员附加信息、人员类别、工资项目、部门等，这些信息只有在新的会计年度第一个会计月中，删除所涉及的工资数据和人员档案后，才能进行修改。

启动工资管理系统，此界面如图 7-2 所示，界面中提供了操作的具体流程及图标名称。

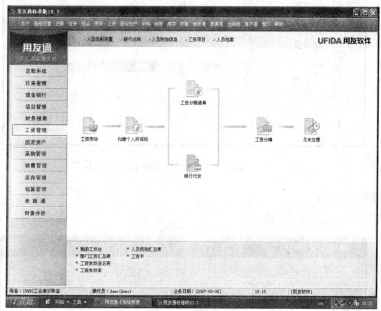

图 7-2　工资管理界面

1．系统初始化

1）建立工资账套

建立一个完整的账套，是系统正常运行的根本保证，是整个工资管理正确运行的基础，将影响工资项目的设置和工资业务的具体处理方式。工资账套与系统管理中的账套是不同的概念，系统管理中的账套是针对整个系统，而工资账套是针对工资管理系统。工资管理系统共可建立 999 套工资账。要建立工资账套，首先应该在系统管理中建立本单位的一个账套，然后进行本单位的工资账套的建立。

如果是初次使用工资账套，可以通过系统提供的建账向导完成工资的建账工作。启动工资管理系统后，系统将自动进入建账向导，其中向导分为四个步骤：参数设置、扣税设置、扣零设置、人员编码。

（1）参数设置，如图 7-3 所示。

① 选择本账套处理的工资类别个数：单个或多个。

如果企业中所有人员的工资统一管理，而人员的工资项目、工资计算公式全部相同，在设置工资账参数选择单个工资类别。

如果单位按周或一月多次发放工资，或者是有多种不同类别的人员，工资发放项目及计算公式不相同，但需进行统一工资核算管理，在设置工资账套参数时选择多个工资类别。

253

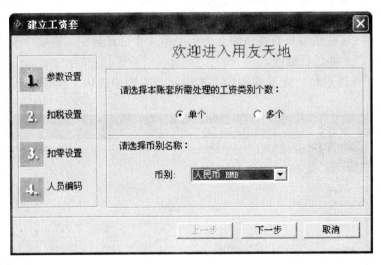

图 7-3 "建立工资套——参数设置"对话框

② 选择币种名称。

(2) 扣税设置，如图 7-4 所示。

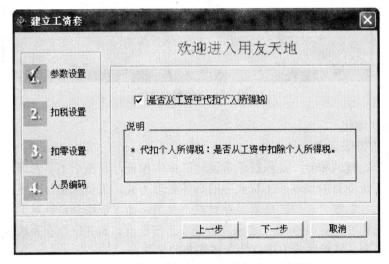

图 7-4 "建立工资套——扣税设置"对话框

若选择"是否从工资中代扣个人所得税"此项，工资核算时系统就会根据输入的税率自动计算个人所得税。

(3) 扣零设置，如图 7-5 所示。

若选择"扣零"处理，系统在计算工资时将依据所选择的扣零类型将零头扣下，并在积累取整时补上。扣零的计算公式由系统自动定义。

(4) 人员编码，如图 7-6 所示。

在设置人员编码的长度中不包含所属部门编码。人员编码长度结合企业员工人数而定，并且设置必须符合人员编码规定。

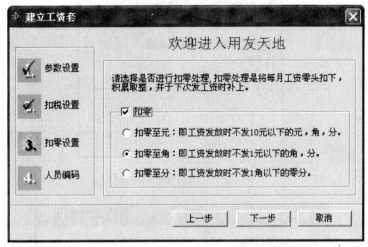

图 7-5   "建立工资套——扣零设置"对话框

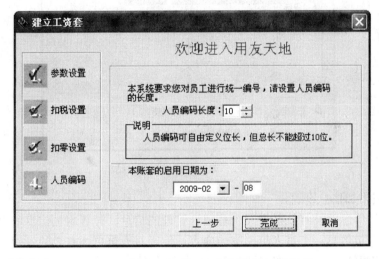

图 7-6   "建立工资套——人员编码"对话框

2) 基础设置

(1) 人员类别设置。

人员类别与工资费用的分配、分摊有关，以便于按人员类别进行工资汇总计算。它是按某种特定分类方式将职员分成若干类型。不同类型的人员工资水平可能不同。在输入人员属性时，人员类别框不允许为空。系统初始默认人员类别框中有"无类别"一项，若单位不对人员划分类别或单位中某些人员无具体类别，则应输入"无类别"项，如图7-7所示。

(2) 银行名称设置。

企业在发放工资采用银行代发形式时，需要确定银行的名称及账号的长度，银行名称设置可设置多个发放工资的银行，以适应不同的需要。例如，同一工资类别中的人员由于在不同的工作地点，需在不同的银行代发工资，或者不同的工资类别由不同的银行代发工资，如图 7-8 所示。

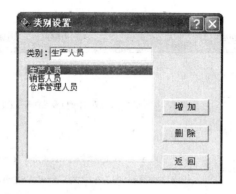

图 7-7　"类别设置"对话框

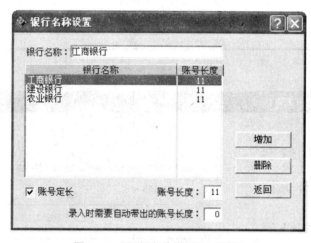

图 7-8　"银行名称设置"对话框

(3) 人员附加信息设置。

人员附加信息的设置就是设置一些辅助管理的信息、设置附加信息的名称。本功能可用于增加人员信息。丰富人员档案的内容，便于对人员更加有效的管理，提供不同人员类别的工资信息。例如，增加设置人员的性别、民族、婚否等，如图 7-9 所示。

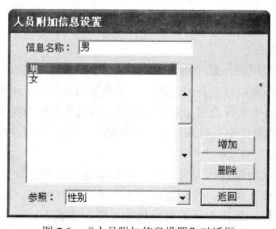

图 7-9　"人员附加信息设置"对话框

(4) 工资项目设置。

① 增加工资项目。

设置工资项目就是定义工资项目的名称、类型、宽度、小数位数、增加项。系统中有一些固定的项目，是工资系统中必不可少的，包括："应发合计"、"扣款合计"、"实发合计"，这些项目不能删除和重名命。其他项目可根据需要自由设置工资项目，例如，基本工资、奖励工资、补贴、请假天数等。在此设置的工资项目是系统中用到的全部工资项目，如图 7-10 所示。

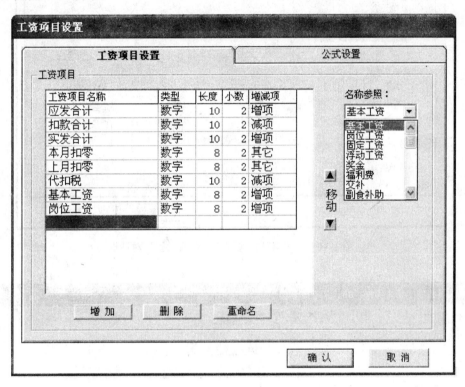

图 7-10　"工资项目设置——工资项目设置"对话框

② 定义公式。

定义某些工资项目的计算公式及工资项目之间的运算关系。例如，缺勤扣款=基本工资/月工作日*缺勤天数。运用公式可直观表达工资项目的实际运算过程，灵活地进行工资计算处理。定义公式可通过选择工资项目、运算符、关系符、函数等组合完成。

系统固定的工资项目"应发合计"、"扣款合计"、"实发合计"等的公式，系统根据工资项目设置的"增减项"自动给出。用户在此只需增加、修改、删除其他工资项目的计算公式。

定义公式时要注意先后顺序，先得到的数据应先设置，如图 7-11 所示。

(5) 人员档案。

人员档案设置用于登记工资发放人员的姓名、职工编号、所在部门、人员类别等，人员的增减变动都必须先在本功能中处理，如图 7-12 所示。

图 7-11 "工资项目设置——公式设置"对话框

图 7-12 "人员档案"对话框

2. 业务处理

1) 工资变动

在某一个期间内,工资变动数据是指输入工资项目中相对变动的数据,如奖金、请假扣款等。工资变动还可以进行工资数据的调整变动以及工资项目增减等,而人员的增减、部门变更,则必须在人员档案中操作。进入工资变动后屏幕显示所有人员的所有项目供查看,可修改数据。

在图 7-13 所示"工资变动"窗口中,可以设置工资项目、修改工资数据、设置计算与汇总、动态计算、排序、工资数据替换、过滤等操作,这里不做具体操作说明。

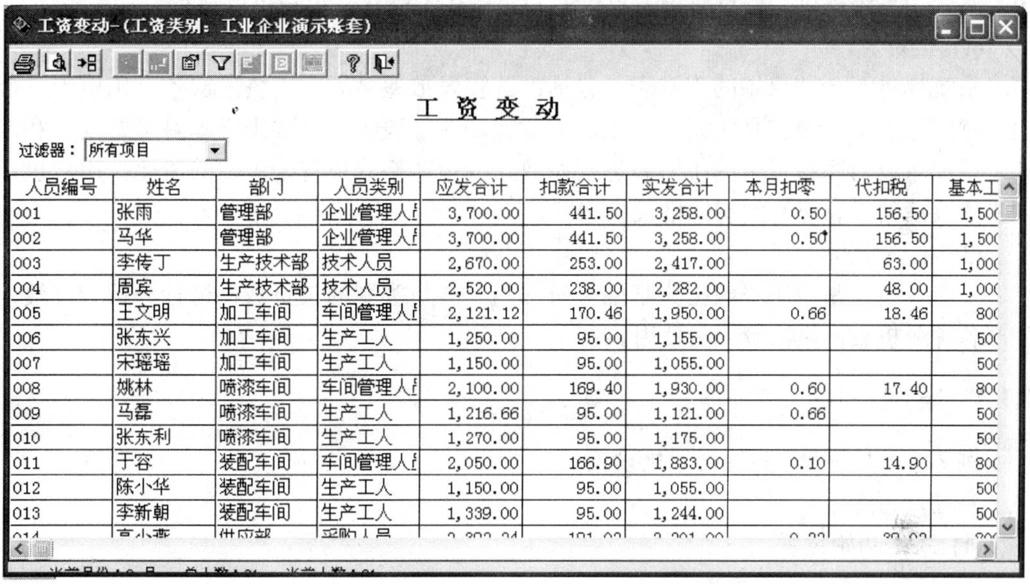

人员编号	姓名	部门	人员类别	应发合计	扣款合计	实发合计	本月扣零	代扣税	基本工
001	张雨	管理部	企业管理人员	3,700.00	441.50	3,258.00	0.50	156.50	1,500
002	马华	管理部	企业管理人员	3,700.00	441.50	3,258.00	0.50	156.50	1,500
003	李传丁	生产技术部	技术人员	2,670.00	253.00	2,417.00		63.00	1,000
004	周宾	生产技术部	技术人员	2,520.00	238.00	2,282.00		48.00	1,000
005	王文明	加工车间	车间管理人员	2,121.12	170.46	1,950.00	0.66	18.46	800
006	张东兴	加工车间	生产工人	1,250.00	95.00	1,155.00			500
007	宋瑶瑶	加工车间	生产工人	1,150.00	95.00	1,055.00			500
008	姚林	喷漆车间	车间管理人员	2,100.00	169.40	1,930.00	0.60	17.40	800
009	马磊	喷漆车间	生产工人	1,216.66	95.00	1,121.00	0.66		500
010	张东利	喷漆车间	生产工人	1,270.00	95.00	1,175.00			500
011	于容	装配车间	车间管理人员	2,050.00	166.90	1,883.00	0.10	14.90	800
012	陈小华	装配车间	生产工人	1,150.00	95.00	1,055.00			500
013	李新朝	装配车间	生产工人	1,339.00	95.00	1,244.00			500

图 7-13 "工资变动"对话框

2) 工资计算

系统根据设置的计算公式,自动计算应发合计、实发合计、扣款合计等工资项目。

3) 代扣个人所得税

现在由于许多企事业单位计算职工工资所得税工作量较大,系统提供个人所得税自动计算功能。用户可以根据政策的调整定义最新的所得税率表,系统自动计算个人所得税。既减轻了用户的工作负担,又提高了工作效率。

4) 分钱清单与银行代发

在现金发放情况下,按单位计算工资数据,系统自动统计各种面值货币的数量清单。会计人员根据此表从银行取款并发给部门、个人。

目前由许多单位发放工资时都采用直接发放到个人的银行账号上,这种做法只需要将系统中个人工资数据传输给银行即可,工资系统提供了多种数据格式、多种传输形式,保证用户与银行数据接口的安全与高效。

5) 工资分摊

财会部门根据工资费用分配表,将工资费用根据用途进行分配,并编制转账会计凭证,供总账系统记账处理用。

6) 月末处理

月末结转是将当月数据经过处理后结转至下月。每月工资数据处理完毕后均可进行月末结转。由于在工资项目中，有的项目是变动的，即每月的数据均不同，因此在每月工资处理时，均需将其数据清为0，而后输入当月的数据，此类项目即为清零项目。

结转上年数据是将工资数据经过处理后结转至本年。新年度账应在进行数据结转前建立。

7) 工资报表输出

工资数据处理结束最终通过工资报表的形式反映，工资系统提供了主要的工资报表，报表格式由系统提供。如果对报表提供的固定格式不满意，用户可以自行设计。

(1) 工资表。

系统提供了一些原始的工资表，包括：工资发放签名表、工资发放条、工资卡、部门工资汇总表、人员类别工资汇总表、工资变动明细表等。主要用于本月工资发放和统计，用户可以对系统提供的工资表进行修改，令报表格式更符合单位的需要；用户也可以将修改后的报表还原到初始格式状态。

(2) 工资分析表。

工资分析表是以工资数据为基础，对部门、人员类别的工资数据进行分析和比较，生产各种分析表，供决策人员使用。

7.1.3 案例

例 7-1　工资管理系统初始化设置。

1. **基本资料**

(1) 系统初始设置。

① 账套工资系统的参数。

工资核算本位币为人民币，不核算计件工资，自动代扣所得税，进行扣零设置且扣零到元，人员编码长度采用系统默认的 10 位。

② 人员类别。

人员类别包括"单位管理人员"、"车间管理人员"、"采购人员"、"销售人员和其他人员"。

③ 人员附加信息。

人员附加信息分为"性别"和"学历"。

④ 银行名称。

银行名称是"农业"，账号长度为 11 位。

⑤ 工资项目，录入内容如表 7-1 所列。

表 7-1　工资项目录入内容

工 资 项 目	类 型	长 度	小 数 点	增减及其他
基本工资	数字	10	2	增项
交通补贴	数字	8	2	增项
缺勤扣款	数字	8	2	减项

工 资 项 目	类 型	长 度	小 数 点	增减及其他
缺勤天数	数字	8	2	其他
住房公积金	数字	8	2	减项
奖金	数字	8	2	增项
职务补贴	数字	8	2	减项
福利补贴	数字	8	2	增项

⑥ 工资类别。

"在岗人员"和"退休人员",并且在岗人员分布各个部门,退休人员只属于人事部门。

⑦ 在岗人员档案,录入内容如表 7-2 所列。

表 7-2 在岗人员档案录入内容

职工编号	姓名	性别	所属部门	人员类别	银行代码
0000000001	张燕	女	人事部	企业管理人员	11222044001
0000000002	王茜	女	财务部	企业管理人员	11222044002
0000000003	韩勇	男	供应部	采购人员	11222044003
0000000004	刘伟	男	销售部	销售人员	11222044004
0000000005	周楠	女	财务部	企业管理人员	11222044005

⑧ 计算公式。

缺勤扣款=基本工资/22*缺勤天数。

采购人员和销售人员的交通补助为 330 元,其他人员为 760 元。

住房公积金=(基本工资+职务补贴+福利补贴+交通补贴+奖金)*0.07。

(2) 工资业务处理资料。

① 个人收入所得税应在"实发工资"扣除"1000"元后计税。

② 工资数据,录入内容如表 7-3 所列。

表 7-3 工资数据录入内容

姓名	基本工资	职务补贴	福利补贴	奖金
张燕	2000	1500	200	1000
王茜	2500	2000	200	1000
韩勇	1400	900	200	800
刘伟	1300	900	200	800
周楠	2500	2000	200	1000

③ 工资分摊类型为"应付工资"、"应付福利费"。

④ 按工资总额的 15%计提福利。

⑤ 分摊设置,录入内容如表 7-4 所列。

表 7-4　工资分摊录入内容

计提类型名称	部门名称	人员类型	借方科目	贷方科目
应付工资	人事部	企业管理人员	管理费—工资(550203)	应付(2151)
	财务部	企业管理人员	管理费—工资(550203)	应付(2151)
	供应部	采购人员	营业费(5501)	应付(2151)
	销售部	销售人员	营业费(5501)	应付(2151)
应付福利费	人事部	企业管理人员	管理费—工资(550203)	应付(2153)
	财务部	企业管理人员	管理费—工资(550203)	应付(2153)
	供应部	采购人员	营业费(5501)	应付(2153)
	销售部	销售人员	营业费(5501)	应付(2153)

2. 操作步骤

(1) 启动工资账套。

(2) 系统初始化设置。

① 建立工资账套，通过系统提供的建账向导，逐步完成参数设置、扣税设置、扣零设置、人员编码设置。

② 设置人员附加信息、设置人员类别、银行设置、设置人员档案、工资项目设置，进行工资不同类别项目及计算公式设置。

(3) 业务处理。

① 分别对在岗人员进行工资核算与管理。

② 录入并计算 1 月份的工资数据。

③ 扣缴所得税。

④ 银行代发工资。

⑤ 分摊工资并生成转账凭证。

⑥ 月末处理。

⑦ 账套备份。

7.2　固定资产

用友 ERP-U8 固定资产管理系统主要是完成对企业日常业务核算和管理，生成固定资产卡片，按月反映固定资产的增加、减少、原值的变化及其他变动情况；自动计提固定资产折旧，根据固定资产的使用部门和类别分摊折旧费用，计提固定资产减值准备，生成记账凭证。同时输出固定资产变动明细账以及一些与设备管理相关的报表和账簿。

7.2.1　固定资产管理系统功能介绍

1. 初始设置

根据用户的具体情况，建立一个适合固定资产子账套的过程。初始设置包括系统初始化、卡片项目定义、卡片样式定义、折旧方法定义、资产类别设置、增减方式设置、使用状况设置、部门折旧科目设置。

2. 卡片管理

固定资产管理在企业中分为两部分：一部分是固定资产卡片台账管理；另一部分是固定资产的会计处理，提供了卡片管理的功能。主要从卡片、变动单及资产评估三方面来实现卡片管理。主要包括卡片录入、卡片修改、卡片删除、资产增加及资产减少等功能，不仅实现了固定资产文字资料的管理，而且还实现了固定资产的图片管理。

3. 折旧管理

自动计提折旧形成折旧清单和折旧分配表，按分配表自动制作记账凭证，并传递到总账系统。在对折旧进行分配时可以在单位和部门之间进行分配。

4. 账表

账表包括分析表、统计表、账簿和折旧表，资产管理部门可随时查询，提高资产管理效率。通过"我的账表"对系统所能提供的全部账表进行管理。

7.2.2 固定资产管理系统的操作流程

固定资产管理初次使用具体操作流程，如图 7-14 所示。

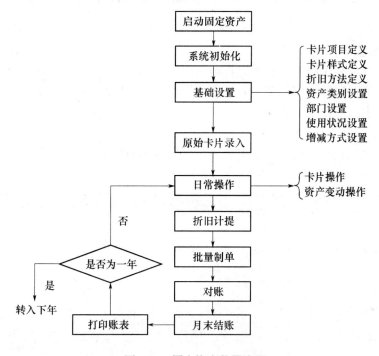

图 7-14 固定资产使用流程

对于第二年或以后使用的老用户而言，首先应将上年的各项资料转入本年的账套，然后进行初始设置的调整及日常操作，之后的步骤与图 7-14 相同。

下面介绍在建立新账套时，由于是初次使用固定资产系统，系统会提示"这是第一次打开此账套，还未进行过初始化，是否进行初始化"，单击【是】，进入固定资产管理系统初始化向导。

启动固定资产管理系统，此界面如图 7-15 所示。

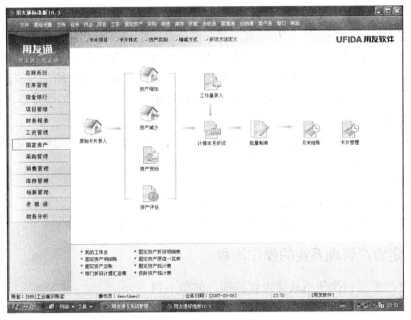

图 7-15　"固定资产"界面

1. 初始设置

系统初始化是使用固定资产系统管理资产的首要操作，是建立一个适合用户需要的固定资产子账套的过程。其内容主要包括：约定及说明、启用月份、折旧信息、编码方式、账务接口和完成设置六部分。

1) 约定及说明

在进行系统初始化之前请仔细阅读固定资产管理的基本原则，此内容只能看不能修改，如图 7-16 所示。

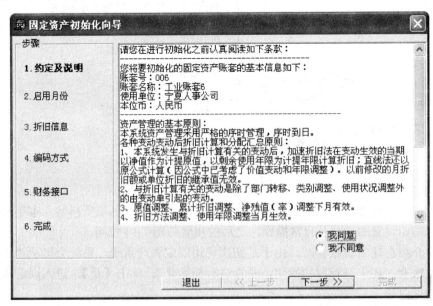

图 7-16　"固定资产初始化向导——约定及说明"对话框

2) 启用月份

启用月份只能查看不能修改。要录入系统的期初资料一般指截止该期间期初的资料。固定资产账的开始使用期间不得大于系统管理中的建该套账期间，如图 7-17 所示。

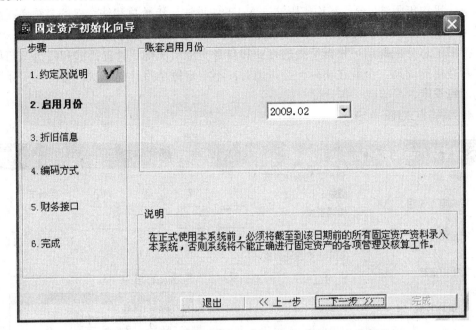

图 7-17　"固定资产初始化向导——启用月份"对话框

3) 折旧信息(图 7-18)

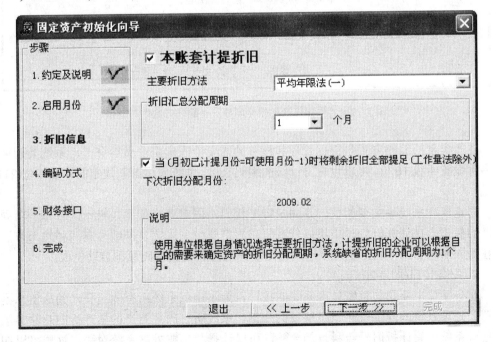

图 7-18　"固定资产初始化向导——折旧信息"对话框

"本账套计提折旧"选项是判定本单位选择何种应用方案。

"主要折旧方法"下拉选项中选择系统常用的折旧方法，以便在资产类别新增设置时系统自动带出主要折旧方法以提高录入的速度，但是是可以修改的。其中提供五种方法：平均年限法(一)、平均年限法(二)、工作量法、年数总和法、双倍余额递减法。如果选择了"本账套不计提折旧"，则选择的折旧方法为"不提折旧"。

折旧汇总分配周期可根据所处的行业和自身实际情况确定计提折旧和将折旧归集入成本和费用的周期。企业在实际计提折旧时，不一定每个月计提一次，可能因实际情况不同，每季度、半年或一年计提一次。

4) 编码方式(图7-19)

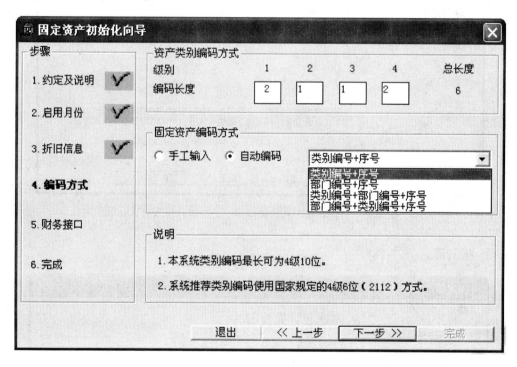

图7-19　"固定资产初始化向导——编码方式"对话框

资产类别的编码方式是根据管理和核算的需要给固定资产做的分类。系统类别编码最多可设置4级10位，可以设定每一级的编码长度。系统采用国家规定的4级6位(2112)方式。

固定资产系统最主要的代码是固定资产代码。固定资产代码是唯一区分每一项固定资产的标识，在计算机处理中用以代替每项固定资产。固定资产编号有两种输入方法可以在输入卡时手工输入，也可以选用自动编码的形式根据编码原则自动生成。

5) 财务接口(图7-20)

财务接口主要是与总账处理系统的接口，为了确保系统所有固定资产的原值总额等于总账处理系统的固定资产一级科目的余额，系统所有固定资产的累计折旧总额等于总账处理系统中累计折旧一级科目的余额，可以选择与总账处理系统对账，这样可以在系统运行中任何时候执行对账功能，及时发现两个系统的偏差，予以调整。

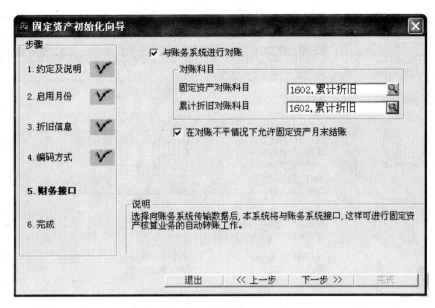

图 7-20 "固定资产初始化向导——财务接口"对话框

其中的对账是指将固定资产系统内所有资产的原值、累计折旧和总账系统中的固定资产科目和累计折旧科目的余额核对，看数值是否相等。

"与财务系统进行对账"此项，只有存在对应的总账系统的情况下才可操作。如果选择此项表示本系统要与总账系统对账，对账的含义是将固定资产系统内所有资产的原值、累计折旧和总账系统中的固定资产科目和累计折旧科目的余额核对，看数值是否相等。

对账科目中要注意，因固定资产系统提供要对账的数据是系统内全部资产的原值，所以在"固定资产对账科目"选项中应选择的是固定资产一级科目，"累计折旧对账科目"选项选择的是累计折旧的一级科目。

系统在月末结账前自动执行"对账"功能一次，给出对账结果，如果不平，说明两系统出现偏差，应给予调整。但是有时偏差是由于操作时间差异造成的，如果希望严格控制系统间的平衡，并能做到两个系统录入的数据没有时间差异，则可以选择该项。

6) 初始化检查(图 7-21)

上述几步完成后，系统出现提示框，显示本次初始化的全部内容，需认真检查一下，因为有些内容在初始化后不能再修改，如是否计提折旧和开始使用期间是不能再修改的，如果前面设置没有问题，单击【完成】。系统完成了新账套的所有设置工作，固定资产子账套建立完成。

2. 基本设置

初始化工作完成后，进行基础设置操作。在开始记账前，一般手工记账的基本设置已做到心中有数，这些设置包括卡片项目定义、卡片样式定义(图 7-22)、资产类别设置、折旧方法定义、部门设置、使用状况设置、增减方式设置等。要采用电算化，必须将手工记账时采用的信息，在账套内进行设置，这些基础设置是使用固定资产系统进行资产管理和核算的基础。

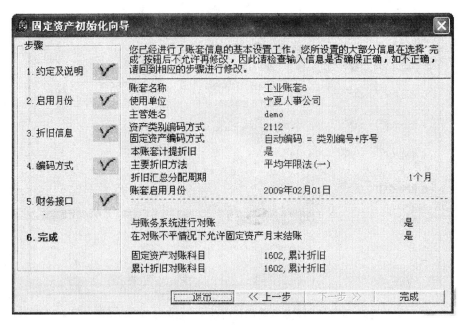

图 7-21　"固定资产初始化向导——初始化检查"对话框

系统的各项基础设置中除资产分类必须由用户设置外,其他各部分都有默认的内容,当这些内容满足用户的需要时,可不再设置。

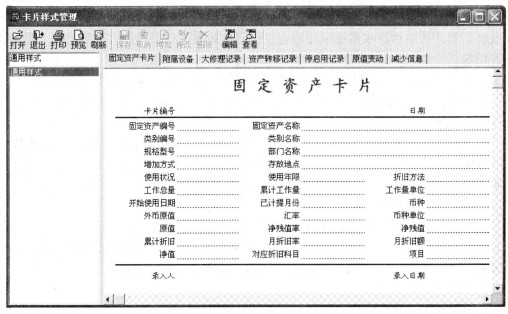

图 7-22　"卡片样式管理"对话框

3. 业务处理

1) 原始卡片录入

原始卡片录入是把使用系统前的原始资料录入系统,以保持固定资产管理和核算的连续性和完整性。

原始卡片也就是卡片所记录的资产的开始使用日期的月份大于其录入系统的月份。在使用固定资产系统进行核算前，必须将原始卡片资料录入系统，保持历史资料的连续性。例如：一台计算机是 1996 年 4 月 3 日开始使用，录入系统时是 1998 年 1 月 5 日，则该卡片是原始卡片，该卡片应通过原始卡片录入系统。

2) 日常操作

(1) 卡片管理。

卡片管理是对固定资产系统中所有卡片综合管理的功能操作，包括有卡片修改、卡片删除、卡片打印，卡片查询等。

(2) 固定资产变动输入。

① 资产增加。资产增加是指购进或通过其他方式增加企业资产。资产增加需要输入一张新的固定资产卡片，与固定资产期初输入相对应。

② 资产减少。它是指资产在使用过程中，会由于各种原因，如出售、退出企业，此时要做资产减少处理。资产减少需输入资产减少卡片并说明减少原因。只有当月完成计提折旧后，才可以使用资产减少功能，这符合当月减少资产，当月仍然计提折旧的规则。对于误减少的资产，可以使用系统提供的纠错功能来恢复。只有当月减少的资产才可以恢复。如果资产减少操作已制作凭证，必须除凭证后才能恢复。已经减少的资产，可以通过卡片管理中"已减少资产"来查看减少的资产，用户可以根据实际需要设置已减少资产的卡片在数据库中保留的时间长短。

③ 资产变动。资产在使用过程中，可能会调整卡片上的一些项目，系统把与计算和报表汇总有关的项目的调整称为资产变动操作，此类操作必须留下原始凭证，制作的原始凭证称为变动单。资产的变动操作包括：原值变动、部门转移、方法调整使用状况变动、使用年限调整、折旧方法调整、工作量调整、净残值(率)调整、累计折旧调整、资产类别调整、变动单管理。其他项目的修改，如名称、编号、自定义项目等的变动可直接在卡片上进行。

④ 资产评估。随着市场经济的发展，企业在经营活动中，根据业务需要或国家要求需要对部分资产或全部资产进行评估和重估，而其中固定资产评估是资产评估很重要的部分。系统将固定资产评估简称为资产评估，是新增的一个功能。系统资产评估主要完成的功能是将评估机构的评估数据手工录入或定义公式录入到系统,并且根据国家要求手工录入评估结果或根据定义的评估公式生成评估结果。

资产评估功能提供可评估的资产内容包括原值、累计折旧、净值、使用年限、工作总量、净残值率。

3) 计提折旧

当账套内的资产有使用工作量法计提折旧的时候，每月计提折旧前必须录入资产当月的工作量，此功能通过工作量录入实现。

自动计提折旧是固定资产系统的主要功能之一。当然也可以根据单位的实际情况，不进行计提折旧的处理。系统根据录入的卡片信息，通过"折旧计提"功能，对各项资产每期计提折旧一次，根据录入系统的资料自动计算每项资产的折旧，并自动生成折旧分配表，然后制作记账凭证，将本期的折旧费用自动登账。

当开始计提折旧时，系统自动计提所有资产当期折旧额，并将当期的折旧额自动累加到累计折旧项目中。计提工作完成后，需要进行折旧分配，形成折旧费用，系统除了自动生成折旧清单外，同时还生成折旧分配表，从而完成本期折旧费用登账工作。在同一各会计期间，最后一次计提的折旧结果将自动更新上一次计提的折旧信息，系统自动以最后一次计提的折旧数据为准。

4) 固定资产折旧分配和转账

折旧分配表是制作记账凭证、把计提折旧额分配到有关成本和费用的依据，折旧分配表有两种类型：类别折旧分配表和部门折旧分配表。生成折旧分配表由"折旧汇总分配周期"决定，因此制作记账凭证要在生成折旧分配表后进行。

5) 月末处理

固定资产系统生成凭证传递到总账后，凭证需经由总账系统进行相应的出纳签字、审核和科目汇总，然后在总账中进行记账，这时就可以在固定资产系统中进行对账，如果对账平衡，则开始进行固定资产的月末结账。

月末结账每月进行一次，结账后当期的数据不能修改。

6) 固定资产账查询

系统提供了账表管理功能，可以对资产进行统计、汇总和掌握其他方面的信息。账表包括账簿、折旧表、统计表、分析表四类。如果需要其他种类的报表，可以根据实际要求使用系统中的自定义功能进行设置。

(1) 账簿。系统内的账簿有：固定资产明细账、(部门、类别)明细账、固定资产登记簿、固定资产总账。

(2) 折旧表。系统提供四种折旧表：部门折旧计算表、固定资产折旧计算明细表、固定资产及累计折旧表(一)、固定资产及累计折旧表(二)。

(3) 统计表。统计表是由于管理资产的需要，按管理目的统计的数据。系统提供了固定资产盘盈盘亏报告表、固定资产原值一览表、固定资产统计表、资产评估变动表、资产评估汇总表。

(4) 分析表。分析表主要是对固定资产的综合分析、管理者提供管理和决策依据。分析表包括固定资产使用状况分析表、固定资产部门构成分析表、固定资产类别构成分析表、固定资产价值结构分析表。

7.2.3 案例

例 7-2 固定资产系统初始化设置及日常业务处理。

1. 基本资料

(1) 固定资产初始化设置，基本设置内容如表 7-5 所列。

表 7-5 固定资产初始向导输入内容

固定资产初始化向导	
资产类别编码方式	1222
固定资产编码方式	自动编码(部门编号+序号)长度：4
固定资产对账科目	固定资产
累计折旧对账科目	累计折旧

其中选项：固定资产默认入账科目：固定资产

　　　　　　累计折旧默认入账科目：累计折旧

　　　　　　折旧方法：平均年限法(二)

(2) 部门对应折旧科目，录入内容如表 7-6 所列。

表 7-6　部门对应折旧科目录入内容

部　门	对应折旧科目
01 行政部	管理费用—折旧费
02 财务部	管理费用—折旧费
03 销售部	营业费用—折旧费
04 采购部	管理费用—折旧费

(3) 资产类别：01 房屋及建筑物。02 设备、021 工程设置、022 办公设备。

(4) 原始卡片，录入内容如表 7-7 所列。

表 7-7　原始卡片录入内容

卡　片　编　号	00001	00002	00003
固定资产编号	0110001	0220001	0110002
固定资产名称	设备	计算机	1 号楼
类别编号	022	022	01
类别名称	机械设备	办公设备	房屋及建筑物
部门名称	采购部	采购部	行政部
增加方式	直接购入	直接购入	在建工程转入
使用状况	在用	在用	在用
使用年限	20	5	10
折旧方法	平均年限(二)	平均年限(二)	平均年限(二
开始使用日期	1990-07-9	2003-09-1	1998-4
币种	人民币	人民币	人民币
净残值率	40000	20000	40000
净残值	2%	3%	2%
累计折旧	7000	600	7000
对应折旧科目	管理费用——折旧费	管理费用——折旧费	管理费用——折旧费

2. 操作步骤

(1) 启动固定资产管理。

(2) 建立账套。

(3) 基础设置。

(4) 录入原始卡片。

① 修改固定资产卡片。

将卡片编号为"00002"固定资产的使用状况由"在用"修改为"大修理停用"。

② 增加固定资产。

2001 年 1 月 12 日直接购入并由销售部使用的计算机一台，预计使用 4 年，原值为 13230 元，净残值为 3%，采用"管理费用——折旧费"

(5) 折旧计提。

(6) 批量制单。

(7) 对账，此步骤可以不做。

(8) 月末结账。

(9) 项目分析。

7.3 采 购 管 理

采购是企业物资供应部门按已确定的物资供应计划，通过市场采购、加工订制等各种渠道，取得企业生产经营活动所需要的各种物资的经济活动。无论是工业企业还是商业企业，"采购"业务的状况都会影响到企业的整体运营状况。过多的库存，会使企业产生不良影响。

采购管理以追求密切供应商关系，保障供给，降低采购成本为目标。

采购管理系统是用友通管理软件的一个子系统。它主要进行采购订单处理，动态掌握订单执行情况，向拖期交货的供应商发出催货函；处理采购入库单、采购发票，并根据采购发票确认采购入库成本；并且掌握采购业务的付款情况，与"库存管理系统"联合使用可以随时掌握存货的现存量信息，从而减少盲目采购，避免库存积压；与"核算系统"一起使用可以为核算提供采购入库成本，便于财务部门及时掌握存货采购成本。

7.3.1 采购管理系统功能介绍

1. 初始设置

1) 期初暂估入库

在启动采购管理系统前，没有取得供货单位采购发票，不能进行采购结算的入库单输入进系统，以便取得发票后进行采购结算。

2) 期初在途存货

在启用采购管理系统前，已取得供货单位采购发票，货物没有入库，不能进行采购结算的发票输入进系统，以便货物入库填制入库单后进行采购结算。

3) 期初记账

将采购期初数据记入有关采购账中。期初记账后，期初数据不能增加、修改，除非取消期初记账。期初记账后输入的入库单、发票都是启用月份及以后月份的单据，在【月末结账】功能中记入有关采购账。

2. 业务处理

1) 采购入库

根据采购到货签收的实收数量填制单据。该单据按进出仓库方向划分为：入库单、退货单；按业务类型划分为：普通业务入库单。采购入库单可以直接录入，也可以由采购订单或采购发票产生。

2) 采购发票

从供货单位取得的进项发票及发票清单。在收到供货单位的发票后，如果没有收到供货单位的货物，可以对发票压单处理，待货物到达后，再输入计算机做报账结算处理。也可以先将发票输入计算机，以便实时统计在途货物。

采购发票按发票类型分为：专用发票、普通发票(包含：普通、农收、废收、其他收据)、运费发票；按业务性质分为：蓝字发票、红字发票。

3) 采购结算

在手工业务中，采购业务员拿着经主管领导审批过的采购发票和仓库确认的入库单到财务部门，由财务人员确认采购成本。

采购结算是针对"一般采购"业务类型的入库单，根据发票确认其采购成本。采购结算从操作处理上分为自动结算、手工结算两种方式，另外考虑费用折扣结算的特殊性，专设费用折扣票单独结算功能；从单据处理上分为正数入库单与负数入库单结、正数发票与负数发票结、正数入库单与正数发票结、费用折扣发票与入库单结、费用折扣票与存货结等方式。

4) 供应商往来

当初次使用系统时，要将上期未处理完全的单据都录入到系统，以便于以后的处理。当进入第二年度处理时，系统自动将上年度未处理完全的单据转成为下一年度的期初余额。在下一年度的第一个会计期间里，可以进行期初余额的调整。

7.3.2 采购管理系统的操作流程

启动采购管理系统操作界面如图 7-23 所示。

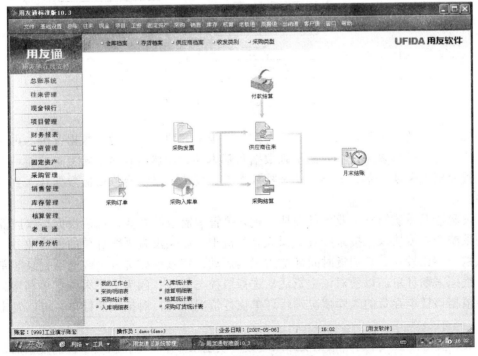

图 7-23 "采购管理"界面

初次使用采购管理系统的用户，首先建立系统账套参数、设置基础数据，输入使用系统前未执行完的采购订单、采购入库单和采购发票，并进行期初记账处理，然后就可以进入日常采购业务流程。第一年使用采购管理系统操作流程，如图7-24所示。

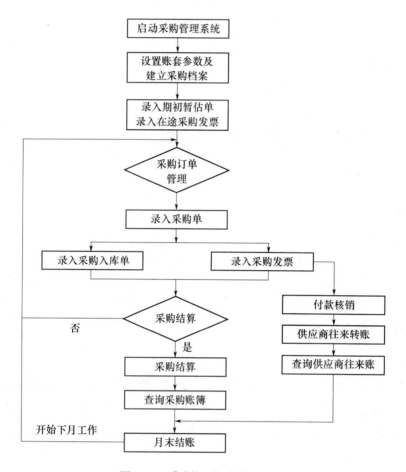

图 7-24　采购管理初次使用流程

第二年以及各年使用系统时，首先完成上年度各项工作，做好数据备份，再建立新年度的账套，可以调整需要的基础数据和基本参数，然后利用结转上年功能将上年未执行完成的采购订单、未结算的采购入库单、发票和采购台账余额数据转入到新账套中。

采购管理系统的日常业务首先是采购订单管理需求的企业，可以根据与供应商签定的采购合同或协议，按系统规定录入计算机中。如果没有采购订单的采购业务，对于采购周期比较长、有到货时间规定的采购活动，应该根据传真单或电话记录等单据建立模拟采购订单，以便对该定货活动进行监控与管理。因为有了采购订单档案后，可以根据该订单存货的入库情况进行订单执行情况统计，对拖期的订单，可以发出催货函。

采购货物验收入库时，根据实际入库数量填制入库单，取得供货单位的发票后，在系统中输入采购发票，进行该项业务的采购结算工作。用户可以随时查询有关采购订单执行情况、没有取得采购发票的暂估入库的统计信息和明细数据、或是没有货物入库的采购发票(在途货物)统计信息和明细数据以及已进行采购结算的采购入库统计表和明细表，这些信息可以随时查询采购台账。

7.4　销　售　管　理

销售是企业生产经营成果的实现过程，是企业经营活动的中心。销售管理系统是用友软件股份有限公司开发的销售管理软件。由于销售管理与库存、总账的紧密联系，销售管理系统主要以与库存管理系统、存货核算系统、总账系统等产品并用的形态出现，一起组成完整的企业管理系统。当然，销售管理系统也可以独立使用。

7.4.1　销售管理系统功能

1. 初始设置

1) 设置选项

用户根据自己需要建立销售业务应用环境，将用友【销售管理】变成适合本单位实际需要的专用系统，并且自由定义存货分类、地区分类、客户分类、收发类别、部门、结算方式的编码方案以及存货数量、存货单价和开票单价显示的小数位数。

2) 自定义项设置

系统提供存货档案、客户档案和主要销售单据，用户可以自行设置符合需要的新增栏目。

3) 基础设置

建立存货分类、地区分类、客户分类等分类体系，以及部门档案、职员档案、客户档案、存货档案、仓库目录、收发类别、常用摘要、项目档案等编码档案，并且可进行企业开户银行、销售类型、付款条件、发运方式、结算方式、销售费用项目和成套件等其他设置。

4) 单据设计

系统提供各种销售单据项目以及自由设定各项目，可以自由增减在单据中的位置。

2. 业务处理

1) 销售订货

销售订单是反映由购销双方确认的客户要货需求的单据。对于工商企业而言，销售业务必须经历一个由客户询价、销售业务部门报价、双方签定购销合同的过程。订单作为合同或协议的载体，企业根据销售订单组织货源，并对订单的执行进行管理、控制和追踪。

2) 发货

销售发货和销售退货业务可以根据订单发货，并处理发货折扣，同时在发货处理过程中进行检查和控制，发货单生成销售出库单后，冲减库存的现存量。

3) 开票

普通销售发票和专用销售发票的开票业务处理，可根据订单开票。在先发货后开票的情况下可汇总发货单开票，并可处理销售折扣，同时在开票处理时可以对客户信用额度、存货现存量、最低售价等进行检查和控制，在先开票后发货的业务模式下经审核的发票可以自动生成发货单和销售出库单，冲减库存的现存量。

4) 价格管理

价格管理提供存货价格、客户价格管理功能和按加价率自动批量调价的功能，制定或修改用于销售存货的参考售价。

5) 代垫费用

代垫费用是处理随同货物销售所发生的各种代垫费用，如保险费、运杂费等。

6) 销售支出

销售支出反映在货物销售过程中发生的各种销售费用的支出情况，如现金折扣让利、业务招待费等。

7.4.2 销售管理系统的操作流程

启动销售管理系统操作界面如图 7-25 所示。

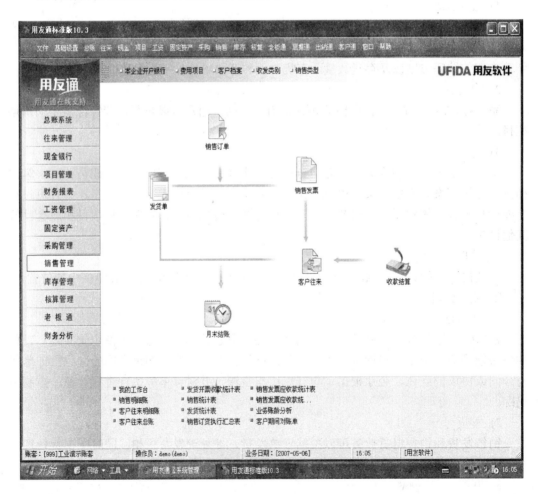

图 7-25 "销售管理"界面

1. 新用户的操作流程

第一次使用销售管理时，操作流程如图 7-26 所示。

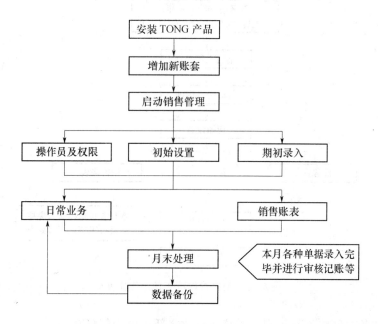

图 7-26　销售管理初次使用流程

(1) 启动销售管理系统。

(2) 定义操作员与权限，然后进行初始设置，系统初始中由用户根据自己的需要建立销售业务应用环境，将用友【销售管理】变成适合本单位实际需要的专用系统。初始设置包括选项设置、自定义项设置、分类体系定义、编码档案设置、其他设置、单据设计和销售计划的编制等。

(3) 日常业务工作指各种销售单据的处理及定调价的处理。此项处理是根据用户单位实际情况决定单据处理的流程。

(4) 销售账表的设置，包括明细账、统计表、明细表及我的账表。其中我的账表，用户可以根据自身的实际需要自由定义账表的输出格式和输出内容，用户可以自行将其命名并保存。

(5) 月末结账，当某月的销售业务全部处理完毕后，进行月末结账处理。月末结账后，不能再处理该月的销售业务。

(6) 数据备份

第一次使用【销售管理】时，主要是要认真做好 1～6 项的系统初始工作。一般用户可按此流程图进行销售管理工作，但用户也应根据本单位实际需要进行，例如，在月中也可以作数据备份，在日常业务处理过程中可以对某些初始设置进行维护等。

2. 老用户的操作流程(已使用【销售管理】在一年以上的用户)

第二年或以后使用销售管理时，操作流程如图 7-27 所示。

(1) 完成上年工作，将上年度的数据结转到本年度。

(2) 启动销售系统。

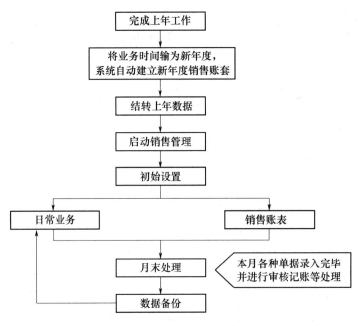

图 7-27　销售管理跨年使用操作流程

(3) 将业务时间输为新年度，系统自动建立新年度销售账套。

(4) 结转上年数据。结转上年是将上年的基础数据和各种单据的数据转入本年度账套中，起承上启下作用。如果系统中没有上年度的数据，将不能进行结转，也就是只有上年度 12 月份月结账后，才能结转上年度数据。

(5) 调整初始设置。

(6) 步骤与初始使用流程相同，这里不做过多介绍。

需要注意的是新年度的期初数据是从上年账套中自动结转而来的，用户不能对其进行修改。

7.5　库　存　管　理

库存管理系统接收在采购和销售管理系统中填制的各种出入库存单；向存货核算系统传递经审核后的出入库单和盘点数据；接收存货核算系统传递过来的出入库存货的成本。

7.5.1　库存管理系统功能

1. 初始设置

1) 编码方案

为了便于用户进行分级核算、统计和管理，系统可以对基础数据的编码进行分级设置，可分级设置的内容有：科目编码、存货分类编码、地区分类编码、客户分类编码、供应商分类编码、部门编码、收发类别编码、结算方式编码和货位编码。

2) 数据精度

由于各用户企业对数量、单价的核算精度要求不一致，为了适应各用户企业的不同需求，系统提供了自定义数据精度的功能。在系统管理部分需要设置的数据精度主要有：存货数量小数位、存货单价小数位、开票单价小数位、件数小数位数和换算率小数位数 。用户可根据企业的实际情况来进行设置。

3) 选项

本功能用于设置企业的业务范围及应用模型。例如，有无组装拆卸业务、有无形态转换业务、有无批次管理等。

4) 自定义项

为各类原始单据和常用基础信息，设置了自定义项和自由项，这样可以方便地设置一些特殊信息，包括单据(发票、凭证、出入库单等)、客户、供应商和存货。

2. 业务处理

库存系统的日常业务包括在采购原材料验收入库时，所填制采购入库单；工业企业产成品销售出库时，填制的销售出库单、产成品入库单、材料出库单等，以及企业在日常存货收发、保管过程中，由于计量错误、检验疏忽、管理不善、自然损耗、核算错误以及偷窃、贪污等原因，有时会发生存货的盘盈、盘亏和毁损现象，从而造成存货账实不相符，必须编制盘点报表进行审核等日常业务的处理。

7.5.2 库存管理系统的操作流程

启动库存管理系统操作界面，如图7-28所示。

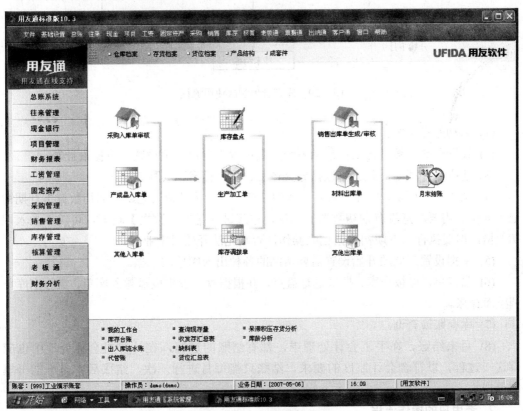

图7-28 "库存管理"界面

1. 新用户的操作流程

第一次使用库存管理系统时，操作流程如图 7-29 所示。

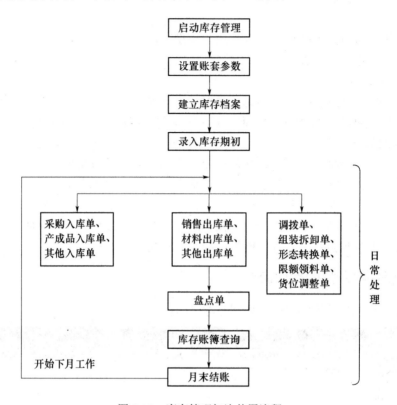

图 7-29　库存管理初次使用流程

(1) 启动库存系统。

(2) 设置账套参数，此工作包括系统参数设置、自定义项设置、单据设计等。

(3) 建立库存档案，此工作包括分类体系、编码档案、其他设置等。

(4) 录入库存期初，处理录入各存货的期初结存，并对确认无误的期初数据进行期初记账操作。需要注意没有期初数据的单位，也应进入【期初数据】功能，可以不录入期初数据，但要执行一下期初数据记账操作，否则无法开始日常业务。

(5) 单据设置，此项开始设置需要填制的各种出入库单的单据。

(6) 盘点单，可按仓库、批次进行盘点，并根据盘点表生成盘盈入库单、盘亏出库单调整库存账。

(7) 库存账簿查询。

(8) 月末结账，在手工会计处理中，都有结账的过程，在计算机会计处理中也应有这一过程，以符合会计制度的要求。结账只能每月进行一次。结账后本月不能再填制单据。

2. 老用户的操作流程

第二年及以后使用库存管理系统时，操作流程如图 7-30 所示。

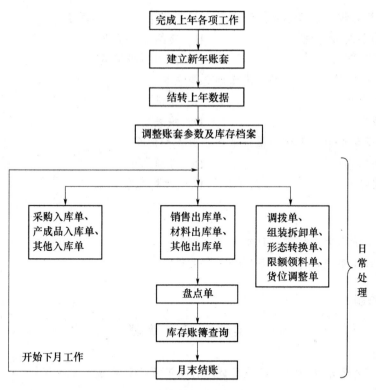

图 7-30　库存管理跨年操作流程

(1) 完成上年固定工作，将上年度的数据结转到本年度。

(2) 建立新年度账套。

(3) 结转上年数据，功能是将上年度各存货的期末结存转入本年度账簿中作为本年度各存货的年初结存，当建立新年度账簿后，可执行此功能将上年各存货的结存数过入本年。如果系统中没有上年度的数据，将不能进行结转。

(4) 随后的步骤与初次使用流程相同，这里不做过多介绍。

在工商企业的各种业务活动中，库存业务具有涉及面广、工作量大、业务流程和业务规则复杂多变的特点。充分认识库存管理的实际工作是一项复杂的系统工程。学习此章节需要熟悉具体业务流程和操作过程。

思考与实务操作

一、选择题

1. 使用账务处理软件时，正确的工作顺序是_____。

    A. 日常处理、月末处理、系统设置

    B. 系统设置、日常处理、月末处理

    C. 日常处理、系统设置、月末处理

    D. 系统设置、月末处理、日常处理

2. 在工资核算系统中，目前定义职工个人银行账号的主要作用是_____。

    A. 交纳个人所得税   B. 交纳工会会费

    C. 银行代发工资   D. 到银行提取现金

3. 固定资产系统通过_____形式传递到总账系统。

    A. 原始卡片   B. 凭证

    C. 账簿   D. 报表

4. 在采购管理系统中，下列不属于采购发票类型的是_____。

    A. 专用发票   B. 普通发票

    C. 蓝字发票   D. 运费发票

二、简答题

1. 工资管理系统需要进行哪些日常业务处理？
2. 固定资产管理系统软件应具备哪些主要功能？

三、实务操作题

实训 1：工 资 管 理

【实训准备】

    安装用友通标准版 10.3，建立账套，启动工资管理系统。

【实训资料】

    1. 系统初始设置内容。

    (1) 账套工资系统的参数。

    工资核算本位币为人民币，不核算计件工资，自动代扣所得税，进行扣零设置且扣零到元，人员编码长度采用系统默认的 10 位。

    (2) 人员类别。

    人员类别包括"企业管理人员"、"采购人员"、"销售人员"。

    (3) 人员附加信息。

    人员附加信息分为"性别"和"学历"。

    (4) 银行名称。

    银行名称是"工商银行"，账号长度为 11 位。

    (5) 工资项目，录入内容如表 7-8 所列。

表 7-8　工资项目录入内容

工资项目	类型	长度	小数点	增减及其他
基本工资	数字	10	2	增项
交通补贴	数字	8	2	增项
缺勤扣款	数字	8	2	减项
缺勤天数	数字	8	2	其他
住房公积金	数字	8	2	减项
奖金	数字	8	2	增项
职务补贴	数字	8	2	减项
福利补贴	数字	8	2	增项

(6) 工资类别。

"在岗人员"和"离休人员"。

(7) 在岗人员档案，录入内容如表7-9所列。

表7-9　在岗人员档案录入内容

职工编号	姓名	性别	所属部门	人员类别	银行代码
1010000001	祁楠	女	人事部	企业管理人员	02222055001
1010000002	来芳	女	财务部	企业管理人员	02222055002
1010000003	魏华	女	财务部	企业管理人员	02222055003
1010000004	李轩	男	销售部	销售人员	02222055004
1010000005	蔡佳	女	采购部	采购人员	02222055005

(8) 计算公式。

缺勤扣款=基本工资/ 月工作日*缺勤天数。

企业管理人员的交通补助为680元，采购人员和销售人员220元。

住房公积金=(基本工资+职务补贴+福利补贴+交通补贴+奖金)*0.06。

2. 工资业务处理资料。

(1) 个人收入所得税应在"实发工资"扣除"1200"元后计税。

(2) 工资数据，录入内容如表7-10所列。

表7-10　工资数据录入内容

姓名	基本工资	职务补贴	福利补贴	奖金
祁楠	3500	2000	200	1000
来芳	2500	2000	200	1000
魏华	2500	2000	200	1000
李轩	1400	900	200	800
蔡佳	1400	900	200	800

(3) 工资分摊类型为"应付工资"、"应付福利费"。

(4) 按工资总额的15%计提福利。

(5) 分摊设置，录入内容如表7-11所列。

表7-11　工资分摊录入内容

计提类型名称	部门名称	人员类型	借方科目	贷方科目
应付工资	人事部	企业管理人员	管理费—工资(550203)	应付(2151)
	财务部	企业管理人员	管理费—工资(550203)	应付(2151)
	采购部	采购人员	营业费(5501)	应付(2151)
	销售部	销售人员	营业费(5501)	应付(2151)
应付福利费	人事部	企业管理人员	管理费—工资(550203)	应付(2153)
	财务部	企业管理人员	管理费—工资(550203)	应付(2153)
	采购部	采购人员	营业费(5501)	应付(2153)
	销售部	销售人员	营业费(5501)	应付(2153)

【实训要求】

1. 建立账套。
2. 系统初始化设置。
3. 工资管理日常业务处理。

实训2：固定资产管理系统

【实训资料】

(1) 固定资产初始化向导项目设置。

资产类别编码方式：21111。

固定资产编码方式：自动编码(部门编号+序号)长度：4。

固定资产对账科目：固定资产。

累计折旧对账科目：累计折旧。

固定资产默认入账科目：固定资产。

累计折旧默认入账科目：累计折旧。

折旧方法：平均年限法(一)。

(2) 部门对应折旧科目，录入内容如表7-12所列。

表7-12 部门对应折旧科目录入内容

部　门	对应折旧科目
01 销售部	管理费用——折旧费
02 财务部	管理费用——折旧费
03 行政部	营业费用——折旧费
04 采购部	管理费用——折旧费

(3) 资产类别：011 办公楼、02 机械设备、021 生产线、022 办公设备。

(4) 原始卡片，录入内容如表7-13所列。

表7-13 原始卡片录入内容

卡片编号	00001	00002	00003
固定资产编号	0110001	0220001	0110002
固定资产名称	设备	计算机	1号楼
类别编号	02	022	011
类别名称	机械设备	办公设备	办公室
部门名称	销售部	财务部	行政部
增加方式	直接购入	直接购入	在建工程转入
使用状况	在用	在用	在用
使用年限	10	8	5
折旧方法	平均年限(一)	平均年限(一)	平均年限(一)

卡 片 编 号	00001	00002	00003
开始使用日期	1994-09	2000-07	2004-11
币种	人民币	人民币	人民币
净残值率	3480	2300	40000
净残值	2%	3%	2%
累计折旧	6000	600	6500
对应折旧科目	管理费用——折旧费	管理费用——折旧费	管理费用——折旧费

【实训要求】

    1. 建立账套。

    2. 系统初始化设置。

    3. 固定资产日产业务处理。

参 考 文 献

[1] 李昕，王晓霜. 会计电算化[M]. 大连：东北财经大学出版社,2006.

[2] 马索珍.会计电算化实训[M]. 北京：机械工业出版社，2007.

[3] 潘上永.会计电算化[M]. 北京：中国金融出版社，2007.

[4] 耿仙宁，唐晓燕. 会计电算化[M]. 北京：机械工业出版社，2007.

[5] 会计从业资格考试教研室. 会计电算化应试指南及上机实验指导[M]. 上海：立信会计出版社，2008.

[6] 毛华扬.会计电算化教程[M]. 北京：电子工业出版社，2006.

[7] 毛华扬，刘红梅. 小企业会计电算化[M]. 上海：复旦大学出版社，2006.

[8] 李良敏. 会计电算化[M]. 大连：大连出版社，2007.

[9] 钟齐整，苏启立. 会计电算化[M]. 北京：中国经济出版社，2007.

[10] 孙莲香. 财务业务一体化实验教程(用友通标准版 10.1)[M]. 南京：南京大学出版社，2007.

[11] 梁毅炜，王新玲. 会计信息化实训教程(用友通 10.2 版)[M]. 北京：电子工业出版社,2008.

[12] 石火焱. 会计信息化实验教程(用友通 10.2 版)[M]. 北京：清华大学出版社，2008.